WENN DER BAD BOY KEINER IST

KYLIE GILMORE

KAPITEL EINS

<u>GESUCHT</u>

Ein Alpha Bad Boy direkt aus dem Land der Romantik.

Muss:

Leidenschaft << am wichtigsten!

Sexuelles Selbstvertrauen

Intensität

Tiefe Höschen zum Schmelzen bringende Stimme

Harter muskulöser Körper

Steht nicht auf Beziehungen

Optional, jedoch höchst wünschenswert:

Gesichtsbehaarung, vorzugsweise Bart

Bissig und schroff

Schillernde Vergangenheit

Regelbrecher

Tattoos

Motorrad

Carrie klebte ihre Liste an den Badezimmerspiegel, in der Hoffnung, dass sie den Mut finden würde, den Schritt zu wagen, wenn der magische Moment kam und sie endlich den Alpha Bad Boy ihrer Träume fand.

Kapitel Zwei

Der Morgen, nachdem Carrie den Schritt gewagt hatte …

Carrie Young erwachte mit einem zufriedenen Lächeln im Gesicht, bereit für ihren ersten Walk of Shame. Sie stützte sich auf ihre Ellbogen, plötzlich beunruhigt. Etwas stimmte nicht. Sie lag nackt im Bett in der Wohnung eines fremden Mannes, und der köstliche Duft von gebratenem Speck lag in der Luft. Was zum …?

Sie fuhr erschrocken hoch. Duftete es etwa auch noch nach Pancakes?

Seltsam. Seit wann bereiteten Bad Boys am Morgen nach einer wilden Nacht Frühstück?

Sie rollte aus dem Bett und suchte nach ihren Kleidern. Sie fand ihr violettes Kleid an einer Lampe hängen, auf die sie es letzte Nacht geworfen hatte, und den passenden BH ganz in der Nähe am Boden. Ihr Höschen schien spurlos verschwunden zu sein. Und wenn schon. Sie war sich ziemlich sicher – unten ohne zu gehen, war genau das, was jemand tun würde, der gerade eine Nacht mit einem Bad Boy verbracht hatte. An der Schlafzimmertür hob sie ihre Handtasche auf und schlüpfte in ihre schwarzen High Heels. Doch um ihren Walk of Shame genießen zu können, musste sie sich wirklich erst mal die Zähne putzen. Ihre Körperhygiene vernachlässigte sie nie.

Sie ging in das angrenzende Bad, holte einen kleinen Kulturbeutel aus ihrer Tasche und betrachtete sich im Spiegel. Ja, sie sah wirklich überaus befriedigt aus. Ihre blonden Haare waren zerzaust und fielen ihr ungezähmt ins Gesicht. Eine Seite ihres Halses war von seinem kratzenden Bart gerötet, und ihre blauen Augen strahlten deutlich mehr als sonst. Vielleicht lag das aber auch an ihren neuen Kontaktlinsen.

Als sie im Bad fertig war, folgte sie dem Duft des gebratenen Specks in die Küche, wo Zach, ein großer, schlanker Mann um die dreißig, barfuß vor dem Herd stand und in dunkelgrün karierten Boxershorts und einem weißen T-Shirt Pancakes briet. Das Schottenkaro seiner Shorts ließ sie kurz an *Highlander* denken. Seine dicken, dunkelbraunen Haare waren etwas länger und lockten sich in seinem Nacken. Er hatte diesen sehnigen, starken Körper, mit dem er leicht eine Frau hochheben konnte – und er hatte es ihr demonstriert, als er (ohne es zu wissen) Punkt sechs ihrer geheimen, sündigen Liste abgehakt hatte, die sie beschönigend als Carries Wunschliste bezeichnete.

Ein Mädchen brauchte seine Träume. Besonders, wenn man wie sie die besten sechs Jahre seines Lebens – von neunzehn bis fünfundzwanzig – an Edward verschwendet hatte, ihren kontrollsüchtigen, verklemmten Ex. Warum nur war sie so lange bei ihm geblieben? Vielleicht weil sie jung und naiv gewesen war, vielleicht, weil er zu Anfang ihrer Beziehung so unglaublich romantisch um sie geworben hatte, oder vielleicht, weil sie es nicht besser gewusst und nichts gehabt hatte, womit sie ihn hätte vergleichen können. Doch das war vorbei. Edward war jetzt schon seit einem Jahr Geschichte, und jetzt spreizte sie die Beine – ähm – Flügel. Sie hatte sich einen Bad Boy Alpha-Typen gewünscht, weil es so viel gab, was sie im Bett verpasst hatte.

Carrie hatte ihre weibliche Anziehungskraft entdeckt.

Ihr Magen knurrte. Nach dem Frühstück würde sie gehen. Doch alles andere wäre unhöflich, nachdem Zach sich schon die Mühe gemacht hatte, dieses köstlich duftende Frühstück zuzubereiten.

„Hi", sagte sie.

Er drehte sich um und lächelte. Er hatte einen Vollbart, und ihr wurde ein bisschen warm, als sie an das ungewohnte Gefühl der Barthaare an der sensiblen Haut ihres Halses, ihrer Brüste und ihres Bauchs dachte. „Hi, Carrie", sagte er mit seiner tiefen Honigstimme, bei der ihr die Knie weich wurden. Wenn sie ihr Höschen getragen hätte, wäre das jetzt sicher feucht. „Ich hoffe, du magst Pancakes."

„Oh ja, danke."

„Der Kaffee ist auch schon fertig." Er deutete auf die Kaffeemaschine, die gerade gepiepst hatte. „Nimm dir einen", sagte er, dann wandte er sich wieder dem Herd zu.

„Du bist ein ziemlich guter Gastgeber." Sie stellte ihre Handtasche unter den quadratischen Holzküchentisch. „Zach, nicht wahr?", versuchte sie sich als ungezogenes Mädchen.

Er drehte sich um und runzelte die Stirn. „Du erinnerst dich nicht, dass du meinen Namen letzte Nacht ein paarmal geschrien hast? Du hast gesagt, dass du nur zwei Gläser Wein hattest."

Sie wurde rot, kam sich unglaublich sündig vor und unterdrückte ein Lächeln, während sie sich eine Tasse Kaffee in den weißen Humpen eingoss, der auf der Arbeitsfläche bereitstand. „Jetzt fällt es mir wieder ein."

Plötzlich war er bei ihr, nahm ihr den Kaffee aus der Hand, stellte ihn auf den Tresen und legte seine warme Hand an ihre Wange. Dann hob er ihren Kopf und blickte sie einen langen, heißen Moment lang an. Als er seine Lippen öffnete, pochte ihr Herz in ihren Ohren, und ihr Körper vibrierte vor Erwartung. Er war so viel größer als sie, mit breiten Schultern, dass sie sich unglaublich zierlich vorkam, auch wenn sie durchschnittliche eins fünfundsechzig groß war.

Er senkte den Kopf, und seine Lippen streiften ihre in der Andeutung eines Kusses. „Vielleicht muss ich dein Gedächtnis auffrischen."

„Das würde helfen", hauchte sie und sehnte sich nach mehr. Zach hatte ihr letzte Nacht alles gegeben, was sie sich erhofft hatte – er war sinnlich, unersättlich und allem gegenüber aufgeschlossen. Und jetzt würde er das Frühstück anbrennen lassen, während er sie schamlos vernaschte und hoffentlich Punkt eins auf ihrer Wunschliste abhakte.

Er knabberte an ihrer Unterlippe, dann saugte er daran. „Nach dem Frühstück." Seine Stimme war rau und beinahe ein Knurren, was sie innerlich erschauern ließ. Die Hand immer noch unter ihrem Kinn blickte er ihr so tief in die Augen, dass sie einen Moment lang das Atmen vergaß. Schließlich ließ er sie los und ging zurück an den Herd.

Sie schwankte und lehnte sich an den Tresen. Ihre Haut war heiß, und ihre Lippen prickelten.

Als er sie ansah, umspielte ein wissendes Lächeln seine Lippen.

Sie wandte den Blick ab und wurde rot, doch dann ermahnte sie sich, dass sie nicht mehr das brave Mädchen war, das rot wurde. Sie war jetzt eine Frau, die sich nicht für … also … die sich für nichts entschuldigte. Sie nahm die Kaffeetasse vom Tresen und setzte sich an den Küchentisch, wobei sie jedoch darauf achtete, auf ihrem Kleid zu sitzen. Nur eine halbhohe Wand trennte die Küche vom Wohnzimmer, das recht leer wirkte – mehr als ein schwarzes Ledersofa, auf dem eine dunkelrote Decke lag, ein Fernseher an der Wand, ein Schreibtisch mit einem Laptop und ein paar Kisten auf einer Seite war da nicht. Seine Wohnung befand sich im ersten Stock einer Apartmentanlage. Das letzte hinten links, daran erinnerte sie sich noch von letzter Nacht. Definitiv eine Junggesellenwohnung. Unerwartet ordentlich. Das bedeutete jedoch nicht, dass er nicht der Alpha Bad Boy ihrer Fantasien war. Sie hatte mit ihm bereits so viele Punkte auf ihrer Wunschliste abgehakt – tiefe, sexy Stimme, Bart, harter, muskulöser Körper und – ganz wichtig – leidenschaftlich war er auch. Dazu kam ein sexuelles Selbstvertrauen, das ihn auf köstliche Art und Weise dominant machte. Und heftig. Gott, war er heftig! Okay, ja, die Tatsache, dass er nicht tätowiert war, war eine kleine Enttäuschung, doch sonst war er perfekt gewesen – ein sexy Alpha-Mann mit einem Touch Bad Boy. Sie hatte sich gestern Abend in der Bar geradezu auf ihn gestürzt, sobald sie erfahren hatte, dass er ein Kumpel ihres Freundes Ethan war, der ihr aus seiner Sicht als Polizist bestätigt hatte, dass Zach zwar ein böser Junge war, jedoch nicht kriminell. Ganz verrückt war sie schließlich nicht, nur sexuell ausgehungert.

Ein paar Minuten später stellte Zach einen Teller mit drei Streifen knusprig gebratenem Speck und zwei Pancakes mit Ahornsirup vor sie.

„Danke", sagte sie und schob sich ein Stück Pancake in den Mund. O mein Gott. Es schmeckte köstlich. Er hatte den Sirup sogar warm gemacht. Sie schrieb sein Kochtalent seiner extrem sinnlichen Natur zu. Essen wie das hier war definitiv ein sinnliches Erlebnis. Doch er war immer noch der Bad Boy aus ihren Fantasien. „Sind das Blaubeerpfannkuchen?"

„Ja. Mit frischen Blaubeeren. Ist ja gerade Saison. Schmecken sie dir?"

Schnell schob sie sich ein weiteres Stück in den Mund. „Gott, ja!" Es war das erste Augustwochenende, und in dieser Gegend in Connecticut gab es überall frisches Obst.

„Gut", sagte er rau. Ein Schauer lief ihren Rücken hinunter. Sie stand einfach auf raue Stimmen.

Er lud sich selbst einen Teller voll, setzte sich ihr gegenüber an den Tisch und begann zu essen.

Sie war schon fast fertig, als ihr bewusst wurde, dass sie vergessen hatte, Konversation zu betreiben. Das Essen war einfach so gut, und die Stille hatte sich überhaupt nicht unbehaglich angefühlt. Sie blickte zu ihm auf. Er lächelte sie an und aß weiter. Er war von der stillen Sorte, ein bisschen reserviert vielleicht, als bevorzugte er es, sich zurückzulehnen und zu beobachten. Wie ein Seelenklempner es tun würde. Analysierte er sie etwa? Was machte er beruflich? Alles, was sie über ihn gehört hatte, war, dass er wieder zu Hause war, nachdem er sich jahrelang im „Niemandsland" aufgehalten hatte. Schnell kam sie zu dem Schluss, dass er kein Seelenklempner sein konnte, denn wenn Zach mit seiner rauen Stimme, von der allein ihr schon ganz heiß wurde, fragen würde „*Wie fühlen Sie sich dabei?*", würde das sicher eher zu Orgasmen führen als dazu, dass jemand sich ihm anvertrauen würde. Zumindest bei weiblichen Patienten. Sie musste ein Lachen unterdrücken.

Oh! Vielleicht gehörte er zu einem Motorradclub und hatte eine Tour durch die USA gemacht. Oder vielleicht hatte er eine Expedition auf irgendeinen Berg in irgendeinem abgelegenen Teil der Welt geführt und hatte deshalb einen Bart. Damit ihm nicht das Gesicht abfror. Oder vielleicht hatte er in den Highlands von Schottland gelebt und war dort gewandert mit nicht viel mehr als seinem Kilt und seinem Bart, um ihn zu wärmen. Ihr gefiel, dass er in so ziemlich jede ihrer Fantasien passte. Sie war sich sehr sicher, dass das hier als One-Night-Stand durchging, darum konnte er alles sein, was sie sich vorstellen wollte. Es sei denn …

Sie musterte ihn ein paar Sekunden lang und überlegte, ob sie ihm von ihrer Wunschliste erzählen sollte. Sie hatte noch nie mit einem Mann darüber gesprochen, zumindest nicht absichtlich, doch sie würde zu gerne die sechs anderen Punkte auf ihrer Liste mit ihm erleben. Ihre Liste war dank einer Freundin von ursprünglich dreizehn Punkten auf sieben geschrumpft, denn sie hatte sie darauf hingewiesen, dass zwischen einigen der Punkte kaum ein Unterschied bestand. „69" zum Beispiel. Dafür müsste sie einem Mann unnötigerweise einen blasen, während sie eigentlich nur wollte, dass er sie mit dem Mund befriedigte. Natürlich hatte sie schon mal einem Mann einen geblasen; Letzteres war allerdings neu. Wiederholen musste sie sich nicht, auch wenn sie ein aufregendes Leben führen wollte.

Zach lehnte sich auf seinem Stuhl zurück, faltete die Hände hinter seinem Kopf und betrachtete sie mit seinen von Natur aus sinnlichen Augen. So heiß. Sie hoffte, dass sie sexy, befriedigt und atemberaubend aussah und nicht verschlafen wie sonst am Morgen. Als sie sich einen weiteren Bissen in den Mund schob, bemerkte sie, dass sie satt war. Ihr Blick wanderte zu dem Stück Speck, das noch auf ihrem Teller lag. Sie sollte sich nicht vollstopfen, doch es war so lange her, seit sie das letzte Mal Speck gehabt hatte. Sie war keine sonderlich gute Köchin.

„Iss nur", sagte er. „Wäre schade, wenn du ihn umkommen lassen würdest."

„Du kannst ihn haben."

„Ich bin satt." Er beobachtete sie mit amüsiert tanzenden Augen.

„Was ist so lustig?"

Er legte seine Hände auf den Tisch. „Ich bin nur überrascht, dass eine Frau, die sich letzte Nacht genommen hat, was sie wollte, jetzt bei einem Stückchen Speck zögert."

Ihre Wangen wurden heiß. Er hatte sich nicht vorgebeugt, doch plötzlich fühlte er sich nah an, als wäre er ihr auf die Pelle gerückt und forderte sie heraus. Und verdammt, das war die neue, selbstbewusste Carrie. Neues sexy Kleid, neue Kontaktlinsen, neue, unapologetische sexy Attitüde. *Diese* Carrie nahm sich, was sie wollte, ob es jetzt ein Alpha Bad Boy war oder ein verdammtes Extrastück Speck.

Sie nahm den Speck in die Hand und biss ab. Verdammt köstlich.

Er lehnte sich zurück und schien damit zufrieden zu sein, sie beim Essen zu beobachten. Ein wenig verunsichert blickte sie über seine Schulter hinweg in das Wohnzimmer mit den Kisten an einer Wand.

„Bist du gerade erst hier eingezogen?"

„Ja."

Mehr sagte er nicht.

Doch sie wollte mehr über den Mann erfahren, von dem sie hoffte, dass er ihre Welt weiter aus den Fugen heben würde. Das war vielleicht ein bisschen vermessen. Einerseits war sie sich nicht sicher, wie lange sie brauchen würde, um einen weiteren Alpha Bad Boy zu finden, der so viele ihrer Wünsche erfüllte. Letzte Nacht war er geradezu spektakulär gewesen und hatte ihre Lieblings-Sexfantasie zur Realität gemacht – gegen die Wand gefickt zu werden. Einen Wallbanger. Sie musste zumindest ein bisschen über ihn erfahren. Vielleicht hatte er ja Lust, ihr noch die eine oder andere Fantasie zu erfüllen. „Und von woher?"

„Ursprünglich Colorado, doch jetzt aus Indonesien."

Wow! Das war exotisch. Definitiv ein Mann, der ihrer Wunschliste würdig war. Sie war ein bisschen nervös, als sie überlegte, ob sie ihr Handy hervorholen und ihm die Liste zeigen sollte oder die coole Fassade einer Frau, die regelmäßig Affären wie diese hatte, aufrechterhalten sollte. Doch wenn sie ihm die Liste zeigte, müsste sie ihm sagen, was sie wollte, und sie war sich nicht sicher, ob sie dazu in der Lage war. Okay, was war das Schlimmste, das passieren konnte? Dass er sie auslachte. Und das Beste? Er würde alle Punkte auf ihrer Liste abhaken und ihren Traum wahrmachen.

Zeig sie ihm!

Nein, dazu ist es zu früh.

Nummer sechs hat er schon gemacht.

Aber das weiß er nicht!

Sie rieb sich die Schläfe. Es war eine Sache, ihrer besten Freundin von ihrem jämmerlichen Liebesleben zu erzählen, doch es war etwas ganz anderes, mit einem Bad Boy darüber zu reden, vor allem, wenn man wegen dieses erbärmlichen Liebeslebens jetzt besondere Ansprüche und Wünsche hatte.

Er trank einen Schluck Kaffee, vollkommen ruhig, während sie nicht wusste, was sie tun sollte.

Letzte Nacht war ihr nach zwei Gläsern Wein alles viel leichter gefallen. „Danke für das Frühstück", platzte sie heraus und griff angesichts einer potentiell unbehaglichen Situation auf ihre guten Manieren zurück.

„Jupp." Er trank einen weiteren Schluck und beobachtete sie über den Rand der Tasse, während sie abrupt aufstand und ihr Geschirr in die Spüle stellte. Sie ließ Wasser darüber laufen, damit der Sirup nicht klebte und sich später leichter abwaschen ließ. Dann drehte sie sich um und stieß einen Schrei aus, denn er war da. *Direkt* hinter ihr, mit seinem Geschirr in der Hand.

„Keine Panik", sagte er und stellte sein Geschirr in die Spüle. „Warum bist du so schreckhaft?"

„Bin ich gar nicht", krächzte sie. Sie wollte um ihn herum gehen, als er sie an der Taille festhielt.

„Jetzt warte mal", sagte er und drehte sie zu sich um. Er hielt sie an der Hüfte und zog sie nah genug, dass sie seine Wärme spüren konnte. Plötzlich war sie sich überaus bewusst, dass er nur ein T-Shirt und Boxershorts trug, was bedeutete, dass es so leicht wäre, seine Haut zu spüren. Ihre Finger wollten ihn spüren, und sie hatte keine Lust mehr, sich zu verkneifen, was sie wollte. Sie schob ihre Hände unter sein T-Shirt, seine Brust empor. Er roch nach Speck, und plötzlich wollte sie ihn am liebsten ablecken.

„Carrie?"

Seine tiefe Stimme vibrierte in seiner Brust unter ihren Händen, und sie wollte ihre Wange an diese Brust schmiegen, ihr Ohr dagegen pressen und seine sexy Stimme in sich aufsaugen.

Er hob ihr Kinn an. „Nicht, dass es mir nicht gefällt, deine Hände überall zu spüren, ich wüsste nur gern, warum du so … beunruhigt wirkst?"

Sie befahl sich, ihn nicht weiter zu berühren, doch ihre Hände gehorchten nicht. Sie glitten über seine breiten Schultern und dann zurück seine Brust hinunter, über seinen sexy Waschbrettbauch weiter.

Er hielt ihre Hände am Bund seiner Boxershorts fest. „Alles okay?"

Das war der Moment. Der Moment, auf den sie das ganze Jahr, das sie gebraucht hatte, bis sie den Mut aufgebracht hatte, einen Bad Boy anzusprechen, gewartet hatte. Es wäre dumm, wenn sie sich diese Gelegenheit durch die Lappen gehen ließe. „Kann ich ganz ehrlich zu dir sein?"

„Ja."

„Du musst schwören, nicht zu lachen. Nicht, so lange ich noch hier bin."

Er sah sie ruhig an und drückte ihre Hände. „Ich werde nicht lachen."

Sie konnte den Blickkontakt nicht halten. Sie starrte auf seine gebräunte Haut im V-Ausschnitt seines T-Shirts, ein paar Töne dunkler als ihre. Er ließ ihre Hände los, jedoch nur, um sie bei den Hüften zu ergreifen und sie mit sich zu ziehen, als er sich an den Tresen lehnte. Dann legte er seine Hände um ihre Taille und sah sie entspannt an. Sie jedoch war alles andere als entspannt, so wie er sie an seinen harten, männlichen Körper presste. Ihre Nippel wurden hart, und sie war sich sicher, dass er ihr Herz gegen seine Rippen pochen spürte. Sie holte tief Luft, legte ihre Hände auf seine warme Brust und wagte es, zu ihm aufzublicken. Er beobachtete sie mit sexy verschleiertem Blick, und seine sinnlichen Lippen schienen sie förmlich anzuschreien, sie zu streicheln, zu kosten und zu saugen. Ein Flattern tief in ihrem Bauch und das Pochen zwischen ihren Beinen spornten sie an. Wenn nicht jetzt, wann dann?

Sie öffnete ihren Mund, doch es kam nichts heraus.

Er schwieg. Gott, mach es ihr bloß nicht leichter.

„Du kannst mich alles fragen." Sie brauchte eine Einleitung. Eine Frage, die irgendwie dazu führen würde, dass sie erklärte und erklärte, bis sie schließlich alles ausspuckte.

Er sah ihr in die Augen, seine Miene eindringlich, seine

Stimme rau und eher ein Knurren. „Sag mir, warum die Frau, die letzte Nacht mehrmals für mich gekommen ist und dabei auch nicht gerade leise war" – er hielt inne, und ein sexy Schmunzeln huschte über sein Gesicht – „jetzt ein solches Nervenbündel ist."

Sie wurde rot und murmelte leise: „Genau das würde ein Bad Boy sagen."

Seine Lippen zuckten. „Und was kann ein Bad Boy für dich tun, Carrie?"

„Okay. Ich habe eine Liste. Okay?"

„Okay."

Sie wurde mutiger. „Sieben Punkte, um sechs, in sexueller Hinsicht, nicht gerade berauschende Jahre wettzumachen. Sieben Jahre, wenn man das Jahr mitzählt, in dem ich endlich von den verbotenen Früchten genascht habe."

Er neigte den Kopf. „Was an letzter Nacht war denn verboten?"

Sie klopfte sanft auf seine Brust und streichelte sie. „Gutes Mädchen – böser Junge." Es war in all ihren Liebesromanen. Nicht verboten wie eine Beziehung zwischen Lehrer und Schülerin, aber trotzdem *weit* außerhalb ihrer Komfortzone.

Er ließ sie los. „Willst du mir deine Liste nicht zeigen?"

Sie drehte sich um, starrte ihre Tasche unter dem Küchentisch an und wollte hinüber gehen, um ihr Handy zu holen, doch sie konnte sich nicht bewegen.

„Carrie." Er legte seine große Hand unter ihr Kinn und drehte sie wieder zu sich um. „Nichts auf dieser Liste wird mich schocken."

Er streichelte mit dem Daumen über ihre Wange, dann ließ er die Hand sinken. Sie entspannte sich ein wenig. Er hatte wahrscheinlich sowieso schon alles gesehen und getan. Für ihn war es wahrscheinlich keine große Sache. Sie musterte ihn und versicherte sich noch ein letztes Mal, dass er sie ernst nahm und sie nicht gleich auslachen würde.

„Gib mir die Liste. *Sofort.*" Seine Stimme war leise und

schroff.

Ihre Nackenhaare richteten sich auf. Er sah ihr direkt und mit loderndem Blick in die Augen. Mehr sagte er nicht, doch sie wusste, dass er vorhatte, ihre Liste ernst zu nehmen.

Mit zitternden Beinen ging sie zu ihrer Handtasche, holte ihr Handy heraus, tippte den Code ein und rief ihre Liste auf. Sie blickte auf die sündige Liste, die sie natürlich auswendig kannte, und wurde ein wenig verspätet rot, bei dem Gedanken, sie jemandem zu zeigen, doch bevor sie ihre Meinung ändern konnte, nahm er ihr das Handy ab.

„Hey!", protestierte sie.

Er reagierte nicht. Stattdessen runzelte er die Stirn und schien ewig ihre Liste zu studieren. Endlich hob er den Kopf. „Was zum …?"

„Vergiss es!" Sie riss ihm das Handy aus der Hand und stopfte es in ihre Tasche. „Ich war nie hier." Sie stürmte aus der Küche, durch das Wohnzimmer und aus der Wohnung.

„Carrie, warte!"

Sie blickte über ihre Schulter. O mein Gott, er jagte hinter ihr her! In seinen Boxershorts. Er war verrückt!

Ihr Fluchtinstinkt trieb sie an, und sie rannte aus dem Haus und den Gehsteig entlang – bis sie plötzlich durch die Luft flog und über einer breiten Schulter landete. Wie er sie hielt, sagte ihr alles, was sie wissen musste, als er sie zurück ins Haus trug –

Sie war in Schwierigkeiten.

Kapitel Drei

Die Nacht davor …

„Endlich ist er aus dem Elfenbeinturm entkommen!" Sein Bruder ehrenhalber Ethan Case begrüßte ihn gut gelaunt, als Zach in die Garner's Sports Bar & Grill zu seiner Willkommensparty kam. Zach war zwei Jahre nicht zu Hause gewesen. Zuerst, weil er in Colorado gearbeitet und die Feiertage mit seiner Ex verbracht hatte, und als das vorbei gewesen war, hatte er sich in seine Arbeit gestürzt und war für seine Forschungsarbeit nach Indonesien gegangen. Er hatte gehofft, es zu Weihnachten zu Jakes Hochzeit (auch er war ein Bruder ehrenhalber) nach Hause zu schaffen, doch er hatte sich kurz vor der geplanten Reise mit dem Denguefieber angesteckt und hatte nicht kommen können.

Er lächelte und betrachtete das Gesicht des Bruders, den er am meisten vermisst hatte. Ethan hatte dieselben schmutzig-blonden Haare, die vorne stachelig hochstanden, und scharfe blaue Augen, umgeben von ein paar mehr Falten im Gesicht. Sie waren gleich alt – vierunddreißig – und waren in derselben Pflegefamilie aufgewachsen und hatten sich auf ihre ganz eigene Art umeinander gekümmert. Ethan hatte immer aufgepasst, dass Zach keinen Tritt in den Hintern bekam, und Zach hatte dafür gesorgt, dass Ethan in keinem Fach durchfiel.

„Ethan", presste er mit einem dicken Kloß im Hals heraus.

„Professor." Ethan drückte ihn mit einem Arm an sich. „Komm, lass uns dir einen Drink besorgen."

Er musste sich seinen Weg zur Bar durch die Menge bahnen. Hauptsächlich die Jungs, mit denen er aufgewachsen war, die Campbell·Brüder und der bunt zusammengewürfelte Haufen von Jungs wie ihm, die alle eine schwere Kindheit gehabt hatten und durch die Police Athletic League zueinander gefunden hatten. Joe Campbell, sein Dad ehrenhalber, war ihr Coach, überzeugter Fürsprecher und Freund gewesen. Mad Campbell, seine „kleine Schwester", war auch hier mit einer großen Gruppe von Freundinnen, die er noch nie gesehen hatte. Er war viel zu lange weggewesen. Das letzte Mal, als er zu Hause gewesen hatte, hatte Mad nur Kumpels gehabt.

Ethan klopfte auf die Bar. „Gib dem Mann ein Bier."

Der Barkeeper und Manager des Ladens, Josh Campbell, lächelte und zapfte Zach ein Bier, bevor er leise sagte: „Schön, dass du wieder zu Hause bist."

Die ruhige Aufrichtigkeit in Joshs Stimme traf Zach wie ein Schlag gegen die Brust. Er meinte es mit tiefer Zuneigung. Da sie alle fast gleich alt waren, war er Josh, dessen Zwilling Jake, Ethan und Marcus immer sehr nahe gestanden. Warum hatte er sich nie die Zeit genommen, um nach Hause zu kommen und die einzige Familie zu besuchen, die er je gehabt hatte? Warum hatte er zugelassen, dass die Familie seiner Ex immer Vorrang gehabt hatte? Oder seine Arbeit?

Weil du ein einsamer Wolf bist.

Seine Ex, Dr. Muriel Hapsburg, eine angesehene Professorin im Fachbereich Psychologie der Universität von Colorado, wo beide gearbeitet hatten, hatte ihm eine Woche, nachdem sie sich getrennt hatten, dieses Label aufgedrückt. Ihr Streit war einer dieser „sag was oder finde dich damit ab"-Momente gewesen. Nachdem sie ein Jahr zusammen gewesen waren, hatte sie ihm ein Ultimatum gestellt, sie zu heiraten. Sein Bauchgefühl hatte nein gesagt.

Er hatte ihr erklärt, dass es nicht an ihr lag. Er hatte sich einfach nicht vorstellen können, für den Rest seines Lebens an jemanden gebunden zu sein. Eine Woche später war sie mit einer Kiste mit seinen Habseligkeiten in seine Wohnung gekommen und hatte ihm einen Vortrag gehalten, der, rückblickend betrachtet, geradezu prophetisch wirkte.

„Ich bin nicht wütend", hatte sie gesagt. „Ich hatte ein bisschen Zeit, es zu verarbeiten und zu verstehen. Mit deinen Wunden aus deiner Kindheit, dem Beruf, den du gewählt hast, und deinem besonderen Interesse, abgelegene Gemeinschaften zu beobachten, ist mir klar geworden, dass du ein einsamer Wolf bist. Meine Eltern sind derselben Meinung. Tu der nächsten Frau nur den Gefallen, sie nicht im Glauben zu lassen, dass du etwas Langfristiges mit ihr willst. Du würdest es sowieso nur kaputtmachen."

Er hatte selbst darüber nachgedacht und die Tatsache abgewogen, dass ihre Eltern auch angesehene Psychologen waren und er viel Zeit mit ihnen verbracht hatte, und hatte eingesehen, dass Muriel recht hatte. Aus dem Blickwinkel des einsamen Wolfs betrachtet, ergab sein Leben einen Sinn. Es nutzte nichts, zu leugnen, was er im Herzen war. Doch selbst ein einsamer Wolf kehrte gelegentlich zu seinem Rudel zurück. Darum war er jetzt wieder hier in Connecticut.

Er streckte sich über die Bar und drückte herzlich Joshs Hand. „Nächstes Mal warte ich nicht so lang." Seine Stimme klang heiser. Es war untypisch für ihn, so emotional zu reagieren. Er bildete sich etwas auf seine Fähigkeit ein, sich abzusondern und zu beobachten. Das war etwas, das er als Kind gelernt hatte und das sich ihm jetzt bei seiner Arbeit als Anthropologe als durchaus nützlich erwies. Als neunjähriger Serien-Ausreißer lernt man so einiges. Jupp, sein Einsamer-Wolf-Verhalten reichte lange zurück. Doch wieder zu Hause zu sein ging ihm irgendwie an die Nieren.

Josh zog an Zachs Bart. „Sieh an, ein Bart. Ist das so'n Stammesding?"

Zach rieb sich den Bart. „Im Busch ist es leichter, wenn man sich keine Sorgen ums Rasieren machen muss."

Josh starrte ihn an und schüttelte den Kopf. „Steht dir gut."

„Danke." Dann wurde er von seinen Brüdern ehrenhalber umringt und lautstark begrüßt und auf den Rücken geklopft. Alle wollten mit ihm reden oder Witze reißen, alle aufgedreht von der Freude, wieder vereint zu sein. Der einzige, der fehlte, war Joe, ihr „Dad", der heute Abend seine zweijährige Enkeltochter Viv babysittete. Zach würde ihn morgen zum Abendessen treffen. Er hatte Vivian noch nicht kennengelernt, doch er wusste bereits, wie sie aussah. Er legte großen Wert darauf, über alle auf dem neusten Stand zu sein, und speicherte die neusten Informationen wie ein Computer. Er schrieb E-Mails, SMS und gelegentlich skypte er auch.

Zach trank sein Bier und ließ sich vom Partylärm tragen. Er war für eine einjährige Auszeit, während der er an seinem Buch arbeiten wollte, nach Hause gekommen. Das Buch sollte die Krönung von vier Jahren Forschungsarbeit vor Ort über die Waldgemeinden auf den Inseln vor Indonesien sein, und er hoffte, dass seine Familie ihn davon abhalten würde, zu einem vollkommenen Einsiedler zu werden. Doch er ging davon aus, dass er nicht das ganze Jahr hier verbringen würde. Er rechnete damit, dass seine Bewerbung für ein zweijähriges Forschungsstipendium am Asia Research Institute in Singapur bald angenommen werden würde. Es war eine begehrte Position, doch er war ein gern gesehener Gast am Institut und man kannte ihn und seine Arbeit gut. Er konnte dort sein Buch weiterschreiben – und das in der Nähe von Profis verschiedener Disziplinen, die ihm eine breitere Perspektive auf seine Arbeit ermöglichen würden. Darum wollte er ein paar Monate hier verbringen, dann, im Januar, würden seine zwei Jahre in Singapur beginnen, danach vielleicht zurück nach Colorado, oder vielleicht würde er auch in Singapur bleiben. Oder ganz woanders hingehen. Ein einsamer Wolf ließ sich nicht gerne fesseln.

Er trank einen Schluck von seinem Bier. Das Wichtige war, dass er eine intellektuelle Herausforderung hatte. Und wo er gerade an Herausforderungen dachte, ging er im Kopf verschiedene Ansätze durch, wie er mit seinem Sachbuch ein breiteres Publikum als nur die akademische Welt ansprechen konnte. Es würde ihn freuen, wenn auch das Laienpublikum sich für seine Arbeit, die sich schwerpunktmäßig auf Indonesien aber auch auf den übrigen südostasiatischen Raum konzentrierte, interessieren würde.

„Hi!", hörte er eine Frauenstimme laut genug sagen, dass sie seine umherschweifenden Gedanken zum Schweigen brachte.

Er blickte auf eine umwerfend schöne, zierliche Blondine mit großen blauen Augen, einer niedlichen Stupsnase und einem strahlenden Lächeln hinab. Ihre helle Haut war makellos und strahlte vor Gesundheit, und ihr violettes Kleid betonte ihre sinnlichen Kurven – ihre perfekte Sanduhrfigur. All die typischen Zeichen, die eine Frau attraktiv machten, die in der Lage war, lebensfähige Nachkommen zu produzieren. Nicht, dass er darauf aus war, Nachkommen zu produzieren, doch Biologie funktionierte aus gutem Grund. Ganz im Einklang mit seinen primitiven Instinkten rauschte das Blut in seinen Adern und erinnerte ihn daran, dass es viel zu lange her war. Seit dem letzten Sommer, verdammt, als es mit seiner Ex den Bach runter gegangen war.

Er verdrängte die wenig angenehme Erinnerung. Dann straffte er seine Schultern, schob seine Brust vor und blickte ihr direkt in die leuchtend blauen Augen. Sein Bildungshintergrund gewährte ihm einen Vorteil bei Frauen – ganz gleich welcher Kultur und welchen Alters –, da er wusste, dass Liebeswerben nicht mehr war als ein von der Biologie choreographierter Tanz. Er senkte seine Stimme zu einer tiefen Tonlage, die Dominanz signalisierte, ein Schlüsselfaktor eines würdigen Beschützers und Versorgers für die Jungen, die er nicht vorhatte zu produzieren. „Hallo."

„Du bist *der* Mann. Nach dir habe ich gesucht." Das musste die niedlichste Anmache aller Zeiten gewesen sein.

Er musterte sie einen Moment lang und ließ sie auf sich wirken, bevor er lächelte und sich zu ihr vorbeugte. „Ja? Und wo hast du gesucht?"

Sie hob beide Hände und spreizte die Finger. „Überall."

Amüsiert fragte er weiter. „Wo ist überall?"

Sie schüttelte ihr kinnlanges Haar. „Singlepartys, im Krankenhaus, hier an der Bar."

„Im Krankenhaus?"

„Ich bin Kinderkrankenschwester. Und ich weiß, was du jetzt denkst, doch ein Arzt ist *nicht,* was ich brauche." Sie rümpfte ihre süße Stupsnase. „Und auch keinen Pfleger oder Labortechniker, auch wenn sie männlich und durchschnittlich sexy waren."

Er wusste nicht, was er dazu sagen sollte.

Sie jedoch schon und fuhr eilig fort. „Ich weiß, dass das forsch klingt, aber ich suche schon seit einiger Zeit und du, *wow*, ich meine wirklich *wow*. Darum lass mich direkt auf den Punkt kommen – ich würde gerne eine Reihe Dinge mit dir anstellen, die in die nackte Kategorie gehören, wenn du umgänglich bist."

„Das bin ich", antwortete er sofort. Er war nicht dumm. Er legte die Hand unter ihren Ellbogen und schob sie in eine ruhige Ecke. Auf dem Weg dorthin fielen ihm ihre sexy schwarzen High Heels auf. Pure Lust erfasste ihn, und das mit überraschender Intensität. Einige der Jungs blickten ihm nach und warfen ihm wissende Blicke zu, die er ignorierte. „Wie heißt du?", fragte er, sobald sie ein wenig mehr Privatsphäre hatten.

„Carrie. Und du bist Zach. Meine Freundinnen haben mir gesagt, wer du bist, darum willkommen zu Hause!"

Den letzten Teil trällerte sie. „Auch wenn wir uns gerade erst begegnet sind."

„Danke. Wie viel hast du schon getrunken?"

„Zwei Gläser Wein. Meine Freundinnen lassen mich nicht mehr trinken, weil sie der Meinung sind, dass ich nichts vertrage." Sie verzog genervt das Gesicht.

Er lächelte, denn sie wurde immer niedlicher. Außerdem lag ihre Hand auf seiner Brust, und sie war so nahe, dass er ihren süßen Vanilleduft riechen konnte, der ihn einlud, sie zu kosten.

Sie fuhr fort. „Ich habe eine Mitbewohnerin, Ally. Wir können in meine Wohnung gehen und laute Musik spielen, um zu übertönen, wovon ich ausgehe, dass es ziemlich lautes Whoopie–"

„Whoopie?" *Sagt das überhaupt noch jemand?*

„Aber ich will nicht, dass sie sich schlecht fühlt. Sie ist ziemlich mies drauf, weil sie gerade selbst eine ziemliche Trockenzeit hat."

„Würdest du mit mir in meine Wohnung kommen?"

Sie schlang ihre Arme um seinen Hals. „Ich dachte, du würdest nie fragen."

Seine Hände wanderten an ihre Taille. „Du duftest nach Vanille."

„Das ist mein Duschgel." Sie stellte sich auf Zehenspitzen und schloss die Augen. „Küss mich, *Bad Boy*", schnurrte sie.

„Bist du sicher, dass du nicht betrunken bist?" Er musste nachfragen, denn normalerweise bezeichneten Frauen ihn *nicht* als Bad Boy.

Sie antwortete, indem sie ihn leidenschaftlich küsste, und Teile von ihm, die lange geschlummert hatten, reagierten entsprechend.

Innerhalb kürzester Zeit war er mit ihr in seinem neuen Apartment auf der anderen Seite der Stadt und hatte die Party auch schon vergessen. Sobald sie in seinem Schlafzimmer waren, legte sie los. Ihre Hände und ihr Mund waren hungrig, sie küsste, biss und bestieg ihn regelrecht. Da verlor er die Kontrolle.

Es war heiß. Derb. Hart.

Hämmern. Rammeln. Stoßen.

Keine Zurückhaltung. Das war unmöglich.

Süße Schreie der Ekstase klangen in seinen Ohren. Lautes gutturales Stöhnen drang aus seinem Mund.

Stunden und Stunden. Er konnte nicht genug bekommen. Sie auch nicht.

Als sie sich an seine Seite schmiegte und einschlief, war er erschöpft – auf eine angenehme Art und Weise. Er schloss die Augen und hoffte, dass es nicht lange dauern würde, bis er einschlief, doch er schlief immer besser allein. Das gehörte zu den Einsamer-Wolf-Verhaltensmustern, die seine Ex immer wütend gemacht hatten. Ja, wenn es etwas gab, das er als Anthropologe gelernt hatte, dann, dass er besser darin war, Beziehungen zu beobachten, als an einer teilzuhaben. Er hatte sich damit abgefunden und plante sein Leben entsprechend.

Carrie murmelte etwas im Schlaf, rollte sich von ihm weg und zog die Decke mit. Er wollte die Decke zurückziehen, doch irgendwie hatte sie sich darin eingewickelt.

Er kapitulierte, zog sich schnell ein T-Shirt und Boxershorts über, dann ging er ins Wohnzimmer, um dort auf dem Sofa zu schlafen.

Es dauerte nicht lange, und er schlief mit dem Geschmack von Vanille auf der Zunge ein.

Kapitel Vier

Später am Morgen danach…

Carries Leuchten vom Morgen danach wurde zu brennendem Verlangen, als Zach sie wie ein sexy Höhlenmensch zurück zu seinem Apartment trug und sie auf sein Sofa im Wohnzimmer warf. Als er sich neben sie fallen ließ, stockte ihr der Atem, als sie die Erektion sah, über der seine Boxershorts spannten. Sie sah ihm in die Augen, und seine Miene war furchtbar ernst, wenn man in Betracht zog, dass er genauso angetörnt war wie sie. War ihre Liste wirklich so beunruhigend?

„Niemand hat mich je so getragen", sagte sie.

Er blinzelte, dann starrte er sie weiter wortlos an, als wartete er darauf, dass sie mehr sagte.

„Ich muss zugeben, dass es mich ziemlich angetörnt hat", fügte sie hinzu.

Er lächelte. „Gut zu wissen. Deine Liste ist ziemlich … interessant."

Sie strich ihr violettes Kleid glatt und schlug die Beine übereinander wie die Lady, die zu sein sie erzogen worden war. „Ist sie?", fragte sie.

„Hast du recherchiert?", fragte er und klang seltsam akademisch. „Hast du sie auf Grundlage des *Kamasutra* erstellt?"

Sie lachte. „Nein, besser. Meine Grundlage waren Liebesromane."

„Mit diesem Kontext bin ich nicht vertraut."

„Die meisten Männer sind das nicht. Auch wenn es definitiv bei Beziehungen helfen würde. Alpha Bad Boy Sex ist der Beste." Ihr wurde allein beim Gedanken daran heiß.

Seine große Hand fand ihren Weg auf ihren Oberschenkel und blieb liegen – der Stelle, wo sie ihn haben wollte, so frustrierend nahe. „Kann ich die Liste noch mal sehen?"

Sie zögerte, denn nach seiner Reaktion war sie sich plötzlich nicht mehr so sicher, ob sie sie zeigen wollte. Ein Teil von ihr wünschte sich, sie hätte sie nie erwähnt. Vielleicht sollte sie ihm einfach zeigen, was sie wollte.

Seine Hand verließ ihr Bein und landete stattdessen auf ihrer Schulter. „Carrie."

Sie seufzte. „Kannst du nicht einfach so tun, als hättest du sie nie gesehen?"

Er drückte ihre Schulter. „Ich würde sie gerne noch mal sehen."

Sie hob ihr Kinn und versuchte, sich von seiner Berührung unbeeindruckt zu zeigen, auch wenn ihr an der Stelle warm wurde. „Warum?"

„Ich will herausfinden, was das alles bedeutet."

Das war verständlich. Sie machte sich tatsächlich Sorgen, dass sie mit ihren Euphemismen so subtil gewesen war, dass niemand jemals ihre Liste verstehen würde. Die erste Liste, die sie geschrieben hatte, war viel eindeutiger gewesen. Doch es hatte einen Zwischenfall gegeben. Sie hatte die Liste ihrer Freundin Lauren schicken wollen, die darauf bestanden hatte, sie sich anzusehen, bevor Carrie sie einem Mann zeigte, doch sie hatte sie versehentlich ihrem achtzigjährigen Nachbarn Larry geschickt. Sie waren in ihren Kontakten direkt untereinander aufgelistet, denn Carrie war Larrys Notfallkontakt.

Und jetzt hörte Larry gar nicht mehr auf, sie anzulächeln.

Doch diesen peinlichen Grund für die Verwundung der Euphemismen wollte sie Zach trotz seiner ausgezeichneten Alpha-Qualitäten nicht erklären. Sie musterte ihn von den dicken, dunklen Haaren über seinen sexy Bart bis hin zu seinem schlanken, muskulösen Körper und – ja, immer noch hart. So männlich. Dann überraschte er sie mit einer Beobachtung.

„Nummer sechs haben wir gemacht. Da bin ich mir ziemlich sicher. Den Wallbanger."

Sie riss die Augen auf, beeindruckt, dass er zwischen den Zeilen ihrer Umschreibungen gelesen hatte. „Ich würde gerne Harvey kennenlernen" in „Ich will einen Wallbanger" zu übersetzen, erforderte ganz klar Intelligenz.

„Ich dachte, das war eine einmalige Sache", sagte sie und hoffte, dass er nein sagen würde. Letzte Nacht war er unglaublich gewesen, doch sie wusste, dass sich ein Bad Boy nie auf etwas Langfristiges einlassen würde. Wenn es mehr als eine einmalige Sache war, würde sie ihm *vielleicht die Liste noch einmal zeigen.*

Er strich ihr die Haare hinters Ohr. „Ich bin mir sicher, dass wir uns ab und an wiedersehen werden. Wir kennen dieselben Leute. Und hast du nicht gesagt, dass du ganz in der Nähe wohnst?"

„Ja."

„Dann können wir Freunde sein und Freunde reden miteinander. Hättest du nicht gerne eine männliche Meinung zu deiner Liste?"

Was er sagte, ergab durchaus einen Sinn. Schaden konnte es ja schließlich nicht.

„Du bist überaus intelligent", sagte sie, holte ihr Handy hervor und tippte den Code ein. „Natürlich wüsste ich gerne, was ein Mann darüber denkt. Wenn meine Vorstellungen unrealistisch sind oder irgendwas davon ein absoluter Abtörner ist, wäre es definitiv gut, das zu wissen, bevor ich mich blamiere."

Sie hielt das Handy so, dass sie mit ihm lesen und falls nötig erklären konnte, was sie meinte. „Siehst du–"

„Warte. Lass mich lesen."

Sie starrte die Liste an und versuchte, nicht unruhig neben ihm hin und her zu rutschen.

Carries Wunschliste.
1. Zuerst Dessert.
2. Obergeschoss ist extra schick.
3. Sonntagsfahrten sind manchmal holprig.
4. Quietschsauber ist am besten.
5. Tiere sind animalisch.
6. Ich würde gerne Harvey kennenlernen.
7. Nenn mich Bond. Jane Bond.

Als sie Zach ansah, war seine Miene hoch konzentriert. Es erinnerte sie daran, wie konzentriert er gestern Nacht gewesen war, und sie spürte, wie sich ihr ganzer Körper anspannte.

Schließlich nickte er, und sie steckte ihr Handy zurück in ihre Tasche. Dann wartete sie und bemühte sich, cool und gefasst zu wirken, auch wenn sie ihm nicht einmal in die Augen sehen konnte. Sie wappnete sich. Das war die neue, sexuell selbstbewusste Carrie. Natürlich konnte sie damit umgehen, mit einem sexy Mann, den sie gerade mal vierzehn Stunden kannte, über ihre tiefsten Begierden zu reden. Sie wagte es, ihn anzusehen.

Er streichelte nachdenklich seinen Bart, schwieg jedoch und musterte sie.

Sie hielt es nicht mehr aus. „Und?"

Er sah sie gedankenverloren an. „Das ist die süßeste und verwirrendste sündige Liste, die ich je gesehen habe."

„Hast du schon andere gelesen?"

„Nein." Er streichelte ihren Arm, scheinbar, um sie zu beruhigen, doch seine Berührung trug eher zum Gegenteil bei.

„Vielleicht wäre sie im richtigen Kontext weniger verwirrend." *Und nach zwei Gläsern Wein.*

„Du meinst im Bett?"

„Mmm-hmm." *Grabsch ihn jetzt bloß nicht an.*

Seine Hand wanderte an ihrem Arm hinab, umfasste ihr Handgelenk, und sein Daumen streichelte die Unterseite. „Was ist mit Obergeschoss gemeint?"

„Ah, ja, Dachgeschoss", sagte sie heiser. Sie konnte sich nicht konzentrieren, da er ihr Handgelenk streichelte und es plötzlich zu einer erogenen Zone geworden war, von der sie nicht einmal gewusst hatte, dass sie existierte.

Seine Stimme wurde zu einem leisen Knurren in ihrem Ohr. „Gib mir einen Hinweis. Obergeschoss?"

Sie starrte geradeaus, dann flüsterte sie: „Wenn ich oben bin." Als er schwieg, holte sie tief Luft und sah ihm in die Augen.

Er runzelte die Stirn. „Dann bin ich das Untergeschoss? Nein, warte. Bessere Frage: Du bist noch nie oben gewesen?"

„Mein Ex, Edward, war sehr … traditionell. Mann oben, es sei denn, er wollte, dass ich ihn auf andere Weise … bediene."

Seine Finger schlossen sich um ihr Handgelenk. „Wie?"

Sie zuckte mit den Schultern. „Hand oder Mund."

Er ließ ihr Handgelenk los. „Wer hat das entschieden?"

„Ich, aber ich wusste, dass er es mit dem Mund lieber hatte, darum …" Wieder zuckte sie mit den Schultern.

„Und du warst wie lange mit diesem Typen zusammen?"

„Sechs Jahre."

„Und vor ihm?"

„Nur er. Mein einer und einziger."

„Carrie", sagte er gedehnt. So viel in einem Wort – Sorge, Verlangen, Schutz.

„Was?", fragte sie leise.

„Du bist praktisch ein unschuldiges Mädchen. Ich kann dich nicht guten Gewissens durch die Gegend rennen und irgendwelchen Typen diese Liste zeigen lassen."

Sie sah ihn finster an. „Was das angeht, hast du keinerlei Mitspracherecht. Es ist mein Leben, und ich habe die Nase voll davon, immer auf Nummer sicher zu gehen." Sie nahm ihre Handtasche und funkelte ihn böse an. „Und wag es nicht, mir noch einmal in deinen sexy Schottenkaro-Boxershorts zu folgen oder diese Neandertalernummer noch einmal abzuziehen, denn diesmal wird es nicht funktionieren. Du hast mich wütend gemacht, und ich werde nicht schnell wütend. Ich bin normalerweise überaus süß und ausgeglichen."

Sie stand auf und ging zur Tür, ein bisschen überrascht, dass er ihr nicht folgte. Zuvor hatte er so entschlossen gewirkt. Sie legte die Hand auf den Türknauf, doch irgendetwas brachte sie dazu, über ihre Schulter zu blicken. Er saß da und beobachtete sie, als wäre das, was sie tat, faszinierend. Niemand hatte sie je angesehen, als wäre sie in irgendeiner Weise interessant. Normalerweise verschmolz sie mit dem Hintergrund. „Na dann, auf Wiedersehen."

„Ich bin nicht auf der Suche nach einer Beziehung."

Sie drehte sich ganz zu ihm um. „Ich habe dich ja auch nicht um eine gebeten. Gott, das ist das Letzte, was ich nach meiner furchtbaren Quasi-Ehe will." Wenn sie ehrlich war, wurde ihr schon bei dem Gedanken übel, wieder in einer Beziehung gefangen zu sein. Was, wenn sie sich wieder verlor?

Als er sie weiter anstarrte fügte sie hinzu: „Was glaubst du, warum ich dich in einer Bar abgeschleppt habe, Bad Boy? Kleiner Hinweis: Es war nicht, um mich mit dir zu unterhalten."

Er stieß ein Geräusch aus, das sie beunruhigend an das Knurren eines Raubtiers erinnerte. Sie holte scharf Luft, gleichzeitig beunruhigt und angetörnt.

Er durchbohrte sie weiter mit seinem Blick. „Ich bleibe nie lange irgendwo", knurrte er praktisch. „Ich verschwinde wieder nach Übersee bei der ersten Gelegenheit, die sich mir bietet."

Sie war sich nicht sicher, ob er immer noch mit ihr sprach, doch ihre Erziehung gebot ihr zu antworten. „Okay. Nicht, dass ich irgendetwas anderes von einem Bad Boy erwartet hätte. Genau genommen war das der Grund, warum ich nach einem gesucht habe. Und der heiße Alpha-Sex, natürlich. Also, ähm, ja. Danke für letzte Nacht." Sie winkte halbherzig. „Ich seh dich wahrscheinlich irgendwann. Ich wohne ein paar Blocks weiter in der Anlage mit den Eigentumswohnungen. Ich weiß nicht, ob du gerne joggst–"

„Zwei Wochen." Er stand auf und ging auf sie zu. „Ich mache die ganze Liste mit in zwei Wochen. Du bekommst, was du willst, ohne dich in Gefahr zu begeben."

Sie hob ihr Kinn. „Ich habe dir doch gesagt, dass ich nicht auf Nummer sicher gehen will."

Er blieb vor ihr stehen, schob ihre Handtasche von ihrer Schulter, schlang einen Arm um ihre Taille und zog sie so fest an sich, dass seine Erektion an ihren Bauch drückte. Dunkles Verlangen brodelte in seinen Augen und brachte ihre Entschlossenheit zu gehen ins Wanken. Er senkte den Kopf und küsste sie grob. Sie stöhnte und ging auf Zehenspitzen, dann schlang sie ihre Arme um seinen Hals, während er nahm, was sie so bereitwillig gab.

Er hob seinen Kopf und sah sie mit einer solchen Hitze im Blick an, dass sie sich am liebsten sofort ausgezogen hätte. „Haben wir eine Vereinbarung?", fragte er leise, mit einem gefährlichen Unterton in der Stimme.

Plötzlich hatte sie das Gefühl, einen Pakt mit dem Teufel zu schließen. „Du spielst ein schmutziges Spiel."

Seine Lippen zuckten. „Freut mich, dass du so denkst."

Sie ließ ihre Arme an seine sexy Brust sinken. „Glaubst du, dass zwei Wochen für die Liste reichen?" Sie und ihr Ex hatten nur einmal pro Woche Sex gehabt. Sie hoffte wirklich, dass Zach öfter als das zur Verfügung stehen würde.

Er legte die Hand an ihren Kiefer und streichelte mit

dem Daumen ihre Wange. „Definitiv."

Sie quietschte vergnügt und schlang ihre Arme um seine Mitte, um ihn fest an sich zu ziehen. Dann ließ sie los, strahlend und auf den Ballen ihrer Zehen hüpfend. Das war so ideal. Er würde ihr helfen, und danach war sie frei für ihr nächstes Abenteuer. Er zog sie an sich, und es war so perfekt, dass es ihr regelrecht zwischen die Beine schoss, als er sie erneut leidenschaftlich küsste. Gott, er war wirklich ein ausgezeichneter Küsser.

Als er sie schließlich wieder zu Atem kommen ließ, sagte sie: „Wir haben einen Deal, Bad Boy."

Er sah sie mit einem raubtierhaften Lächeln an, bei dem erneut die Hitze zwischen ihre Beine schoss, begleitet von einem angenehmen Pochen. Wie hätte sie dem widerstehen sollen?

Sie packte seinen Po. „Aber ich behalte mir das Recht vor, gewisse Dinge auszulassen oder zu wiederholen, je nachdem, wie ich mich fühle."

„Sicher. Wir müssen es nicht der Reihe nach machen." Seine Stimme wurde rau und ähnelte wieder einem Knurren. „Böse Jungs brechen andauernd die Regeln."

Ihr stockte der Atem, und ihr Magen schlug einen Purzelbaum. Er hatte gerade einen weiteren Punkt auf ihrer Alpha Bad Boy Liste abgehakt – Regelbrecher.

Sie küsste seinen Hals und leckte ihn, bevor sie ihre Wange an seinem Bart rieb. Im nächsten Moment küsste er sie wieder und schob sie rückwärts vor sich her, bis sie mit den Kniekehlen ans Sofa stieß. Er schubste sie aufs Sofa, ging vor ihr auf die Knie und schob ihr Kleid über ihre Hüften hoch, überrascht, darunter kein Höschen zu finden.

Sie sahen einander schwer atmend in die Augen.

Sein Befehlston war so köstlich schmutzig. „Mach die Beine breit, böses Mädchen. Ich will zuerst das Dessert essen."

Sie spreizte ihre Beine und stieß einen leisen Schrei aus, dankbar, dass sie einen intelligenten Bad Boy gefunden hatte.

~ ~ ~

Carrie schwebte geradezu zurück zu ihrer Wohnung, die sich nur drei Blocks von Zachs Apartment befand. Wie praktisch. Zach … Mann, hatte er ihr eine Show geboten. Sie fühlte sich euphorisch und trunken und hätte am liebsten getanzt vor Glück. Sofort nach dem ersten atemberaubenden Orgasmus hatte sie Zach die Liste geschickt. Sie hatte jeden Punkt erklären wollen, doch er hatte gesagt, dass ihm die Herausforderung gefiel, es selbst herauszufinden. Dann hatte er sie über die Schulter geworfen, sie in sein Schlafzimmer getragen und sich von ihr reiten lassen. Bereits drei Punkte ihrer Liste abgehakt!

Diese Zwei-Wochen-Affäre hätte nicht idealer sein können. Sie hatten offen und ehrlich die Regeln verhandelt. Alles war klar. Dazu kam, dass er wahrscheinlich irgendwohin reisen würde – wo immer das auch war (nachdem sie sich der Leidenschaft ergeben hatten, hatten sie nicht mehr viel geredet), und sie war fest verwurzelt hier in Connecticut. In drei Wochen – das sagte ihr Plan zum Aufbau ihres Selbstbewusstseins – würde sie an der University von Connecticut ihren Master in Krankenpflege anfangen, um ihren Abschluss als examinierte klinische Pflegeexpertin mit Schwerpunkt auf Kinderpflege zu machen. Sie hatte für die nächsten zwei Jahre einen Job als Lehrassistentin zuerkannt bekommen, der die Kosten des Studiums decken würde. Als Pflegeexpertin würde sie mehr verdienen und Verantwortung übernehmen, die der eines Arztes ähnlich war. Edward hatte ihr abgeraten, mehr als einen Bachelor zu machen, da er der Meinung war, dass es Geldverschwendung war, wenn sie sowieso schon sein großzügiges Gehalt als Chirurg hatten. Nicht, dass sie verheiratet gewesen wären. Sie hatten zusammengelebt, und er hatte ihr erst vier Tage, nachdem sie ihn abserviert hatte, weil er sie betrogen hatte – und was noch viel schlimmer war: sie deswegen angelogen hatte –, einen Antrag gemacht. Doch lügen war ein K.o.-Kriterium für sie, und sie hatte keinerlei Toleranz für jedwede Art von Lügen.

Edward hatte ihr jahrelang das Gefühl gegeben, als wäre sie eine sexbesessene Nymphomanin (dabei war sie vollkommen normal!), während er sich mit irgendwelchen Frauen, die er über eine widerliche Sex-App kennengelernt hatte, in perverse erotische Abenteuer gestürzt hatte. Als sie ihn mit ihrem Verdacht konfrontiert hatte, hatte er ihr das Gefühl gegeben, dass sie verrückt war. Hatte den Spieß umgedreht und so getan, als wäre *sie* diejenige mit dem Problem. Er log, bis sie ihm eine Mappe mit Beweisen in die Hände gedrückt hatte. Und seine Entschuldigung? Er wollte, dass sie als zukünftige Mutter seiner Kinder „rein" blieb. Kranker Bastard.

Der Treuebruch hatte sie tief verletzt. Sie hatte ihn ihr ganzes Leben lang gekannt, ihre Familien waren miteinander befreundet, und sie hatte zu ihm aufgeblickt. Er war sieben Jahre älter und attraktiv und kultiviert in ihren jungen Augen. Rückblickend hatte sie viel zu viel Energie bei dem Versuch verschwendet, ihn glücklich zu machen, und hatte einen wahren Eiertanz aufgeführt, wenn sie irgendetwas getan hatte, das ihm missfiel, und er sie tagelang angeschwiegen hatte. Ihre einzige kleine Rebellion war ihre Teilnahme an den Singlebuchclub-Treffen des Happy End Buchclubs gewesen, bevor sie wieder Single war. Nicht, dass sie je irgendetwas mit den Männern angefangen hätte, die sie durch den Club kennengelernt hatte – die meisten davon waren sowieso die älteren Brüder von Mad Campbell, einem Mädchen aus dem Club. Doch jetzt war sie so froh, dass sie diesen Schritt gewagt hatte, denn die Frauen des Clubs waren die engsten Freundinnen geworden, die sie je gehabt hatte. Wie ihre Mitbewohnerin, Ally Bloom. Carrie hatte eine Weile gebraucht, bis sie sich nach der Trennung, die sich wie eine Scheidung angefühlt hatte, wieder gefangen hatte. Sie hatte sich Zeit genommen, um darüber nachzudenken, wer sie wirklich war und was sie vom Leben wollte. Allein zu sehen, welch großartiges Leben ihre Freundinnen führten, hatte sie inspiriert.

Aus der Asche ihrer zerbrochenen Beziehung hatten sich ihre wahren Leidenschaften herauskristallisiert. Voilà! Die neue, selbstbewusste Carrie. Die sexuell befriedigte Carrie.

Sie lächelte vor sich hin, als sie die Tür der Zweizimmerwohnung aufschloss, die sie sich mit Ally teilte. Ally, bereits in Bikini und Frotteetunika und mit einer Strandtasche über der Schulter, wollte gerade gehen. Sie hatten beide eine Mitgliedschaft in Grand Lake in Clover Park, wo sie geplant hatten, sich mit ihren Freundinnen zu treffen. Nichts Aufregendes, nur ein fauler Tag am Strand.

„Wie war's?", fragte Ally neugierig und zog die Brauen unter ihrem blonden Pony hoch. Sie sahen sich ähnlich, und manchmal glaubten die Leute, dass sie Schwestern waren – sie waren schließlich in etwa gleich groß, beide mit blonden Haaren und blauen Augen. Doch Ally hatte eine extrem begeisterungsfähige, quirlige Persönlichkeit, während Carrie normalerweise eher bodenständig veranlagt war. Ihre Affäre mit Zach war eine absolute Ausnahme.

Carrie strahlte. „Fantastisch."

„Yay!" Ally ließ ihre Strandtasche fallen, stürmte auf sie zu und umarmte sie. „Ich freu mich so für dich!" Ally wusste, wie viel es Carrie bedeutete, nach ihrem Ex diesen Schritt zu wagen.

Carrie drückte sie und ließ sie los. „Danke. Gib mir ein paar Minuten, dann können wir zusammen rüber zum See fahren."

„Okay, lass mich nur schnell eine SMS …" Allys Daumen flogen über das Display, als sie eine Nachricht schrieb – wahrscheinlich an ihre gemeinsame Freundin Hailey. „Okay." Sie blickte mit leuchtenden Augen auf. „Erzähl mir *alles*."

Carrie lachte und ging in ihr Zimmer, dicht gefolgt von Ally, die sich auf Carries Bett setzte. „Komm schon! Ich muss im Moment durch dich leben. Du weißt, wie lange es für mich her ist. Ugh!" Sie streckte die Arme aus und ließ sich auf Carries Bett fallen.

Carrie holte ihren schlichten blauen Badeanzug aus der Schublade. „Er will die ganze Liste mit mir machen."

Ally schoss hoch. „Du hast ihm deine Liste gezeigt?", rief sie. Ally war diejenige gewesen, die ihr mit den Umschreibungen geholfen hatte. Sie hatten sich schiefgelacht, als sie sie sich bei einer Flasche Wein überlegt hatten.

„Jupp."

„Und er hält sich daran? Ist es nicht prinzipiell so, dass böse Jungs keine Regeln befolgen?"

Sie lachte. „Ich gehe mal davon aus, dass er es nicht der Reihe nach machen wird. Das kann man nicht von ihm erwarten, nicht wahr?" Ihr Herz begann schneller zu pochen, als sie überlegte, was Zach vielleicht als nächstes tun würde. Sie fühlte sich unbeschwert und hätte sich wahrscheinlich vor Freude im Kreis gedreht, doch sie wollte Ally ihr Glück nicht allzu sehr unter die Nase reiben. Ihre Freundin war immer noch von einem Typen an der Uni besessen.

„Ich wusste, dass er kein so böser Junge sein konnte, wenn er mit einem Cop befreundet ist", sagte Ally. Der Cop, Ethan, hatte sich wahnsinnig auf die Willkommensparty für Zach gefreut.

„Kriminell ist er auch nicht", antwortete Carrie. „Eher ein ziemlich krasser Typ."

„Was macht er eigentlich beruflich?"

Oh. Sie hatte vergessen, Zach persönliche Fragen zu stellen, als sie angefangen hatte, über ihre Wunschliste nachzudenken. Sie hatte ihm schon gesagt, dass sie Punkt Nummer eins – zuerst das Dessert – definitiv wiederholen wollte.

Er hatte sie nur sexy wissend angelächelt und gesagt: „Ich weiß."

Wie sie seinen Kopf gepackt und geschrien hatte, hatte

sie vielleicht verraten. Als sie daran dachte, wurde sie rot.

Ally seufzte. „Du denkst gerade an ihn, oder? Und an den fantastischen Sex. Gott, ich bin so neidisch. Vielleicht brauche ich auch eine Liste."

Carrie schüttelte den Kopf. „Dir fehlt es nicht an Erfahrung wie mir. Du musst nur jemanden kennenlernen."

Wieder seufzte Ally. „Ich habe ihn schon kennengelernt und wieder verloren."

„Oh Ally, ich hoffe, dass es zwischen euch bei deinem Jahrgangstreffen wieder funkt." Ally wollte bei ihrem Jahrgangstreffen ihre Beziehung zu ihrem Ex-Freund, mit dem sie vier Jahre lang zusammengewesen war, wieder aufleben lassen.

„Ich auch. Wir sind beide Single und haben in letzter Zeit jede Menge hin und her geschrieben." Sie überkreuzte die Finger beider Hände, kickte ihre Flip-Flops von den Füßen und überkreuzte auch noch ihre Zehen.

Carrie warf ihren Badeanzug über ihre Schulter und überkreuzte solidarisch ihre Finger. „Ich geh mich nur schnell duschen", sagte sie und verschwand im Bad.

„Ich pack dir eine Kühltasche", rief Ally ihr hinterher.

„Danke!" Ihre Freundin wusste, was ihre Lieblingssnacks am Strand waren.

Sie starrte ihre Alpha Bad Boy Liste an ihrem Badezimmerspiegel an und strahlte. Vorsichtig löste sie die Klebestreifen und legte die Liste in die Schublade des Toilettentischs. Jetzt, da sie ihren Bad Boy gefunden hatte, brauchte sie sie nicht mehr. Sie duschte sich schnell, zog ihren Badeanzug an und cremte sich mit Sonnenmilch ein, dann nahm sie ein Strandtuch aus dem Wäscheschrank. Nachdem sie alles, was sie brauchte, in ihre Strandtasche gepackt hatte, fuhren sie in Carries Toyota namens Ollie, der sie in den letzten zehn Jahren nicht ein Mal im Stich gelassen hatte, an den See. Ally bohrte weiter nach Details ihrer Nacht mit Zach, doch aus irgendeinem Grund war

Carrie nicht nach Tratschen zumute. Da war etwas an Zach – vielleicht seine ruhige, reservierte Art –, und es fühlte sich einfach nicht richtig an, so über ihn zu reden. Sie war sich sicher, dass er nicht der Typ war, über den man tratschte. Schließlich berichtete sie Ally lediglich die Tatsache, dass sie bereits drei Punkte ihrer Liste „abgearbeitet" hatten und dass es genau so gewesen war, wie sie es sich erhofft hatte. Das schien Ally zufriedenzustellen, denn sie seufzte verträumt und fing an, wieder einmal eine Geschichte über Dean zu erzählen.

Carrie hatte Dean nie kennengelernt, doch sie hoffte, dass er wirklich so toll war, wie Ally ihn darstellte.

Nachdem sie ihren Wagen geparkt hatten, fanden sie ihre Freundinnen, die bereits am Strand in Liegestühlen und auf Handtüchern faulenzten – Hailey, die Kupplerin und Leiterin des Happy End Buchclubs, Missy, Sabrina und Lexi. Der Rest war entweder bei der Arbeit oder mit seinen Männern beschäftigt.

Carrie hatte sich noch nicht einmal auf ihre Strandliege gesetzt, als Ally auch schon herausplatzte: „Carrie hat einen Mann für ihre Sexliste gefunden."

„Schhh!", zischte Carrie und sah sich um, um sich zu versichern, dass niemand, und ganz besonders keine Familien mit Kindern, zu nahe saßen. Doch die Luft war rein. Sie waren ein ganzes Stück weit vom Wasser, wo sich die meisten am liebsten tummelten, entfernt.

Die Frauen bestürmten sie mit Fragen, die Carrie jedoch ignorierte, während sie sich auf ihren Liegestuhl setzte und ein Getränk aus ihrer Kühltasche holte.

„Carrie!", rief Sabrina, beugte sich zu ihr hinüber und schob sich ihre aschblonden Haare aus dem Gesicht. Ihre Lautstärke zog jedermanns Aufmerksamkeit auf sich, denn Sabrina war normalerweise eher von der stillen Sorte. „Du kannst nicht eine solche Bombe platzen lassen und dann kein weiteres Wort darüber verlieren." Sie fuhr leiser fort. „Sexliste?"

Carrie bot Sabrina ihr noch verschlossenes Getränk an. „Yoo-hoo gefällig?"

„Carrie!", protestierten die anderen nahezu einstimmig.

„Hör auf zu versuchen, das Thema zu wechseln", sagte Sabrina sanft.

Carrie konzentrierte sich darauf, die Flasche zu öffnen, und trank einen Schluck, da sie nicht vorhatte, noch einmal über ihre Sexliste zu reden. Jetzt, wo Zach sie hatte, musste niemand anderes von ihrem Inhalt wissen. All die Blicke brachten sie schließlich dazu, zu sagen: „Ally hat es gesagt, nicht ich."

„Es war Zach", sagte Ally.

„Sie wissen, wer es war", bemerkte Carrie und presste die kalte Flasche an ihre Stirn. Sie waren gestern Abend alle auf Zachs Willkommensparty gewesen, doch die Jungs hatten ihn von Anfang an in Beschlag genommen, darum wusste keine ihrer Freundinnen viel über ihn. Wie sie wussten sie nur, dass Zach den Campbells nahestand und jahrelang nicht zu Hause gewesen war, da er sich im „Niemandsland" aufgehalten hatte. Ihre Freundin Mad Campbell musste heute arbeiten, sonst hätte sie ihnen schon mehr über ihn erzählt. Carrie war zu dem Schluss gekommen, je weniger sie über Zach wusste, desto besser. Sie wollte ihm nicht zu nahe kommen.

„Wie war der Bart?", fragte Sabrina.

„Die Genießerin schweigt", sagte Carrie und unterdrückte ein Lächeln.

Die Frauen musterten sie. Ihr Romantikbuchclub hatte als Singlebuchclub angefangen, doch zwischenzeitlich waren einige der Mitglieder verlobt oder verheiratet, und sie diskutierten regelmäßig die Details ihres Liebeslebens. Sie wusste, dass sie ihren Beitrag nicht leistete, doch das war ihr egal. Sie hatte die Nase voll davon zu tun, was man von ihr erwartete. Sie war nicht auf der Suche nach Liebe. Denn soweit sie es beurteilen konnte, war Liebe eine stille häusliche Übereinkunft wie die ihrer Eltern oder erstickend wie im Fall ihres kontrollsüchtigen Ex. Beides versprach ein Leben voller Langeweile und Verantwortung. Sie wollte *Leidenschaft*. Und Zach war bereit, ihr genau das zu geben.

Hailey stützte sich auf ihre Ellbogen. Sie war eine Vision in Rosa – winziger flamingorosa Bikini, Sonnenbrille mit babyrosa Rahmen, zartrosa Lippenstift und Nagellack natürlich auch in Rosa. Sie war eine ehemalige Schönheitskönigin mit rotblonden Haaren, blassblauen Augen und perfekter Haut mit dem Herzen einer Hardcore-Romantikerin. Jedoch ausschließlich, wenn es um andere ging. Sie war Clover Parks einzige Hochzeitsplanerin, ein selbstbekennender Liebesjunkie, der immer wieder zum Happy End anderer beitrug. „Ich verstehe deine Diskretion vollkommen, Carrie. Du hast Klasse. Und wo wir gerade von Klasse reden, möchte jemand hier auf ein Date mit Ethan gehen? Ich will beweisen, dass das Gerücht, dass er sexsüchtig ist, nicht wahr ist, und dass er durchaus ein geeigneter Kandidat für Ladys wie uns ist."

Die Frauen kicherten. Armer Ethan. Das Gerücht, dass er sexsüchtig sei, war wieder einmal eine verrückte Geschichte. Natürlich war er *nicht* sexsüchtig, doch das Gerücht hielt sich hartnäckig wie so oft in einer Kleinstadt. Hailey war wild entschlossen, es zu berichtigen, denn sie wollte, dass jeder sein Happy End bekam.

Carrie holte eine Packung Kartoffelchips aus ihrer Kühltasche und bot sie Hailey an. „Warum gehst du nicht mit ihm aus?"

Hailey winkte ab. „Keine Zeit. Hab zu viel mit meinem Geschäft zu tun."

„Aber du hast Zeit für uns", bemerkte Carrie und gab Sabrina die Packung.

Hailey seufzte, zog ihre Haare hoch und fächelte sich den Nacken. „Männer sind Arbeit. Ihr Ladys sorgt dafür, dass ich nicht den Verstand verliere." Sie ließ ihre Haare wieder fallen und sah sich um. „Irgendjemand für Ethan? Ihr müsst nicht allein mit ihm sein. Ich würde dafür sorgen, dass er am Donnerstag nach dem Buchclub im Garner's ist. Diejenige muss nur lächeln und flirten, damit alle wissen, dass er okay ist."

„Kann nicht", sagte Ally. „Dean und ich sind ab nächstem Monat wieder zusammen."

„Ich bin im Moment mit Zach zusammen."

„Im Moment?", fragten die anderen Frauen wie aus einem Mund.

„Bis sie ihre Sexliste durchhaben", erklärte Ally. „Aber nicht unbedingt der Reihe nach. Böse Jungs halten sich nicht an Regeln."

Carrie kaute auf ihren Chips herum. „Könntest du bitte Wunschliste sagen?"

„Carrie!", rief Sabrina. „Du machst uns ganz verrückt mit diesen Informationshäppchen!"

„Ja", mischte Lexi sich ein. „Komm schon, wir sind unter uns."

„Wie böse ist er?", wollte Missy wissen.

„Die *Sexliste* ist eher eine Wunschliste", erklärte Carrie. „Um aufzuholen, was ich mit meinem Ex verpasst habe. Zach ist cool damit."

Hailey schob ihre Sonnenbrille in ihre Haare und sah sie eindringlich mit ihren blassblauen Augen an. „Das muss die schlechteste Idee sein, von der ich je gehört habe. Das kannst du nicht durchziehen."

Carrie verzog verärgert das Gesicht. Wenn sie eine Affäre wollte, konnte sie eine haben. Ihr fiel kein einziger Grund ein, warum sie es nicht tun sollte. „Warum nicht?"

„Weil du ein gutes Mädchen bist", erklärte Hailey geduldig. „Das kann nur unangenehm werden. Verletzte Gefühle sind da so gut wie unausweichlich, und dreimal darfst du raten, wer am meisten leiden wird."

„Sie", sagte Ally und nickte in Carries Richtung.

Hailey setzte ihre Sonnenbrille wieder auf. „Ja. Ich kenne dich, Carrie. Du hast ein sensibles, liebendes Herz."

Carrie biss die Zähne zusammen und schluckte die

bissige Bemerkung hinunter, die ihr auf der Zunge lag. *Muss ich ein Miststück sein, um Spaß zu haben?* Sie wusste, dass Hailey es gut meinte. Doch jetzt, wo Carrie endlich den Mut dazu aufgebracht hatte, wollte sie, dass ihre Freundinnen sich für sie freuten, und nicht, dass sie sie zurückhielten, darum antwortete sie in einem sorgsam kontrollierten Tonfall: „Ich kann mit einer Affäre umgehen."

„Du solltest ihn kennenlernen", beharrte Hailey. „Gib ihm eine Chance, dich kennenzulernen und etwas Echtes daraus werden zu lassen."

„Aber–"

„Ich sage das, weil ich dich lieb habe", sagte Hailey und drückte Carries Schulter. Demonstrativ hob sie ihre Finger, wahrscheinlich voller Sonnenmilch, und wischte sie an ihrem Handtuch ab. „Ich will nicht, dass dir jemand wehtut."

„Ich gebe es nur ungern zu", mischte Ally sich ein. „Aber ich glaube, Hailey hat recht."

Carrie zwang sich zu lächeln. „Danke für die Warnung, aber ich bin durchaus zufrieden mit einer vorübergehenden Sache. Ich *will* es so. Und selbst wenn dem nicht so wäre", – sie hob einen Finger – „was allerdings nicht zutrifft, wäre es egal, weil er bei der ersten Gelegenheit, die sich ihm bietet, sowieso wieder über den großen Teich verschwindet, und ich bleibe hier, um meinen Master zu machen. Ich werde ganz sicher nicht die Assistenzstelle und die volle Kostenübernahme meiner Studiengebühren aufgeben, um ihm Gott weiß wohin zu folgen."

„Was passiert, wenn ihr in einer oder zwei Wochen mit deiner Liste durch seid und er nicht nach Übersee verschwindet?", fragte Hailey. „Was, wenn du ihm begegnest, wenn er mit den Jungs unterwegs ist?"

„Dann werde ich freundlich sein", antwortete Carrie angespannt.

Hailey fuhr sanfter fort. „Aber vielleicht gibt es ein

Happy End, wenn du ihm die Chance dazu gibst." Sie meinte das romantische Gesamtpaket – immerwährende Liebe, die mit einer Hochzeit gekrönt wird. Beim Gedanken, *für immer* in einer Beziehung gefangen zu sein, begann Carries Magen zu rebellieren. Menschen änderten sich, und nicht immer zum Besseren.

Missy, eine toughe Rothaarige, die nie etwas beschönigte, mischte sich ein. „Ehe ist nicht für jeden was. Für mich war es auch nichts. Tu, was dir gut tut, Carrie. Hab Spaß."

Die Frauen begannen eine Debatte über Ehe und was sie bedeutete – eine Chance auf Glück oder lebenslange harte Beziehungsarbeit. Carrie ignorierte es, blickte stattdessen entspannt aufs Wasser hinaus und genoss ihre Post-Bad-Boy-Sex-Glückseligkeit. Doch dann stellte Hailey eine Frage, die Carrie ganz automatisch in Gute-Mädchen-Schuldgefühle stürzte.

„Was, wenn am Ende du *ihm* wehtust?"

Daran hatte sie nie gedacht, da er mit allem einverstanden schien. Schließlich sagte sie nur: „Er hat gesagt, dass er keine Beziehung will."

Hailey seufzte. „Wie du meinst." Sie wandte sich den anderen zu. „Also keine Freiwillige für Ethan?"

Die Frauen schwiegen. Keine von ihnen war sonderlich scharf darauf, von Hailey verkuppelt zu werden. Sobald man ihr die kleinste Chance gab, bearbeitete sie einen mit einer Hartnäckigkeit, die sich für ihr Geschäft so bezahlt machte. Doch das Liebesleben war nun einmal kein Geschäft.

Hailey holte eine rosa Baseballmütze aus ihrer Tasche und zog sie sich tief in die Stirn. „Dann muss ich eben Ethan ein bisschen Extra-Aufmerksamkeit schenken."

„Das dürfte interessant werden", murmelte Missy leise.

„Was?", fragte Hailey.

„Ich sagte, das wäre gut für ihn", sagte Missy.

„Und Josh!", fügte Ally hinzu, und alle lachten, denn

das dachten alle anderen auch. Josh Campbell, der Manager des Garner's, hatte Hailey gegen Bezahlung zu etlichen Hochzeiten begleitet, die sie geplant hatte. Als ihr Arrangement in die Luft geflogen war, hatten sie ein lächerliches Freundschaft-Feindschaft-Spiel angefangen, bei dem sie sich dauernd zu übertrumpfen versuchten, was von scharfen Chilis in Käsenachos (Joshs Aktion) zu Gerüchten über Impotenz (natürlich Haileys Idee) über fehlende Zutaten für Haileys geliebten Mojito (Joshs Revanche) zu Gerüchten über Joshs winzige Banane (wieder Hailey) in Kabbeleien eskaliert war, dass Josh der eine war, der Hailey entkommen war. Arme Hailey, denn Letzteres war Joshs extrem effektiver Zug, und alle im Ort glaubten es, da zwischen beiden offensichtlich die Funken flogen. Carrie und ihre Freundinnen waren alle davon überzeugt, dass die Fehde zwischen den beiden nur ein Vorwand war, um zu vertuschen, was Josh und Hailey wirklich wollten – einander.

Josh würde es gar nicht gefallen, wenn Hailey sich seinem Freund Ethan an den Hals warf. Vielleicht würde es Josh endlich dazu bringen, genau das zu tun, was alle von ihm erwarteten und wovon Hailey insgeheim träumte: dass er ihr den Hof machte.

Hailey setzte ihre Sonnenbrille wieder auf. „Josh kann mir den Buckel runterrutschen."

Oder auch nicht.

Kapitel Fünf

Zach schlenderte durch *Curtains & More* und redete sich ein, dass er Carrie nicht angelogen hatte, als er ihr nicht erklärt hatte, dass er ein angesehener Anthropologe und kein Bad Boy war. Es war ja nicht so, als hätte sie ihn nach seinem Beruf gefragt. Doch sein Stolz verlangte, dass er sich immer ehrenhaft verhielt, immer aufrichtig war und sich immer an sein Wort hielt. Ein Anflug von Schuldgefühlen ließ ihn die Zähne zusammenbeißen, als ihm die Worte durch den Kopf gingen, die er als Kind so oft gehört hatte. *Er ist ein fauler Apfel. Man kann ihm nicht vertrauen. Er ist raffiniert, ein Lügner und ein Dieb.* Der Ruf seiner Eltern hatte ihn verfolgt. Sie waren Berufsverbrecher gewesen. Nicht der Muskel, sondern das Gehirn der Operation. Sein Vater war gestorben, bevor Zach auf die Welt gekommen war. An seine Mutter konnte er sich erinnern. Sie hatte ihn geliebt, mit ihm gespielt und ihm Dinge beigebracht. Als er drei Jahre alt gewesen war, hatte sie ihm das Lesen beigebracht. Mit vier hatte sie ihm mit Gummibärchen Addition und Subtraktion gelehrt, mit fünf dann „grundlegende Alltagsfähigkeiten". Mit anderen Worten, wie man Schlösser knackte, ein Fenster einschlug, ohne sich dabei die Hand zu verletzen, und wie man in einer Menge untertauchte. Als er sechs Jahre alt war, ließ sie ihn bei einer Freundin und wollte eine Woche später wiederkommen, tauchte jedoch nicht wieder auf. Nach zwei Wochen ließ seine Babysitterin ihn allein, um mit ihrem Freund irgendwo hin zu verschwinden. Er war zum Laden an der Ecke gegangen, hatte einen Hot Dog aus der Auslage gestohlen und gegessen und einen zweiten für später in seine Tasche gesteckt. Doch dann war er gierig geworden und hatte Gummibärchen gestohlen. Das Jugendamt holte ihn ab. So war er in seine erste Pflegefamilie gekommen.

Er riss so oft aus, dass niemand ihn auf Dauer haben wollte. Ein Serienausreißer, der regelmäßig Essen und Geld stahl, war ein Ärgernis. Wann immer er ausriss, nutzte er die „grundlegenden Alltagsfähigkeiten", die seine Mutter ihm beigebracht hatte, und freute sich auf den Tag, an dem er seine Mutter finden und ihr davon erzählen konnte. Doch dieser Tag kam nie. Mit neun Jahren landete er in derselben Pflegefamilie wie Ethan, der ihm sagte, dass er aufhören sollte, wegzulaufen, weil seinem Basketballteam ein großer Junge fehlte. Bei dieser Gelegenheit lernte er die Campbell-Brüder und deren Dad, Joe, in der Police Athletic League kennen. Einen Monat später lief er wieder weg, doch da war Joe schon für ihn da. Joe fand ihn und half ihm, die Antworten über seine Mutter zu finden, die er gebraucht hatte, und ließ Zach wissen, dass er nicht weglaufen musste, denn er war jetzt zu Hause bei seiner neuen Familie. Zach war intelligent genug zu wissen, dass das Glück ihm eine Tür geöffnet hatte. Davon abgesehen war seine Mutter bei einem Juwelenraub ums Leben gekommen. Das klang wie aus einem Film, doch das echte Leben war nicht so glamourös. Jemand anderes war vor ihr an die Juwelen gekommen. Als es ihr gelungen war, denjenigen zu einem Drogenkartell in Mexiko zu verfolgen, hatte sie versucht, die Juwelen mit schlagkräftiger Unterstützung zurückzustehlen. Doch niemand kam mit dem Leben davon. Er redete sich ein, dass sie es getan hatte, um eine gemeinsame Zukunft für sich und ihren Sohn zu sichern. Die Alternative – Gier – machte ihn nur wütend.

Er blieb bei den Gardinenstangen stehen und suchte nach den Bindedingern, mit denen man Vorhänge offenhalten konnte. Er wollte dicken Samt für Carries Jane Bond Fantasie. Ja, er wusste, was sie damit meinte. „Nenn mich Bond, Jane Bond." Ziemlich offensichtlich, dass sie Soft-Bondage wollte. Selbst wenn er ihr nicht gesagt hatte, was er beruflich machte, tat er eine ehrenhafte Sache, indem er dafür sorgte, dass sie sicher und beschützt war, während sie experimentierte. Im Ernst. Sollte er zulassen, dass irgendein dahergelaufenes Arschloch, das sie in einer Bar aufgegabelt hätte, sie an sein Bettgestell fesselte und Gott weiß was mit ihr anstellte? Die Bad-Boy-Nummer war eine noble Berufung für ihn. In gewisser Weise konnte man sagen, dass er ihr Ritter in sexy Rüstung war.

Seine Gedanken wanderten zurück zum Vortag, als Carrie oben gewesen war. Ihre Miene war ein Ausdruck puren weiblichen Glücks gewesen, als er sie an den Hüften gehalten und ihre Bewegungen kontrolliert hatte, um sie dazu zu bringen, sich immer mehr zu nehmen, über ihren ersten Orgasmus hinaus zu einem tieferen, bei dem sie seinen Namen geschrien hatte. Dann hatte er sie schnell unter sich gerollt und ohne jede Zurückhaltung tief und hart in sie hinein gestoßen – und sie hatte es geliebt. Fuck. Plötzlich spürte er, dass er hart wurde. Er blickte an die Decke und versuchte, an etwas anderes zu denken. Okay, vielleicht waren seine Intentionen nicht ganz so nobel. Im Bett hielt er sich sonst immer zurück und versuchte, nicht zu aggressiv zu sein, nicht zu grob, doch bei Carrie konnte er *er* selbst sein. Sie hatte seine natürliche Aggression von der ersten Nacht an begrüßt, als er in einem Nebel der Lust die Kontrolle verloren hatte. Seine normalerweise sorgfältig choreographierten Bewegungen langsamer Verführung waren ihm entglitten, als sie ihm fest genug in den Hals gebissen hatte, dass es brannte, versucht hatte, ihn zu besteigen, und ihn geradezu gedrängt hatte, sie zu nehmen. Da hatte er ihr das Höschen vom Leib gerissen und sie schnell und hart an der Wand genommen, und in sie hinein gestoßen, während ihre ekstatischen Schreie in seinen

Ohren geklungen hatten. *Ja! Ja! Ja!*

Großartig, jetzt hatte er eine ausgewachsene Latte.

„Kann ich Ihnen helfen?", fragte eine ältere, weißhaarige Dame mit einem *Curtains & More* Kittel.

Er wandte sich ein wenig ab, damit sie ihn nicht wegen unsittlichen Verhaltens anzeigte. „Ja. Ich suche nach–" Er räusperte sich. „Vorhanghaltern aus Samt."

„Oh, die gibt es nur im Set mit den Vorhängen. Hier entlang, bitte."

Er folgte der Frau in den nächsten Gang.

„Welche Farbe hätten Sie gerne?", fragte sie.

„Ist nicht wichtig."

„Dann lassen Sie es uns anders versuchen. Welche Farbe haben Ihre Wände?"

Er wurde selten rot, doch in diesem Moment kroch eine unerwartete Hitze seinen Hals empor. „Ich glaube, ich komme jetzt zurecht. Danke."

„Na dann, okay. Mein Name ist Jean, falls Sie noch irgendetwas brauchen. Ich bin dann da drüben bei den Handtüchern." Sie deutete in die Richtung. „Sehen Sie? Gleich auf der anderen Seite."

„Danke", murmelte er.

Sobald sie gegangen war, begann er, die Stoffmuster zu fühlen, auf der Suche nach der richtigen Dicke und Weichheit. Sicher, er könnte ein Seil aus einem viel männlicheren Baumarkt oder sogar ein paar seiner Krawatten benutzen, doch er wollte etwas, das Carries empfindliche Haut nicht wund scheuerte. Es war das erste Mal, dass er eine Frau in die Welt der sexuellen Genüsse einführte, und er nahm diese Ehre ernst. Er fand einen tiefblauen Samt, der sich richtig anfühlte, nahm ein Set und ging zur Kasse.

Verdammt, eine lange Schlange. Er starrte die Vorhänge an und hoffte, dass sie heute Abend Zeit hatte. Je mehr er über Carrie und ihren „traditionellen" Ex – was übersetzt so viel bedeutete wie kontrollsüchtiger verklemmter Wichser – nachdachte, desto mehr glaubte er, dass sie das Rollenspiel von Bad Boy und ungezogenem Mädchen brauchte, um die Leidenschaft zu erleben, nach der sie sich sehnte. Natürlich war ihm klar, dass sie ein gutes Mädchen war, das die Rolle des ungezogenen Mädchens ausprobierte. Denn sie war nicht nur von Natur aus ein liebes Ding, selbst wenn sie behauptete, „angepisst" zu sein, sondern sie hatte sich in der ersten Nacht auf der Fahrt zu seinem Apartment die Zeit genommen, über seinen Gesundheitszustand, frühere Partner und seine bevorzugte Verhütungsmethode zu reden. Genau, was ein verantwortungsbewusstes, gutes Mädchen tun würde. Dann hatte sie ihn, sobald seine Hose gefallen war, informiert, dass er ein Kondom überziehen sollte, da sie es nicht erwarten konnte, ihn in sich zu spüren.

Denk nicht daran.

Er würde seine Latte nie loswerden, wenn er weiter an eine nackte Carrie dachte. Er stelle sie sich in dem sexy violetten Kleid vor, das sie getragen hatte, als er sie im Garner's getroffen hatte. Okay, jetzt pisste es ihn einfach nur an. Er wollte auf gar keinen Fall, dass sie sich in einer Bar auf der Suche nach einem willigen Kerl für ihre Wunschliste an einen anderen Typen heranmachte. *Er* war willig und in der Lage dazu, und damit basta. Das Beste daran war, dass keiner von ihnen wirklich verletzlich war, solange jeder eine Rolle spielte.

All das brachte ihn zu dem Schluss, dass er immer noch ein ehrenhafter Mann war, sowohl in Wort als auch in Tat. Und verdammt, er konnte es nicht erwarten, sie zu fesseln.

~ ~ ~

Carrie war es egal, ob sie dadurch zu willig wirkte, darum schrieb sie Zach am Montag in ihrer Pause während der Schicht im Krankenhaus eine SMS. Was machte es schon, dass sie gestern miteinander geschlafen hatten? Sie hatte ein ganzes Erwachsenenleben aufzuholen.

Carrie: *Ich habe um neun Schluss. Hast du Zeit?*

Zach: *Jupp.*

Ein Mann weniger Worte, doch wer brauchte schon Worte für heißen Alpha Sex?

Als sie an diesem Abend nach Hause kam, duschte sie sich und benutzte das Vanille-Duschgel, von dem sie wusste, dass er es mochte. Sie hatte auch Grapefruit und Lavendel, doch sie wollte lieber weiter das benutzen, das funktionierte. Sie ließ sich Zeit, ihre Haare zu stylen und sich zu schminken, und zog ein neues schwarzes Seiden-Höschen und einen dazu passenden schwarzen Push-up BH an. Ihre Unterwäsche-Schublade war ordentlich unterteilt in die Arbeitsseite – schlichte weiße Baumwoll-BHs und Höschen –, und die Genussseite – Seide, Satin und Spitze. Nicht, dass sie je sexy Unterwäsche für Edward getragen hätte. Das eine Mal, als sie sexy Lingerie gekauft hatte, hatte er erklärt, dass sie aussah wie eine Prostituierte und dass es unter ihrer Würde war. Damals hatte sie sich geschämt. All diese schönen Dinge waren daher neu in ihrem Leben.

Sie zog das kleine Schwarze an, und um das Bild abzurunden, ihre schwindelerregend hohen schwarzen Pumps. Zach schien auf High Heels zu stehen, denn in der ersten Nacht hatte er sie ihr nicht ausgezogen – bis sie ihn versehentlich damit in den Rücken gepiekst hatte. Trotzdem waren es mit Abstand ihre erotischsten Schuhe.

Sie nahm ihr Handy und sah, dass Zach ihr eine Nachricht geschickt hatte. *Diese Wunschliste ist eine monogame Sache.*

Sie presste eine Hand aufs Herz, gerührt von seiner unerwartet süßen Nachricht. Sein Fokus war allein auf ihr. Und da es in ihrem Fall genauso war, schrieb sie zurück: *Ach nee!*

Sie musste keinen anderen Mann finden, wenn Zach es schon so fantastisch machte. Sie hatten drei der sieben Punkte auf ihrer Liste abgehakt – gegen die Wand, oral und

Cowgirl-Style. Wenn sie so weitermachten, würden sie in weniger als einer Woche fertig sein. Es sei denn, sie bat ihn um Wiederholungen. Er *hatte* ihr schließlich zwei Wochen angeboten.

Sie steckte ihr Handy in ihre Tasche und eilte aus dem Schlafzimmer. So weit wollte sie gar nicht vorausdenken. Das war für ihren Geschmack zu typisch für „gute Mädchen".

Ally pfiff vom Sofa aus, wo sie eine Krankenhausserie im Fernsehen ansah, die Carrie mit all ihren medizinischen Ungenauigkeiten in den Wahnsinn trieb. Warum heuerten die nicht einfach einen Berater an, um dem Publikum einen echten Einblick in Krankenhausarbeit zu geben? „Wow, sexy Mama!", johlte Ally und wackelte mit den Augenbrauen.

„Danke. Ich geh jetzt zu Zach."

„Übernachtest du da?"

Carrie blieb stehen. „Oh, keine Ahnung."

„Letztes Mal hast du bei ihm übernachtet. Schick mir ne SMS, damit ich mir keine Sorgen machen muss, wenn du nicht nach Hause kommst."

„Oh, hast du dir beim letzten Mal Sorgen gemacht?"

Ally winkte ab. „Ja, erst hab ich mir Sorgen gemacht, doch dann war es so spät, dass ich dachte, dass ihr wahrscheinlich die Nacht durchgemacht habt."

Carrie zögerte. Sie wollte nicht, dass Ally sich Sorgen machte, doch sie war sich nicht sicher, ob sie wieder die ganze Nacht weg bleiben oder ob sie gleich gehen würde, wenn sie fertig waren. Affären waren so was von kompliziert. Sie wollte nicht, dass Ally sich Sorgen machte, darum sagte sie: „Ich bleibe über Nacht, warte also nicht auf mich." Wenn sie doch nach Hause kam, wäre das auch okay.

„Na, dann viel Spaß und erzähl mir später nichts davon." Ally wandte ihre Aufmerksamkeit wieder dem Fernseher zu. „Zu deprimierend in meiner Trockenzeit."

„Ally."

„La-la-la. Kann dich nicht hören."

„Na dann, schönen Abend noch."

Als sie die Wohnung verließ, ging die Tür nebenan auf. Großartig. Es war ihr achtzigjähriger Nachbar Larry, dem sie versehentlich die mehr als unzweideutige ursprüngliche Sexliste geschickt hatte. Seine weißen Haare waren ordentlich gekämmt, sein roter Seidenhausmantel war locker geknotet und üppige weiße Brustbehaarung blitzte aus dem Ausschnitt hervor. Seine Beine waren dürr und nackt. „Hallo, Larry. Wie geht's Ihnen?"

„Wunderbar!" Er lächelte strahlend und trat in den Flur hinaus. Es war ein warmer Abend im August, darum sagte sie nichts über seinen spärlichen Bekleidungszustand. Er hakte einen Daumen in die Tasche und schob seine Hüfte vor in einer lockeren Model-Playboy-Pose. *Schön wär's.* „Was für ein schöner Abend. Treffen Sie sich mit einem Mann?"

„Nur einen Freund besuchen. Bis bald."

„Wissen Sie, Carrie, die jungen Männer heutzutage–"

„Schönen Abend!", rief sie und ergriff die Flucht die Treppen hinunter und zu ihrem Auto. Sie musste sich irgendetwas einfallen lassen, um über das Unbehagen angesichts ihrer SMS-Panne mit Larry hinweg zu kommen.

Sie fuhr den kurzen Weg zu Zach, da sie keine Lust hatte, im Dunkeln drei Blocks in High Heels zu laufen. Sie parkte vor dem Haus und ging mit wiegenden Hüften zur Tür, um sich nach den Flirtversuchen ihres Nachbarn auf die Begegnung mit Zach einzustimmen.

Sie klingelte und wartete. Ein paar Sekunden später ging die Tür auf. Ihr Mund wurde trocken und ihr Herz pochte.

Zach stand da und sah unglaublich sexy aus in einem grauen T-Shirt, das über seinen breiten Schultern spannte, ausgewaschenen blauen Jeans und nackten Füßen. Doch es waren seine Augen, die sie in ihrem Bann hielten, voller dunklem Hunger, der ihr das Gefühl gab, begehrt zu sein, sie jedoch auch ein bisschen nervös machte. Als würde er sich gleich auf sie stürzen wollen.

„Hi", sagte sie viel zu laut.

Sein Mund verzog sich zu einem leisen Lächeln. „Komm rein", sagte er mit heiserer Stimme.

Sie holte tief Luft und trat mit zittrigen Beinen über die Schwelle.

Er beobachtete sie mit verschleiertem Blick. Sie rang sich die eiskalten Hände. Warum war sie plötzlich so nervös? Dann wurde ihr bewusst, dass sie stocknüchtern war. Dabei war sie am Morgen nach ihrer ersten gemeinsamen Nacht auch nüchtern gewesen. Doch da hatte sich alles irgendwie natürlicher und entspannter angefühlt. Von der Arbeit und der Begegnung mit Larry auf heißen Sex umzuschalten, war nicht so leicht, wie sie gehofft hatte.

„Hast du … ähm … Wein da?", fragte sie und ging auf das Sofa zu.

„Nein."

Sie stellte ihre Handtasche ab und setzte sich.

Er stand immer noch ein Stück weit entfernt. „Hast du deine Meinung über deine Liste geändert?"

„Nein. Absolut nicht." Sie zwang sich, aufzustehen und zu ihm zu gehen. Er beobachtete sie dabei, sagte jedoch nichts. Sie blieb direkt vor ihm stehen und hob ihr Kinn. „Ich bin bereit, wenn du es bist."

Er schob eine Hand unter ihre Haare und drückte ihren Nacken, bevor er sich vorbeugte und ihr ins Ohr flüsterte: „Ich weiß jetzt, was alle Punkte auf deiner Liste bedeuten, unanständiges Mädchen." Er biss ihr ins Ohrläppchen und zupfte daran.

Ein heißer Schauer lief durch sie hindurch, und ihre Hände fanden den Weg unter sein T-Shirt. „Wirklich?"

Er sah ihr in die Augen. „Ja, das habe ich, Jane."

Sie ließ die Hände sinken, enttäuscht, dass er sich nicht einmal an ihren Namen erinnern konnte. „Ich heiße

Carrie."

Er schloss seine Hände um ihre Handgelenke. „Jane *Bond*."

„Oh! Ja. Ha-ha." Sie wollte fragen, was er glaubte, was ihre Jane Bond Fantasie war, doch bevor sie etwas sagen konnte, zog er ihre Hände auf den Rücken und hielt ihre Handgelenke mit einer Hand fest. Ihr Puls stolperte, und ihr Atem ging schneller.

Mit der anderen Hand ergriff er ihr Kinn und sah sie mit loderndem Blick an. „Heute Nacht gehörst du ganz mir, Jane."

„Ja", flüsterte sie.

Dann presste er seine Lippen in einem fordernden Kuss auf ihren Mund und drückte ihr Kinn herunter, damit sie ihn öffnete, und stieß mit seiner Zunge hinein. Sie stöhnte und bog sich ihm entgegen. Seine Hand verließ ihr Kinn und grub sich in ihr Haar, während er sie mit dem Mund verschlang, hungrig und überwältigend. Sie verlor sich in seinem Geschmack, seinem männlichen Duft, schwindelig vor Lust. Sie brauchte mehr, wollte ihn packen und seine Härte gegen ihre Weichheit ziehen, alles, um das schmerzliche Verlangen zu stillen, doch er hielt sie fest, die Handgelenke gefangen in seiner starken Hand. Seine andere Hand ließ ihre Haare los und war plötzlich zwischen ihren Beinen. Ihr leises Stöhnen wurde von seinem Mund erstickt. Dann schob er den feuchten Stoff beiseite, und schon waren seine Finger in ihr.

Er riss den Mund von ihrem. „Du bist schon so feucht für mich."

„Ich weiß", keuchte sie, als er sie innerlich rieb und erzittern ließ.

Plötzlich ließ er von ihr ab, drehte sie herum und versetzte ihr einen Klaps auf den Po. „Schlafzimmer." Als sie nicht sofort reagierte, überrascht von der plötzlichen Veränderung, schlang er von hinten die Arme um sie und flüsterte: „Damit ich dich ans Bett fesseln kann."

Sie bewegte sich aufs Schlafzimmer zu, doch eher, weil er sie schob als aus freiem Willen. Ihr Magen flatterte. Ihr Herz raste. Das war eines der Dinge, von denen sie gedacht hatte, dass sie es versuchen sollte – sich fesseln zu lassen. Jetzt war sie sich da nicht mehr so sicher. Sie kannte ihn gar nicht gut. Was würde er mit ihr tun? Was, wenn sie sich nicht befreien konnte? Es war der letzte Punkt auf ihrer Liste gewesen, doch natürlich war er ein Bad Boy und ging nicht nach der Reihe vor.

Ihre Stimme zitterte. „Vi-vielleicht sollten wir mit was anderem von der Liste anfangen."

Er hielt inne, drehte sie zu sich um und studierte ihre Miene. „Was zum Beispiel?"

„Die Sonntagsfahrt?", platzte sie heraus, überaus erleichtert, einen Ausweg gefunden zu haben. Autosex klang viel sicherer, als gefesselt zu werden. Er nickte in Richtung Tür. „Dann lass uns gehen."

Kapitel Sechs

Als Zach mit Carrie zu seinem Pickup-Truck ging, war er
sich durchaus bewusst, dass er entgegenkommend war –
nicht wirklich etwas, das ein Bad Boy tun würde. Was er
hätte sagen sollen, war: „Babe, ab in mein Bett und mach
die Beine breit oder verschwinde." Doch er hatte ihre
Nervosität gespürt und echte Angst in ihren babyblauen
Augen gesehen, darum hatte er es nicht tun können.
Natürlich hatte sie keinen Grund, Angst vor ihm zu haben,
doch das wusste sie nicht. Noch nicht. Genauso wenig wie
sie wusste, dass sein Streben, ihr bei jedem Punkt ihrer
Wunschliste die bestmögliche Erfahrung zu ermöglichen,
sein wirkliches Ziel widerspiegelte – dafür zu sorgen, dass
sie vor dahergelaufenen Fremden sicher war. Nicht, weil er
eine Schwäche für sie hatte.

Auf dem Parkplatz hinter der Wohnanlage öffnete er
ihr ganz bewusst nicht die Tür seines Trucks und half ihr
auch nicht beim Einsteigen, wie er es sonst getan hätte. Zu
sehr Gentleman. Stattdessen drängte er gegen die Seite des
Wagens und küsste sie. Nicht zärtlich. Dann, als sie immer
noch schwer atmend und mit vor Lust glasigen Augen
dastand, ging er hinüber zur Fahrerseite.

Ja, er war enttäuscht, dass er sie nicht fesseln durfte.
Das war die eine Sache auf der Liste, auf die er sich
besonders freute. Was es über ihn aussagte, dass er gerne auf
diese Weise dominierte? Nichts von Bedeutung, entschied
er, stieg in den Truck und ließ ihn an. Alles im Rahmen

normalen männlichen Verhaltens, nachdem er ja dazu eingeladen worden war. Gott, wenn Männer nicht eine gewisse angeborene Aggression besäßen, hätten die Bevölkerungszahlen schon lange angefangen zu schrumpfen, da alle nur herumsitzen und Smalltalk machen würden, anstatt zur Sache zu kommen. Durch seinen besonderen akademischen Hintergrund hatte er ein Gespür für das Ursprüngliche, und warum sollte er es nicht akzeptieren?

Er kontrollierte unbemerkt, ob sie angeschnallt war, dann verließ er den Parkplatz und fuhr in Richtung des Parks, wo er viele Samstagnachmittage damit verbracht hatte, Basketball mit den Jungs zu spielen, und viele Highschoolnächte damit, mit Mädchen auf dem Hügel zu knutschen. Der Punkt „Sonntagsfahrten sind manchmal holprig" auf Carries Liste würde einen Schritt weiter gehen, da sie Autosex ausprobieren wollte. Kein Problem.

„Wo fahren wir hin?", fragte sie und klang deutlich entspannter als zuvor.

„Park."

„Dann hast du wirklich alle Punkte auf meiner Liste entschlüsselt?"

„Ja."

„Woher weiß ich, dass du alles richtig interpretiert hast?"

„Das musst du schon selbst herausfinden–" Er hielt inne. „–auf die *harte* Tour."

Sie kicherte nervös, was ihm sagte, dass er den Bad Boy Ton gut getroffen hatte. „Oh."

Zum Park war es nur eine kurze Fahrt. Laut Beschilderung war er ab acht Uhr geschlossen, doch es gab keine Tore, die sie davon abgehalten hätten, sich auch noch später dort aufzuhalten. Da Montag war, rechnete er nicht mit anderen Besuchern. Carrie richtete sich auf und sah sich im dunklen Park um. Mehr als ein paar Straßenlaternen auf der Zufahrtsstraße gab es nicht. Er fuhr an den Basketballplätzen, dem Spielplatz und dem Baseballfeld vorbei und bog nach rechts ab, bevor er einen Hügel hinauffuhr und auf einem geschotterten Ausguck anhielt.

Er stellte den Motor ab und lauschte. Totenstille. Nur sie und die Geräusche der Nacht – Lockrufe einer ganzen Armee von Zikaden. Er sah sich um. Sie waren allein.

„Komm her", befahl er. „Rittlings auf meinen Schoß."

Sie schnallte sich ab und versuchte es, doch ihr Kleid schien sie daran zu hindern, und sie ließ sich zurück auf ihren Sitz fallen. „Mein Kleid ist ein bisschen zu eng dafür."

„Zu eng gibt's nicht", sagte er, zerrte ihr Kleid zu ihrer Taille hoch und zog sie zu sich herüber. Er unterdrückte ein Stöhnen, als sie sich mit ihrem feuchten Höschen auf seinen Schwanz setzte. Sie duftete nach Vanille und Sex, und er war für diesen Moment bereit gewesen, seit sie in einem engen schwarzen Kleid und High Heels, die ihre Hüften schwingen ließen, sein Apartment betreten hatte. Er ermahnte sich, langsam zu machen. Alles, was sie taten, war neu für Carrie. Jeder konnte schnell und hart ficken. Er wollte, dass es gut für sie war.

Er schob eine Hand in ihren Nacken, unter ihre weichen Haare, und wollte sie zu einem Kuss an sich ziehen, als sie ihm zuvorkam und ihre Lippen auf seinen Mund presste. Herrgott. Sie küsste ihn grob, drängend, gierig und grub dabei ihre Finger in seine Haare. Er stieß seine Zunge in ihren Mund und genoss ihren Geschmack, so süß und sexy. Als sie sanft an seiner Zunge saugte, verlor er die Kontrolle. Ein Verlangen, wie er es noch nie gespürt hatte, schoss durch seinen Körper. Er zerrte an ihrem Höschen.

Sie riss den Mund von seinem. „Zerreiß es nicht. Das ist mein Lieblingshöschen."

„Dann zieh nächstes Mal keins an."

Wieder presste sie ihren Mund auf seinen und erkundete ihn mit der Zunge. Er hielt sie am Kiefer und übernahm die Kontrolle über den Kuss, während sein Schwanz in der Enge seiner Jeans schmerzhaft pochte. Er packte sie mit beiden Händen an den Hüften und versuchte, sie hochzuheben, um sich zu befreien und tief in sie einzudringen, doch sie klammerte sich an ihn und presste ihre Beine an seine Flanken. Er gab auf, schob stattdessen seine Finger unter ihr Höschen und stieß in sie hinein.

Sie warf den Kopf in den Nacken. „Ja!"

O Gott. Langsam. Langsam. Mach, dass es sich gut für sie anfühlt. Er saugte an ihrem Hals, drang mit dem zweiten Finger in sie ein und bewegte ihn in einem Winkel, von dem er wusste, dass er sie verrückt machen würde. Da wurde sie richtig laut. Er ließ sie eine Weile reiten und war von ihrem kehligen Stöhnen so sehr angetörnt, dass ein einziger Stoß wahrscheinlich ausreichen würde, um zu kommen.

„Jetzt. Jetzt!", keuchte sie. „Will dich … in mir …" Sie lehnte sich zurück und fummelte am Knopf seiner Jeans herum.

„Ich mach das."

Plötzlich klopfte es am Fenster auf der Fahrerseite. Er zuckte zusammen, und Carrie schrie auf. Fuck. Das Licht einer Taschenlampe schien ihnen in die Augen. Wahrscheinlich ein Cop. Schnell schob er Carrie zurück auf ihren Platz, wo sie ihr Kleid wieder herunterzog.

„Machen Sie die Tür auf", befahl eine männliche Stimme. „Polizei."

„O mein Gott", flüsterte Carrie.

Er öffnete die Fahrertür, und der Cop richtete die Taschenlampe auf Carries Gesicht. Außer dem grellen Licht der Taschenlampe konnte sie wahrscheinlich nichts sehen. „Sind Sie okay, Ma'am?" Die viel freundlichere Stimme und ein leises Schmunzeln verrieten ihm, mit wem er es zu tun hatte – Ethan. Sein Bruder ehrenhalber und eine Nervensäge von einem Cop.

„Ja, Officer", antwortete Carrie. Sie war wahrscheinlich zu erschrocken, um ihn zu erkennen. Ethan klang ja auch ziemlich offiziell.

„Soll ich Ihnen beim Aussteigen helfen, Ma'am?", fragte Ethan.

„Nein, mir geht's gut. Danke."

„Sie", bellte Ethan und schien mit der Taschenlampe in Zachs Augen. „Raus aus dem Truck, und halten Sie die Hände da, wo ich sie sehen kann."

Zach biss die Zähne zusammen.

Carrie begann, ihn zu verteidigen. „Officer, bitte. Das war alles meine Idee."

„Sir, bitte verlassen Sie das Fahrzeug", befahl Ethan überzeugend.

„Es ist meine Schuld", jammerte Carrie.

Zach seufzte empört, stieg aus dem Truck, schlug die Tür zu und wandte sich Ethan in voller Alpha-Pose zu – die Beine breit, Hände in die Hüften gestemmt, tödlicher Blick. Dass Ethan derjenige war, der ihm beigebracht hatte, wie man Ärger ins Gesicht starrte, machte es vielleicht etwas weniger effektiv.

Ethan baute sich vor ihm auf und schnitt eine Miene, als wollte er ihm die Leviten lesen. Dann schmunzelte er. „Sie beobachtet uns."

„Dann bitte eine gute Show."

„Ich halte die Taschenlampe so, dass sie uns beide sehen kann", sagte er leise. Dann straffte er sich und bellte: „Sie wissen, dass ich Sie wegen Landfriedensbruch festnehmen kann. An jedem Eingang sind Schilder, auf denen mehr als deutlich steht, dass der Park geschlossen ist."

„Dann nehmen Sie mich eben fest", forderte er ihn heraus.

Carrie öffnete die Beifahrertür und spähte hinaus. „Alles okay? Ich kann für ihn bürgen."

Beide drehten sich zu ihr um.

„Ethan?", fragte sie. Carrie kannte durch Mad Campbell alle Jungs aus der Clique.

„Hi, Carrie", sagte Ethan locker. „Ich kläre das mit

Zach. Steig wieder in den Truck."

„Ethan!", schalt Carrie. „Deinetwegen hab ich mir vor Angst fast in die Hose gemacht!"

Zach unterdrückte ein Lächeln. Selbst wenn sie wütend war, war sie so verdammt niedlich.

Ethan nickte. „Ma'am, ich mache nur meinen Job."

„Ugh! Männer." Sie stieg wieder in den Truck ein und schlug die Tür zu.

Ethan schüttelte den Kopf, lächelte und hatte viel zu viel Spaß an seiner Rolle.

„Danke, dass du mir die Tour vermasselt hast", blaffte Zach.

Ethan schmunzelte. „Warum bringst du sie auch zu deinem Highschool-Knutsch-Ausguck? Du hast jetzt ein Bett."

Er antwortete leise: „Sie wollte einen kleinen Thrill. Du weißt schon, es in der Öffentlichkeit machen und so. Ich bin ihr bei ein paar ausgefalleneren Ideen behilflich."

Ethan lachte. „Du?"

„Fick dich."

Ethan schüttelte langsam den Kopf. „Ich kann nicht fassen, dass sie sich ausgerechnet einen Professor für ausgefallenen Sex ausgesucht hat."

Zach zeigte ihm den Mittelfinger. Und wandte sich zum Gehen.

Ethan hielt seinen Arm fest. „Komm schon. Jetzt mach dir nicht gleich ins Hemd. Ich hab da ein paar Ideen für dich."

Zach schüttelte ihn ab. „Ich brauche keine Ideen." Er hatte eine sehr spezifische Wunschliste, an die er sich halten wollte.

Ethan ignorierte ihn. „Aufzugsex wäre was. Sie arbeitet im Eastman Krankenhaus. Geh mit ihr in den Serviceaufzug."

Zach sah ihn einen Moment lang an. „Und woher weißt du von diesem Serviceaufzug?"

Ethan grinste. „Ich musste mal die Sicherheitsvideos durchgehen. Beliebter Spielplatz."

„Arsch."

Ethan schnaubte. „Hey, vielleicht ein Sexvideo?"

„Ich gehe jetzt, es sei denn, du hast vor, mich festzunehmen."

Ethan versetzte ihm einen Schlag gegen den Arm. Hart. „Will dir nur helfen."

Zach schlug zurück. Härter.

Ethan schmunzelte. „Bring sie zu deinem alten Highschoolversteck. Ich meine, wirklich. Nutz deine Fantasie."

„Bist du fertig?"

„Ja, Professor. Weitermachen."

Er drehte sich um und ging zurück zu seinem Truck, angepisst, dass Ethan impliziert hatte, dass er ein Weichei war. Von jetzt an würde es kein Entgegenkommen mehr geben. Carrie wollte einen Bad Boy, und genau den sollte sie bekommen. Butter bei die Fische!

~ ~ ~

Carrie war sich nicht sicher, was sie sagen sollte, nachdem Ethan ihre „Sonntagsfahrt" unterbrochen hatte. Zach schwieg und sah angepisst aus, als sie aus dem Park fuhren.

Sie brach das Schweigen in einem Versuch, etwas Gutes an diesem Abend zu finden. „Also, ich bin froh, dass du nicht wegen Landfriedensbruchs verhaftet worden bist." Ethan hatte ihr einen ordentlichen Schrecken eingejagt. Jetzt, wo sie darüber nachdachte, kam sie zu dem Schluss, dass er Zachs Truck erkannt haben musste. „Er wollte dich nur ärgern, oder?"

Zach brummte.

„Vielleicht könnten wir zu einer anderen abgelegenen Stelle fahren?"

„Wir fahren zurück zu meiner Wohnung."

„Oh, okay. Wie wäre es, wenn wir–"

„Carrie, ich nehme keine Wünsche entgegen. Du willst das hier, dann kommst du mit mir zurück, und wir machen es auf meine Art. Wenn nicht, kann ich dich gerne bei deinem Auto absetzen."

Sie schluckte. Das war abrupt. Und ein bisschen aufregend. Plötzlich klang er so tough.

„Du meinst Jane Bond?", fragte sie.

„Ja."

„Darüber muss ich nachdenken."

Doch sie musste nicht lange nachdenken. Sie war immer noch erregt von vorhin, und die unerwartete Begegnung mit einem Cop hatte schon etwas Gefährliches gehabt. Jetzt, da sich alles als harmlos herausgestellt hatte, fühlte sie sich richtig gut. Aufgeladen und lebendig.

„Okay", sagte sie. „Ich will Jane sein."

Er legte seine Hand auf ihren Oberschenkel und drückte sie sanft, wobei seine langen Finger auf der Innenseite ihres Oberschenkels lagen. Ihr Körper reagierte mit einem pochenden Gefühl zwischen ihren Beinen.

Sie atmete zittrig aus. Er schien keinen großen Wert auf Konversation zu legen, doch er machte seinen Standpunkt auf eine ursprüngliche Art deutlich. Dass er ihren Oberschenkel gedrückt hatte, sagte ihr zwei Dinge: Er war glücklich mit ihrer Entscheidung und versicherte ihr, dass sie Spaß haben würde. Irgendwie war das genau das, was sie gebraucht hatte.

Als sie wieder in seiner Wohnung waren, legte er die Hand auf ihren unteren Rücken und führte sie sofort in sein Schlafzimmer. Sobald sie über die Schwelle getreten war, schloss er die Tür, packte sie und stieß sie dagegen. Sie keuchte erschrocken, als er ihre Handgelenke über ihren Kopf zog und sie dort festhielt, während er sie küsste und ihre Beine auseinander schob, bevor er sich an sie presste. Das Flattern in ihrem Bauch wich einer heißen Sehnsucht.

Er ließ ihre Handgelenke los und zog ihre Arme

herunter. „Sei nicht nervös." Seine Stimme war leise und schroff, sein Blick lodernd. „Du bist hier sicher."

Eine Gänsehaut breitete sich über ihren Rücken aus. „Okay", flüsterte sie, das Wort gedämpft vom Stoff ihres Kleides, als er es ihr über den Kopf zog.

Er fluchte leise, den Blick auf ihr Dekolleté gerichtet. „Ich kann auch sanft", sagte er leise, eher zu sich selbst als zu ihr. Er schob die Träger ihres BHs von ihren Schultern, dann ließ er seine Hände von ihrem Hals zu ihren Schultern gleiten, und wieder breitete sich eine Gänsehaut aus, bevor er über ihr Schlüsselbein und hinunter zu ihrem Dekolleté wanderte. Er stöhnte, öffnete den Vorderverschluss ihres BHs und ließ ihn fallen. Dann nahm er ihre Brüste in seine Hände und streichelte mit dem Daumen ihre harten Nippel, bevor er hineinzwickte. Sie schmolz gegen die Tür und ergab sich mit geschlossenen Augen dem intensiven Genuss.

Als er in ihren Hals biss, riss sie die Augen auf. Er leckte ihren Hals, und sein weicher Bart streichelte ihre sensible Haut und verstärkte das Gefühl seiner warmen Lippen und seiner scharfen Zähne, die abwechselnd küssten und bissen, immer intensiver, während seine Hände überall waren. Sie stöhnte sehnsüchtig nach mehr.

„Zieh dich auch aus", keuchte sie.

Stattdessen zog er ihr das Höschen aus. Dann schloss er seine Finger um ihr Handgelenk und zog sie zum Bett. Dort riss er die Decke zurück, und während er sie gierig küsste, schob er sie unter sich aufs Bett. Sie schlang ihre Arme um ihn, da sie seine Nähe spüren wollte, seine Küsse, die sie vor Leidenschaft und Verlangen um den Verstand brachten.

Doch er befreite sich von ihren Armen, schob sie in die Mitte der Matratze und nahm zwei Samtfesseln vom Nachttisch. Sie schluckte schwer. Ihr Magen flatterte. Alle Nervenenden prickelten vor freudiger Erwartung. Er gab ihr jedoch keine Gelegenheit, zu viel nachzudenken, sondern beugte sich zu ihr hinunter und küsste sie, zärtlich und sanft drängend, um ihr zu zeigen, dass er auch sanft sein konnte. Als er seine Lippen von ihr löste, seufzte sie.

„Ich werde dich jetzt fesseln." Seine raue Stimme ließ sie erschauern. „Es wird dir gefallen."

Er hob ihr rechtes Handgelenk über ihren Kopf, wickelte die Samtfessel darum und band sie an den Sprossen am Kopfende des Betts fest. „Zieh dran."

Sie gehorchte. Die Fessel war locker und fühlte sich so an, als könnte sie leicht herausrutschen. Sollte sie das Spiel mitspielen oder nicht? Ja, entschied sie. Alles oder nichts.

„Du bist vorsichtig mit mir", sagte sie. „Das will ich nicht."

Er stieß einen zufriedenen Laut aus und zog die Fessel fester. Dann nahm er ihr anderes Handgelenk und band es auch fest. Als sie an der Fessel zog, wurde ihr bewusst, dass sie ihm jetzt wirklich ausgeliefert war. Ein heißer Schauer lief ihr über den Rücken, als er sie mit hungrigem Blick betrachtete. Wild. Gierig. Animalisch.

Er schnappte nach ihr. Sie schrie.

Er biss ihr sanft in die Unterlippe, dann saugte er daran. „Dein Safeword ist gutes Mädchen."

Sie presste die Lippen aufeinander. Das würde sie nie zugeben.

Langsam breitete sich ein sexy Lächeln auf seinem Gesicht aus, bevor er sich hinunter beugte und zuerst mit der Zunge über ihre Lippen strich, bevor er tief in ihren Mund eindrang und sie gierig küsste. Ja, das war das, was sie wollte. Blindwütige Leidenschaft. Er verlagerte sein Gewicht, küsste ihren Hals hinunter und legte eine Hand um ihre Brust, bevor er seinen Mund um ihren Nippel schloss und wie besessen daran saugte. Er war nicht zärtlich, und es störte sie nicht. Sie pulsierte, heiß und feucht und gierig nach seiner Berührung. Als er in ihren Nippel biss, schrie sie auf.

Er hob den Kopf. „Hast du was gesagt?"

Sie schüttelte den Kopf.

„Sicher?"

„Sicher." Sie zog an ihren Fesseln, weil sie seinen Kopf wieder auf ihre Brust oder weiter hinunter pressen wollte. Bitte Gott, weiter hinunter.

Er inspizierte die Fesseln und schob einen Finger unter die Seile. „Sind deine Handgelenke okay? Nicht zu fest?"

„Argh!"

Er sah ihr in die Augen und zog eine Braue hoch. „Argh?"

Sie zerrte an einer Fessel, konnte jedoch nicht viel ausrichten. „Mach weiter."

Er rollte ihre Nippel zwischen seinen Fingern und zog daran. „Du bist nicht in der Position, solche Befehle zu erteilen, ungezogenes Mädchen."

Sie seufzte erleichtert, als er seinen Mund auf ihre Brust presste und so hart daran saugte, dass dieses prickelnde Gefühl zurückkehrte und direkt zwischen ihre Beine schoss.

Er ließ von ihrer Brust ab und blickte zu ihr auf. „Zieh nicht zu sehr an den Fesseln, ganz egal, was ich tue. Verstanden?"

Ein Schauer lief durch ihren ganzen Körper. „Ja", antwortete sie und spreizte einladend die Beine.

Er rutschte hinunter, ließ sich zwischen ihren Beinen nieder und betrachtete sie. „Wunderschön." Er drang mit einem Finger in sie ein und sah ihr in die Augen. „Ich werde dich an deine Grenzen treiben, doch es wird dir gefallen."

Sie stöhnte.

Er küsste ihre Weiblichkeit. „Bereit?"

„Ja!" Er war so seltsam süß, wenn man in Betracht zog, dass sie an sein Bett gefesselt war und er ihr gerade versprochen hatte, dass er sie so verrückt machen würde, dass sie an ihren Fesseln zerren würde.

Danach brachte sie kein Wort mehr heraus. Seine Finger waren magisch – sie streichelten, zwickten, stießen in sie hinein und brachten sie an den Rand des Orgasmus. Keuchend spannte sie sich an, bereit zu explodieren, als er innehielt und die Innenseite ihres Oberschenkels küsste. Dann küsste er einen Pfad ihren Oberkörper hinauf und flüsterte in ihr Ohr. „Lass mich noch eines tun, dann gebe ich es dir."

„Bitte", stöhnte sie.

Er küsste denselben Pfad ihren Körper hinunter, diesmal mit seinen Lippen, seiner Zunge und seinen Zähnen, bis sie sich unter ihm wand. Ihre Erregung wuchs und wuchs. O Gott, ja. Bitte, bitte, bitte.

Er hob den Kopf und flüsterte etwas, das beruhigend klang.

Sie konnte sich kaum konzentrieren. „Was?"

Er kroch wieder ihren Körper empor und stieß seinen Finger in ihren Mund. Sie saugte daran und schmeckte sich, erotisch und heiß. Schamlos reckte sie ihm ihre Hüfte entgegen. Er flüsterte in ihr Ohr: „Eines noch. Dann darfst du kommen."

Sie stöhnte. Sein feuchter Finger strich über ihren Hals. Seine Lippen folgten der Spur seines Fingers zwischen ihre Brüste, ihren Körper hinab, über ihren Bauch und hielten kurz vor ihrer pochenden, heißen Weiblichkeit an.

Er leckte mit der Zunge über ihre Klitoris, langsam im Kreis, immer wieder, und schwärmte von ihr, während sie sich im Rhythmus mit ihm bewegte und so viel mehr brauchte. Sie zerrte an ihren Fesseln. Sie wollte ihn an sich pressen, ihn bespringen. Irgendetwas, um dieser süßen Qual ein Ende zu bereiten.

„Entspann dich", flüsterte er und drang mit zwei Fingern in sie ein.

Sie atmete zittrig aus. „Bitte. Lass mich diesmal kommen. Bitte."

Er stieß in sie hinein und rieb gleichzeitig ihre Scham mit dem Daumen. Sie zuckte, als er ihren G-Punkt fand, von dem sie bisher zwar gehört, ihn jedoch nie gespürt hatte. Er erhöhte den Druck und ließ den Daumen kreisen, immer schneller, während er sie innerlich mit den Fingern massierte. Sie wand sich vor Gier, die Hüften vom Bett angehoben, während animalische Laute aus unbekannten Tiefen empor stiegen.

Der Druck ließ nach, als er langsamer weitermachte und mit der anderen Hand ihre Hüfte zurück auf die Matratze drückte. „Langsam, entspann dich."

Sie starrte an die Decke und stieß eine Tirade von Flüchen aus.

Er legte die Hand auf ihre Weiblichkeit und hielt sie fest. „Jetzt begreifst du es."

Sie sah ihn an, so frustriert, dass ihr zum Schreien zumute war. „Was begreife ich?"

Seine Stimme war leise und rau. „Dass du mir gehörst und ich mit dir mache, was mir gefällt. Ich sage wann. Ich sage wie viel. Und dir bleibt nichts anderes übrig, als dazuliegen und mich gewähren zu lassen."

Ihr stockte der Atem. Ihre Haut war heiß wie im Fieber, und ihre Nervenenden waren wie elektrisiert. Er streichelte sie sanft, langsam. Sie wimmerte, und ihre Beine bebten.

„Es sei denn, du benutzt dein Safeword, böses, böses Mädchen", sagte er gedehnt.

Sie schloss die Augen und riss sie auf, als er seinen Mund wieder auf ihre pochende Weiblichkeit presste und seine Finger langsam und tief in sie hineinstieß. Sie war wild vor Verlangen und buckelte unter ihm. Als er sie mit einer Hand an der Hüfte festhielt, wimmerte sie.

Sein Fokus war allein auf sie gerichtet.

Alles nur für sie.

Und sie konnte … es … einfach … nicht … länger … ertragen.

Sie zitterte, als er immer wieder langsam in sie eindrang, immer wieder. Dann brach der Damm, und Schockwellen der Lust breiteten sich in ihr aus – ihre Beine hinunter und ihren Oberkörper hinauf. Ein Ganzkörper-Orgasmus, wie sie ihn noch nie gespürt hatte. Sie keuchte, ihr Herz pochte, elektrisiert. Sie hatte nicht gewusst, dass sie so intensiv kommen konnte.

Schließlich ließ er von ihr ab, und sie entspannte sich, willenlos und befriedigt.

„Und noch einmal", sagte er. Er stand neben dem Bett, zog schnell seine Kleider aus und streifte ein Kondom über.

Sie schluckte und brachte keinen Ton heraus, doch sie war sich sicher, dass sie nicht „noch einmal" kommen konnte. Er kehrte zu ihr zurück, hob ihre Beine auf seine Schultern und stieß ohne Vorwarnung tief in sie hinein.

„Ja!", stöhnte sie.

Dann rammte er in sie hinein und traf genau die richtige Stelle, bis sie vor Glück schrie. Er schob seine Hand zwischen sie und massierte sie, bis sie auch das letzte bisschen Kontrolle verlor und der Orgasmus ihr den Atem nahm. Doch er stieß weiter tief, hart und wild in sie hinein. Es war zu viel. Die Intensität. Ihr Körper zuckte und zog sich um ihn herum zusammen, genauso hart wie er zustieß, wild, animalisch, verloren in Schockwellen der Gefühle, die er allein kontrollierte.

„Zach!", schrie sie und warf den Kopf hin und her – die einzige Bewegung, zu der sie in der Lage war.

Er packte sie am Kiefer und an der Wange, hielt sie still, und ihre Blicke trafen sich auf einem so tiefen, primitiven Level, dass sie erzitterte. Dann stieß er erneut zu und sie explodierte mit einem scharfen Keuchen, geschockt, schwindelig in einem Nebel von Lust, als er seinem eigenen Höhepunkt entgegenraste und schließlich kam.

Ein paar Sekunden später zog er sich zurück und senkte ihre zittrigen Beine auf die Matratze. Sie war nass vor Schweiß – seinem und ihrem, in einem Schockzustand, ausgelöst von der Erkenntnis, dass sie in der Lage war, solche Orgasmen zu spüren – eine Lust, die durch ihren ganzen Körper schoss, eine harte Explosion nach der anderen. Sie hatte es nicht gewusst. Er hatte sie vorher schon zum Höhepunkt gebracht, doch nicht so.

Er nahm ihr Gesicht in seine großen Hände und küsste sie sanft, bevor er ihre Fesseln löste, zärtlich ihre Handgelenke küsste und sie in seine Arme zog.

Sie fühlte sich sicher, beschützt und geschätzt. So etwas hatte sie noch nie empfunden. Leidenschaft und Zärtlichkeit. Wer hätte ahnen können, dass ein Bad Boy all das konnte?

Kapitel Sieben

Carrie verbrachte die Nacht bei Zach. Es war eine unausgesprochene Übereinkunft, da sie nach der Jane Bond Aufregung eingeschlafen war. Ein paar Stunden später war sie aufgewacht und hatte angefangen, ihn zu liebkosen. Er musste wach gewesen sein, denn er hatte sofort reagiert und sie atemlos geküsst, bis er mit rauer Stimme gesagt hatte: „Ich nehme dich von der Seite. Es wird dir gefallen.”

Er war so selbstbewusst, dass sie ihm glaubte. Sie drehte sich auf die Seite und rutschte näher an ihn heran. „Sag mir, was ich tun soll.”

„Dreh dich anders rum.”

Dann übernahm er die Kontrolle und nahm sie von der Seite, wie er gesagt hatte. Und es gefiel ihr.

Kurz darauf war sie wieder eingeschlafen.

Jetzt rollte sie sich auf den Rücken, eingewickelt in eine Decke. Zach war nicht im Bett. Der Duft von Kaffee und Zimt lag in der Luft. Sie musste zum Frühstück bleiben. Es wäre unhöflich, zu trockenem Toast nach Hause zu eilen.

Sie streckte sich, und ein zufriedenes Lächeln breitete sich auf ihrem Gesicht aus. Zach war so etwas wie ein Sexlehrer für sie. Er sagte ihr, was er tun würde, dass es ihr gefallen würde, und dann tat er es. Und sie war seine wissbegierige Schülerin. Sie mochte es auch, wenn er von der Liste abwich. Nachdem sie den Schritt gewagt und ihm erlaubt hatte, sie zu fesseln, war sie zu allem bereit. Sie vertraute ihm.

Sie seufzte glücklich, stand auf, zog sich an und ging ins Bad, um sich die Zähne zu putzen.

~ ~ ~

Zach war insgeheim zufrieden, dass Carrie ihm am Abend nach dem Fesselsex geschrieben hatte, dass sie wieder vorbeikommen würde. Das bedeutete, dass es ihr genauso viel Spaß gemacht hatte wie ihm. Die sexuelle Kompatibilität in Verbindung mit der persönlichen war seiner Erfahrung nach selten. Es machte ihr nichts aus, dass er nicht sonderlich redselig war und nicht zur Gefühlsduselei neigte. Beides Beschwerden, die er immer wieder von Exfreundinnen gehört hatte. Sie schien sich auch nicht daran zu stören, dass er immer auf dem Sofa schlief, da er nur allein schlafen konnte. Oder vielleicht hatte sie es auch nicht bemerkt. Wenn er mit ihr fertig war, schlief sie in der Regel sofort ein, und er wachte immer vor ihr auf. Was immer es auch war, es funktionierte.

Bei ihr musste er sich nie im oder auch außerhalb des Betts zurückhalten. Er konnte ganz er selbst sein. Abgesehen natürlich von der Bad-Boy-Nummer. Doch das war nicht so schlimm, oder? Sie waren beide glücklich mit ihrem Arrangement. Sie hatten Spaß mit dem Körper des anderen. Es gefiel ihnen, zusammen zu frühstücken und sich über das Kochen zu unterhalten. Meistens beantwortete er ihre Fragen, wie er etwas ohne Rezept zubereiten konnte, da sie nicht viel kochte. Jedenfalls fühlte sich ihre gemeinsame Zeit gut an. Natürlich.

Pünktlich klingelte es. Er öffnete die Tür und ließ seine Gefährtin ein. Er schalt sich innerlich, dass er in sein Vokabular als Anthropologe verfallen war. Carrie war nicht *sein* und definitiv nicht so dauerhaft wie eine Gefährtin. Doch verdammt, sie war unglaublich sexy in einem hellblauen Tanktop mit passenden Shorts und einem strahlenden Lächeln in ihrem schönen Gesicht.

Er konnte nicht anders als ihr Lächeln zu erwidern. „Komm rein."

Er wich ein paar Schritte zurück, um Platz für sie zu machen.

Sie ließ ihre Handtasche fallen, rannte und sprang ihm in die Arme. Instinktiv fing er sie auf. Sie schlang Arme und Beine um ihn und verteilte Küsse auf seinem Gesicht. Eine gefährliche Wärme breitete sich in seiner Brust aus, eine sanfte Emotion, die ihm in den Arsch beißen würde, wenn er sie sich zu früh anmerken ließ. Timing war alles.

Als er ihr mit der Hand über ihren hübschen Po und zwischen die Beine strich, entzündete ihre Hitze pures Verlangen in ihm. Sein urzeitlicher Instinkt war erwacht, darum ging er direkt in sein Schlafzimmer, die sexy Frau in seinen Armen.

~ ~ ~

Es war erst der fünfte Tag schamloser Leidenschaft mit Zach, als Carrie bewusst wurde, dass sie die Liste bereits fast abgearbeitet hatten. Sie war süchtig nach dem Gefühl, das er in ihr weckte – eine Leidenschaft und eine Freiheit im Bett, von der sie nicht gewusst hatte, dass sie überhaupt existierte. Doch sie machte sich auch ein bisschen Sorgen, denn sie hatte tatsächlich in Erwägung gezogen, nicht zu ihrem Buchclubtreffen am Donnerstag zu gehen, um die Zeit stattdessen mit ihm zu verbringen. Ihre Freundinnen würden auch in Zukunft für sie da sein; Zach nicht. Doch sie wollte keine Minute ihrer Zeit mit Zach verschwenden, darum lud sie ihn als Kompromiss ein, sich zu den üblichen Drinks nach dem Club mit ihr im Garner's zu treffen. Er hatte nach dem Geschlechterverhältnis gefragt, da er nicht wollte, dass er und ihr Arrangement in den Fokus der Frauen gerieten, und als sie sagte, dass er der einzige Mann wäre, hatte er spontan Ethan eingeladen. Zach war Ethan nicht böse, weil er ihre „Sonntagsfahrt" im Park ruiniert hatte. Es hatte ja niemandem geschadet. Hailey freute sich darüber, denn es half ihrem Plan, mit Ethan zu flirten und zu beweisen, dass er kein Sexsüchtiger war.

„Also, Ladys, was halten wir von *Hannahs Rettung*?", fragte Hailey die Gruppe. Die Frauen, insgesamt neun, saßen im „Something's Brewing Café" im Kreis.

Es war ein gemütlicher Laden mit tiefroten Wänden, goldenen Wandlampen, dunklen Holztischen mit passenden Stühlen und dunklem Holzboden. Der Kaffee und das Gebäck waren köstlich. Normalerweise kamen sie kurz bevor das Café schloss, um sich ihre Getränke und Snacks zu holen und sich dann an ihren reservierten Tisch zu setzen. Es war eine Win-win-Situation für die Eigentümer des Ladens, denn ihnen gehörte auch der angrenzende Buchladen *Book it*, in dem die Frauen fast alle ihre Bücher kauften.

Hannahs Rettung war ihr erster Romantikthriller, eine dunklere Geschichte als die, die sie normalerweise lasen, die Carrie eine Heidenangst eingejagt hatte.

„Gutes Buch", sagte Mad und strich ihre feuerrot gefärbten Haare aus dem Gesicht. „Jede Menge gute Action." Mad war ein Schwarzgurt, eine toughe Frau, das jüngste und einzige weibliche Familienmitglied der testosteronlastigen Campbell-Familie.

„Es hat mir eine Scheißangst eingejagt!", protestierte Lauren, eine süße Grundschullehrerin. Sie war eine gute Freundin von Carrie. „Jedes Mal, wenn ich ein kratzendes Geräusch gehört habe, dachte ich, dass der Serienmörder an meinem Fenster ist. Und ich habe Katzen! Die kratzen immer an irgendwas."

„Mir hat es auch Angst gemacht!", sagten Carrie und Sabrina wie aus einem Mund.

„Jinx!", rief Sabrina und knuffte Carries Arm.

„Au!", protestierte Carrie.

Die Frauen waren uneins, ob die Geschichte nun wirklich furchteinflößend oder lediglich spannend war.

Hailey unterbrach die Debatte. „Mir hat gefallen, dass Hannah, nachdem sie entführt worden war, eine große Rolle bei ihrer eigenen Rettung gespielt hat."

Die anderen stimmten zu. Das war ziemlich cool gewesen.

Hailey fuhr fort. „Und als sie und Colt dann auf der Flucht waren und sich in der Hütte versteckt haben … das war so was von heiß …" Sie verstummte, denn die anderen begannen prompt zu diskutieren, was Colt als Freund hatte, was die anderen Freunde in Büchern nicht hatten. Nicht alle Freunde aus Büchern wären auch in der realen Welt als Partner geeignet.

Carrie ertappte sich dabei, wie sie an Zach dachte, der jetzt schon mit Ethan im Garner's auf der anderen Straßenseite war. Ally hatte sie in ihrem Wagen zum Buchclubtreffen mitgenommen, damit sie mit ihm nach Hause fahren konnte, und sie wusste, dass es nicht lange dauern würde, bis sie und Zach die Flucht ergriffen. Die Chemie zwischen ihnen wurde umso intensiver, je mehr sie zusammen unternahmen. Sie hatte erwartet, dass das abflauen würde, zumindest ein bisschen. Doch es gab keinen Freund in einem Buch, der das für sie tun konnte, was Zach für sie tat. In nur fünf Tagen hatte sie so viel von dem aufgeholt, was sie mit ihrem Ex verpasst hatte. Schwer zu glauben, dass sie Zach kaum eine Woche kannte und sich so sicher mit ihm fühlte. Sie hatte gegen den Drang angekämpft, ihm persönliche Fragen zu stellen, da sie wusste, dass sie ihm dadurch zu nahe kommen würde. Keine Fragen zu stellen, war der einzige Weg, wie sie ihr empfindsames Herz schützen konnte. Sie sprach auch nicht mit ihren Freundinnen über ihn. Nicht dass sie viel über ihn gewusst hätten, denn abgesehen von Mad, die mit ihm aufgewachsen war, hatten auch sie ihn erst bei seiner Willkommensparty kennengelernt. Sie musste an sein süßes Lächeln denken, und ihr wurde warm. Er zeigte es selten, doch wenn er lächelte, warf es sie jedes Mal um. Sie seufzte, als sie an das letzte Mal dachte, als er so gelächelt hatte, an diesem Morgen, als sie–

„Carrie?"

Sie straffte ihre Schultern. „Ja? Was?"

Hailey sah die anderen an. „Ich habe gefragt, ob du noch da bist?"

„Ja. Warum?"

„Weil Mad gefragt hat, wie realistisch die Szene, nachdem Colt angeschossen wurde, aus medizinischer Sicht war, und du hast nur geseufzt."

Carrie wurde rot. „Sorry. Ja, die war realistisch. Die Autorin hat definitiv ihre Hausaufgaben gemacht."

„Wie läuft's eigentlich mit Zach?", fragte Hailey.

„Bist du jetzt mit Zach zusammen?", fragte Mad. Sie hatte ihren Strandtag verpasst, an dem sie über ihn gesprochen hatten, und Carrie hatte seitdem die ganze Woche nichts anderes mehr getan, als zu arbeiten, zu ficken und zu schlafen.

Sie überlegte, was sie sagen sollte. Sie wusste, dass Mad immer Partei für ihren Bruder ehrenhalber ergreifen würde, selbst gegen eine Freundin. Wenn sie ihr sagte, dass er nur eine Affäre war, würde Mad nachbohren, warum. In gewisser Weise *war* sie im Moment mit Zach zusammen, auch wenn ihre „Beziehung" ein Ablaufdatum hatte.

„Ja", sagte Carrie.

„Für ihre Sexliste", fügte Ally hinzu.

Carrie fuhr zu Ally herum. „Würdest du bitte aufhören, es als Sexliste zu bezeichnen? Es ist eine Wunschliste."

„Eine Wunschliste für Sex", gab Ally grinsend zurück.

„Kein Wort mehr", sagte Mad und schnitt eine Grimasse. „Die schlüpfrigen Details will ich gar nicht wissen."

„Gut." Carrie kämpfte gegen die Röte an, die ihren Hals empor kroch. „Denn darüber will ich auch gar nicht reden."

„Das ging allerdings schnell", bemerkte Mad. „Er ist ja

erst seit einer Woche zu Hause."

„Carrie hat sich ihm an den Hals geworfen", sagte Lauren. Sie hatte einen Platz in der ersten Reihe gehabt, da sie sich gerade mit ihr unterhalten hatte, als Carrie sich entschlossen hatte, ihre weibliche Strahlkraft zu testen.

Carrie funkelte die anderen finster an und forderte sie heraus, sie zu verurteilen, doch die anderen sahen sie nur fasziniert an. Wahrscheinlich weil sie wussten, dass sie sonst bei Männern eher reserviert war. Sie war wählerisch gewesen, da sie sich nicht mehr mit der Mittelklasse zufriedengeben wollte. Sie hatte eine Affäre mit dem Alpha Bad Boy ihrer Träume gewollt, um ihre Grenzen zu testen und die Leidenschaft zu finden, nach der sie sich sehnte. Und sie war stolz, dass sie den Mut aufgebracht hatte, ihn anzusprechen.

„Er ist brillant", sagte Mad. „Er hat so verdammt hart gearbeitet–"

Carrie unterbrach sie. „Habt du und Parker eigentlich schon ein Datum festgelegt?" Ein unverhohlener Themenwechsel, doch sie wollte, dass Zach ein Mysterium blieb.

„Ja, nächsten Juni", sagte Mad und wiegelte damit das Hochzeitsgerede ab. Sie wollte heiraten und wollte sogar eine schöne Hochzeit im Ludbury House, dem Herrenhaus in Clover Park, in dem viele Hochzeiten stattfanden. Was ihr jedoch nicht gefiel, war die damit verbundene Planerei.

Hailey wandte sich Mad zu. „Du kannst dich ganz entspannt zurücklehnen. Ich kümmere mich um die Details."

Mad nickte dankbar. Schließlich war das Haileys Job.

Als Hailey ihre Hand drückte, wurde Mad rot, zog ihre Hand jedoch nicht weg.

Hailey wandte sich an die Gruppe. „Also, meine Damen, wollen wir dann rüber ins Garner's gehen und was Nettes trinken?"

Die Frauen nickten zustimmend, nahmen ihre Taschen und unterhielten sich, während sie das Café verließen und die Straße überquerten. Auch wenn einige der Mitglieder des Clubs kürzlich geheiratet oder sich verlobt hatten, nahmen sie sich immer Zeit für ihre Schwestern. Wer hätte ahnen können, dass Liebesromane derart innige Freundschaften hervorbringen konnten?

Als sie im Garner's ankamen, war die Bar schon voller Pärchen und einer Gruppe von Männern, die Bier trank und das Sox Spiel im Fernseher über dem Tresen ansah. Da die Abendessenszeit schon vorbei war, war der Bereich mit den Tischen so gut wie leer.

Carries Herz begann zu klopfen, als sie Zach sah, der mit dem Rücken zu ihr neben Ethan am Kirschholztresen saß. Sie betrachtete seine dicken, zottigen Haare, in die man so wunderbar die Finger graben konnte. Der Stoff seines dunkelgrünen T-Shirts spannte über seinen breiten Schultern, und in seinen ausgewaschenen Jeans hatte er einen niedlichen Hintern. Es war nicht so, als würde sie ihn nicht jede Nacht sehen.

Nach ihrer Schicht im Krankenhaus duschte sie schnell, dann fuhr sie zu ihm. Jetzt, da sie ihre anfängliche Reserviertheit überwunden hatte, sprang sie ihm jeden Abend in die Arme und überhäufte ihn mit Küssen. Es gab einfach nichts Schöneres, als zu wissen, dass er auf sie wartete und bereit war, ihr alles zu geben, was sie begehrte.

Und wenn sie ehrlich war, reichte schon sein Anblick aus, und sie hatte das Gefühl, innerlich zu leuchten. Doch es war nicht wegen gefährlicher Gefühle, die nur dazu führen würden, dass sie am Ende verletzt wurde. Es lag vielmehr daran, dass ihr Körper sich an all die wunderbaren Orgasmen erinnerte, die er ihr geschenkt hatte, darum leuchtete er in freudiger Erwartung auf. Zumindest hoffte sie, dass das der Grund war.

Sie bemerkte, dass Hailey sie beobachtete, und nickte. *Kein Problem. Siehst du. Wir sind zwei Erwachsene, die ein Arrangement getroffen haben, von dem beide profitieren.*

Ethan sagte etwas, und Zach drehte sich zu ihr um. Er

lächelte nicht, doch er blickte ihr in die Augen, und sein intensiver Fokus sagte ihr, dass sie für ihn der wichtigste Mensch im Raum war. Köstliche Hitze breitete sich in ihr aus, ein Flattern tief in ihrem Bauch und eine elektrische Energie, die durch ihre Beine schoss und sie drängte, loszurennen und ihm in die Arme zu springen.

Nein, das konnte sie nicht vor allen anderen tun. Sie musste die Coole spielen. Besonders vor Hailey, die ihren Bedenken über die temporäre Natur ihrer Beziehung klar Ausdruck verliehen hatte. Darum ging sie langsam und betont lässig auf ihn zu, während er sie mit verschleiertem Blick beobachtete.

Als sie ihn erreichte, stützte sie sich auf seine Schulter, ging auf Zehenspitzen und drückte einen Kuss auf seine Schläfe. „Hi!"

Er hielt ihr Kinn und küsste sie sanft auf die Lippen. „Hi, Carrie", sagte er mit seiner tiefen Honigstimme, die sie schmelzen ließ.

„Willst du meinen Hocker?", fragte Ethan.

„Hi, Ethan", sagte sie betont gut gelaunt, um ihm zu zeigen, dass es ihr überhaupt nicht peinlich war, dass er sie bei ihrer „Sonntagsfahrt" gestört hatte und kein Problem damit hatte, mit ihm in aller Öffentlichkeit zu reden. *Er ist nicht sexsüchtig, Leute!* „Danke, ich kann stehen."

„Sicher?", fragte Ethan mit einem Schmunzeln. „Sieht aus, als wollten du und Zach vielleicht–"

„Oh, wir sehen uns jeden Abend", versicherte sie ihm. „Wir treffen uns nur hier, um unsere Zeit am besten zu nutzen. Wir gehen sowieso bald."

Ethan zog die Brauen hoch. „Ach so?"

„Lass es, Mann", sagte Zach leise zu Ethan. Dann hob er sie hoch und setzte sie auf seinen Schoß.

Ihr wurde heiß angesichts der beiläufigen Demonstration seiner Stärke und einer geradezu besitzergreifenden Geste. Zach war definitiv ein Alphamann. Er legte seinen Arm um ihre Taille und drehte sie zur Bar herum. Er strich ihre Haare zurück und flüsterte ihr mit seiner zutiefst erotischen Stimme ins Ohr. „Was möchtest du trinken?"

Sie rutschte ein Stückchen vor und drehte sich um, um ihm in die Augen sehen zu können. „Normalerweise bestelle ich immer Weißwein."

Seine Miene war eindringlich – ernst und konzentriert. „Ist es das, was du willst?"

Plötzlich fühlte es sich so an, als implizierte die Frage so viel mehr. Willst du mehr vom immer Gleichen? Oder willst du etwas Gefährlicheres probieren? Und dann die Nachricht, die sie laut und deutlich verstand. Plötzlich wurde ihr bewusst, was sie mit ihm vom ersten Tag empfunden hatte: *Leb ein bisschen, Carrie. Ich pass auf dich auf.*

Darum hatte sie keinerlei Hemmungen bei ihm. Darum sprang sie ihm in die Arme, da sie wusste, dass er sie auffangen würde. Wie kam es, dass ein Bad Boy ihr ein solches Gefühl der Sicherheit gab?

„Such du was aus", sagte sie und drehte sich wieder um.

Er beugte sich vor, und sein weicher Bart streifte ihre Wange. „Hast du je Tequila probiert?"

„Nein."

„Es wird dir gefallen."

Sie nickte und versuchte tapfer, cool auszusehen, auch wenn sie zwischen den Beinen feucht wurde. „Es wird dir gefallen." War der Satz, den er benutzte, bevor er ihre Welt aus den Angeln hob. Die Nachricht war immer dieselbe: *Ich werde dich jetzt so ficken. Es wird dir gefallen.*

„Ich nehm auch einen", sagte Ethan. „War eine höllische Woche."

Zach winkte den Barkeeper herbei. Josh nickte und hob einen Finger, um ihm zu signalisieren, dass er einen Moment warten sollte. Josh war der älteste der Campbell-Brüder, zusammen mit seinem eineiigen Zwillingsbruder, in den Dreißigern, mit dunkelbraunen Haaren, die ein bisschen lockig waren, braunen Augen und muskulösem Körperbau. Er war ein ehemaliger Fallschirmjäger der Army und hielt sich fit. Er trug ein lässiges ausgeblichenes schwarzes T-Shirt, unter dem sich seine definierten Muskeln abzeichneten, und zerrissene Jeans. Carrie mochte ihn sehr. Er war immer entspannt, charmant und flirtete gern – nur nicht mit seiner Lieblingsfeindin Hailey.

Ein paar Minuten später hatte Josh sie, Zach und Ethan mit Tequilashots mit Salz und Limetten versorgt.

Hailey kam zu ihnen und stellte sich neben Ethan. „Oh, ich nehm auch einen."

„Nein", sagte Josh.

Das war zu erwarten gewesen. Seit ihr privater Kleinkrieg begonnen hatte, bekam Hailey von Josh nur Wasser zu trinken. Eine recht drastische Maßnahme, wenn man in Betracht zog, dass alle Stammgäste der Bar waren, die Josh managte, doch Carrie musste zugeben, dass sie die Strafe durchaus verdient hatte. Hailey hatte das Impotenzgerücht, das sie in die Welt gesetzt hatte, damit ausgeräumt, dass sie angedeutet hatte, dass er eine winzige Banane hatte. Hailey ihre Drinks zu verweigern, war die einzige Rache, die Josh eingefallen war, bei der er nicht seinen Schwanz aus der Hose holen musste, um seine Männlichkeit zu beweisen. Doch das wäre nicht annähernd so befriedigend gewesen, wie weiter ihre Drinks zu verweigern.

„Komm schon, Josh", sagte Ethan. „Hab ein Herz. Die arme Frau sieht aus, als wäre sie am Verdursten."

Hailey lachte glucksend. „Oh, Ethan, du bist so lustig." Sie berührte ihren Hals, sah Ethan in die Augen, wandte kurz den Blick ab und sah ihn wieder an. Klassischer Flirt. „Vielleicht kann ich ja einen Schluck von deinem probieren", sagte sie mit heiserer Stimme.

Ethan sah sie argwöhnisch an, und er musterte Hailey von ihren perfekt geglätteten rotblonden Haaren über ihr perfekt geschminktes Gesicht zu ihrem perfekten Körper in ihrem grauen Tankdress, das in der Mitte ihrer Ober-schenkel endete, zu den cognacbraunen Gladiatorsandalen, die bis zu ihren Knien reichten. Sie sah immer aus, als wäre sie gerade aus einem Hochglanz-Modemagazin gestiegen.

„Du kannst deinen eigenen verdammten Tequila bekommen, Prinzessin", knurrte Josh und krachte ein Shotglas vor Hailey auf den Tresen, wobei etwas von dem Tequila über den Rand schwappte.

„Du brauchst dringend einen Fick", sagte Ethan zu Josh.

Joshs dunkle Augen waren auf Hailey gerichtet. „Davon bekomme ich genug."

Hailey hielt Joshs Blick stand, leckte sich die Hand, streute Salz darauf und leckte sie erneut. Josh starrte ihren Mund an. Sie stürzte den Tequila hinunter, dann saugte sie an der Limette. „Woo! Das ist das gute Zeug."

Josh fluchte leise und wandte den Blick ab. „Das war's für dich. Du bekommst nichts mehr."

„Komm her", sagte Ethan zu Hailey. „Leck meine Hand, und du kannst meinen haben."

Hailey benetzte ihre Lippen, dann strich sie mit den Fingern durch Ethans aschblonde Haare. „Ich lecke nicht jeden, aber du–" Sie machte eine dramatische Pause und fuhr laut genug fort, damit alle es hören konnten „–du bist ein fantastischer Kandidat für eine Lady wie mich."

„Fucking großartig", brummte Josh, nahm Ethans Tequila und trank ihn selbst. Seine dunklen Augen loderten irritiert auf. Wahrscheinlich, weil er angepisst war, dass sie ihn antörnte. Carrie war jetzt dank Zach so viel besser darin, Zeichen männlichen Verlangens zu erkennen.

Josh wedelte mit der Hand vor Ethan und Hailey. „Das war's für euch beide." Er ging zur anderen Seite der Bar.

Hailey flirtete weiter mit Ethan, der demgegenüber recht empfänglich zu sein schien. Es schien also zu funktionieren. Carrie hörte auf, den beiden Experten beim Flirten zuzusehen, als Zach seine Hand an ihren Mund hob und ihr mit dieser tiefen, barschen Stimme, bei der ihr immer heiß wurde, befahl: „Leck."

Ihr Innerstes zog sich zusammen, ihr Herz begann zu pochen, und sie leckte seine Hand. Er streute Salz darauf.

Sie leckte erneut, nahm das Glas, trank es aus und hustete. O mein Gott, das brannte, das brannte.

„Saug an der Limette", sagte er.

Sie tat es, und Tränen stiegen ihr in die Augen. Sie drehte sich um, um zu sehen, ob er über ihre Unerfahrenheit lachte, doch er musterte sie nur aufmerksam wie immer.

„Wie fühlst du dich jetzt?", fragte er.

Sie lächelte, plötzlich aufgedreht. „Gut." Entspannt und träge lehnte sie sich an ihren Mann. Ihren Mann auf Zeit, ermahnte sie sich. Sein eigener Drink stand noch auf der Bar.

Sie lehnte ihren Kopf an seine Schulter, blickte zu ihm auf und bot ihm ihre Hand an. „Möchtest du jetzt deinen haben?"

„Kommt darauf an."

„Worauf?"

„Wenn du eine Weile hierbleiben möchtest, dann trinke ich den Tequila." Sein Blick loderte mit einer Intensität, die ihr einen erwartungsvollen Schauer über den Rücken jagte.

„Und was, wenn ich gerne gehen würde?"

„Dann fahren wir zurück zu meiner Wohnung. Kein Drink." Er flüsterte in ihr Ohr. „Animalisch, Carrie. Es wird dir gefallen."

Sie erschauerte. „Ja, lass uns gehen." Es war einer ihrer Wünsche – Tiere sind animalisch – und sie konnte kaum erwarten zu sehen, wie er es interpretiert hatte.

Ohne ein weiteres Wort hob er sie von seinem Schoß, warf ein paar Geldscheine auf die Bar und führte sie hinaus auf den Parkplatz, die Hand an ihrem unteren Rücken, wo seine Berührung wie ein Feuer brannte.

Er half ihr in seinen Truck, ging zur Fahrerseite, und schon machten sie sich auf den Weg – auf einen weiteren berauschenden Ritt. Und wenn sie aus den Höhen der Ekstase zurück auf die Erde schwebte, würde sie sicher in seinen Armen landen.

Kapitel Acht

Zach ging zum Bett und ließ sich nach einer Runde Duschsex, der angedauert hatte, bis ihnen das heiße Wasser ausgegangen war, auf die Matratze fallen. „Quietschsauber ist am besten", war leicht zu interpretieren gewesen. Genaugenommen hatte er die ganze Liste ohne große Probleme dechiffrieren können, nachdem er die tiefere Bedeutung dessen, was sie wollte, verstanden hatte. Ihm war egal, was sie taten, solange er sich nicht zurückhalten musste. Sie wollte es nicht unnatürlich zärtlich. Sie wollte die Regie übernehmen. Sie wollte ihn. Zum ersten Mal bekam er genauso viel zurück wie er gab. Ihre Reaktionen bereiteten ihm immense Befriedigung, wenn er ihr herrliches Mienenspiel beobachtete, das von Staunen über Ehrfurcht bis hin zu Verblüffung reichte. In diesen Momenten wurde Sex beinahe zu einer spirituellen Angelegenheit. Eine neue und fantastische Erfahrung für ihn.

Er blickte hinüber zu Carrie, die bereits im Bett lag und mit einem Ausdruck purer weiblicher Befriedigung im Gesicht an die Decke blickte. Sie lag oft einfach so da und durchlebte die Erfahrung im Geiste noch einmal. Das hatte sie ihm beim ersten Mal gesagt, als er besorgt nachgefragt hatte, weil sie so lange geschwiegen hatte. Die meisten Frauen wollten danach reden.

Sie hatte eine intensiv sinnliche Seite und wollte nicht viel reden, was ihm sehr zupasskam, denn er war genauso.

Meistens schrieben sie einander in kleinen Dosen, wie zum Beispiel Carries *Bist du zu Hause?*, worauf er antwortete: *Jupp.*

Er achtete darauf, immer rechtzeitig zu Hause zu sein, um für sie da zu sein. Es gefiel ihm, ihr Bad Boy zu sein, er mochte sie sehr, doch er hatte keine Ahnung, was er daraus machen sollte. Sie war ihm viel schneller unter die Haut gegangen, als er normalerweise jemanden an sich heran ließ. Seine Einsamer-Wolf-Natur hatte sie nicht abgeschreckt. Nicht, dass sie im Sinne von traditionellen Dates viel Zeit mit Kennenlerngesprächen verbrachten, doch er wusste das Wichtigste über sie. Er wusste, wie sie sich anfühlte – wie weiche Seide. Wie sie schmeckte – nach Vanille und sexy Frau. Wie sie klang – süß, fürsorglich, offen. Wenn es zwischen ihnen weiterginge, würde er ihr von der Professorensache erzählen. Er war ehrlich gesagt ein bisschen überrascht, dass sie ihn noch nicht gefragt hatte. Carrie stellte ihm nie persönliche Fragen. All ihre Fragen drehten sich ums Kochen. Sie schien auch nicht über ihn herumgefragt zu haben. Was bedeutete das? Ging es ihr nur um Sex? Denn für ihn war es nicht so.

Es musste mehr sein. Jeden Abend, wenn sie sein Apartment betrat, strahlte sie, sobald sie ihn sah, rannte los und sprang in seine Arme. Niemand hatte je nur bei seinem Anblick zu strahlen begonnen. Er ging in Gedanken dieses allabendliche Wiedersehen durch, wenn er joggte, im Auto unterwegs war oder an seinem Buch arbeiten sollte – Augenblicke purer, strahlender Freude. Vergänglich, vielleicht. Vorübergehend. Sie waren quasi am Ende ihres Arrangements angekommen – er hatte die ganze Liste „abgearbeitet" und es sogar hinausgezögert, indem er zwischendurch ein paar eigene Ideen eingestreut hatte. Das Atmen fiel ihm schwer.

Er war nicht bereit, sie ziehen zu lassen.

Er wandte sich ihr zu und beobachtete, wie sie an die Decke starrte, die Lippen zu einem leisen Lächeln verzogen.

Die Anspannung in seiner Brust ließ ein wenig nach, da er sah, dass er sie glücklich gemacht hatte.

Er hatte nicht gedacht, dass er alle Punkte der Liste in nur einer Woche abhaken würde. Carrie arbeitete die dreizehn bis einundzwanzig Uhr Schicht in der Klinik, kam danach zu ihm, um die Nacht mit ihm zu verbringen, und ging erst spät am Morgen wieder. Er schlich sich immer noch aus dem Bett, um auf dem Sofa zu schlafen, sobald sie eingeschlafen war, und sie hatte es immer noch nicht bemerkt. Er war froh. Seine Ex hatte gehasst, dass er ein Soloschläfer war. Er schrieb es seiner Natur als einsamer Wolf zu, dass er nie in der Lage gewesen war, zu schlafen, wenn sich jemand an ihn kuschelte. Frauen neigten nun einmal zum Kuscheln.

Er starrte an die Decke und strich sich mit der Hand durch seine verschwitzten Haare, erschöpft von der Woche. Er bekam Workouts Tag und Nacht. Normalerweise, wenn Carrie arbeiten war, saß er am Computer und versuchte, eine bessere Kurzdarstellung für sein Buch zu schreiben, schaffte es jedoch nicht über das erste Drittel hinaus. Selbst sein Titel „Gesellschaft vs. Staat: Geopolitik der indigenen Nationen Südostasiens" klang zu akademisch. Anders als erhofft, ließ sich seine Arbeit nicht so leicht für ein Laienpublikum übersetzen. Er hatte mehrere Male aufgehört und wieder neu angefangen, doch es wurde immer wieder zu einer zweiten Dissertation. Sein Gehirn ließ sich einfach nicht in eine andere Richtung verbiegen, ganz gleich, wie sehr er sich bemühte. Darum entschied er sich, stattdessen zu joggen oder zu trainieren, oder er fuhr durch die Gegend und besuchte die Jungs. Alles, was ihn davon abhielt, zu versuchen, seine Gedanken hin und her zu organisieren. Vielleicht würde es helfen, wenn er die Kisten voll mit Büchern und Aktenordnern seiner Feldstudien auspackte und das alles durchging. Trotz der Tatsache, dass er sonst zu hundert Prozent ehrlich war, machte ihm das Spielchen mit Carrie weniger aus als gedacht. Entspannter als bei diesem Bad Boy/sündiges Mädchen Rollenspiel hatte er sich noch nie mit einer Frau gefühlt.

Sie *hatte* ihn zum Drink mit ihren Freundinnen eingeladen. Die Akzeptanz eines potentiellen Partners bei Freunden zu gewinnen, war wichtig in einer Beziehung. Auch wenn die Einladung vielleicht nur ihre Art gewesen war, ihre Freundinnen für ihr übliches Treffen zu sehen, während sie ihrem wahren Ziel nachging – mehr Leidenschaft mit ihm. Sie waren beide süchtig nach dem, was sie im Schlafzimmer hatten. Je mehr Sex sie hatten, desto mehr wollten sie.

Er würde noch für ein paar Monate hier sein. Vielleicht würde sie zustimmen, ihn weiterhin zu sehen. Es wäre eine Qual, ihr in der Stadt zu begegnen und zu wissen, dass er Abstand halten musste. Er rieb sich mit der Hand über das Gesicht. *Egoistisch.* Er musste an ihre Gefühle denken. Er würde das Angebot aus Singapur definitiv annehmen und nach Weihnachten abreisen. Das Stipendium war hoch angesehen und würde später eine Eintrittskarte für den Job seiner Wahl an einer Top Universität bedeuten. Er war sich ziemlich sicher, dass er es bekommen würde. Es war nicht mehr als ein Wartespiel, bis der Papierkram durch das Komitee war. Es tat ihm weh, das zuzugeben, doch tief im Inneren wusste er, dass es nicht fair war, ihr vorzumachen, dass er irgendetwas Längerfristiges wollte, wo er doch wusste, dass er das Land verlassen würde.

Er lag noch ein paar Minuten so da, aufgewühlt von seinen widersprüchlichen Wünschen, ihre Beziehung enger werden zu lassen oder sie für immer wegzustoßen. Verdammt. Er kannte die Antwort. Er würde nicht noch eine Frau mit einer Beziehung hinhalten, nur um am Ende alles zu zerstören.

Er rollte sich auf die Seite und wieder traf ihn ihre Schönheit wie ein Schlag. Es war nicht nur eine oberflächliche Sache. Sie war schön, innerlich wie äußerlich.

So reinen Herzens, dass sein eigenes Herz vor Sehnsucht, auch nur ein kleines Stückchen davon zu besitzen, schmerzte.

Er strich ihr eine Haarsträhne aus dem Gesicht. „Carrie."

„Hm?"

„Wir haben deine Liste abgehakt." Er wartete, um zu sehen, ob sie die Sache beenden wollte.

Sie drehte sich zu ihm um und strahlte. „Und wie! Lass uns die zwei Wochen voll machen und alles wiederholen!"

Ja! „Cool." Die Anspannung fiel von ihm ab angesichts des Aufschubs, der ihm gewährt wurde.

Sie schmiegte sich an ihn und begann seinen Hals zu küssen, während ihre Hände über seine Brust und dann weiter hinunter wanderten.

Er spürte, dass er wieder hart wurde. Es auf zwei Wochen zu begrenzen, war am besten so. Er musste sich zusammenreißen und sich auf sein Buch konzentrieren. Die Universität bezahlte ihn für dieses Forschungsfreisemester, und dafür musste er etwas liefern. Nicht nur Sex, Sex, Sex wie ein Tier. Er unterdrückte ein Stöhnen, als Carrie ihre Hand um ihn schloss.

„Carrie", krächzte er, denn sie war richtig gut darin geworden, ihn genau so zu massieren, wie er es mochte. Es kostete ihn eine enorme Kraftanstrengung, überhaupt ein Wort herauszubekommen.

Sie hielt inne und sah ihn besorgt an. „Ja?"

„Mehr als zwei Wochen ist aber nicht drin. Es liegt nicht an dir. Ich lasse mich einfach nicht auf etwas Langfristiges ein."

„Nie?", fragte sie leise.

Er war sich nicht sicher, ob sie verletzt war oder ob sie aus Neugier fragte. Doch es machte keinen Unterschied. Es war wichtig, dass das klar war. Er nahm ihr Gesicht in eine Hand und strich ihr mit dem Daumen über die Wange. „Nie", sagte er, dann küsste er sie zärtlich, um der Tatsache die Härte zu nehmen.

Sie erwiderte leidenschaftlich seinen Kuss und begann, ihn wieder zu massieren. Die harte Wahrheit schien vergeben zu sein. Er entspannte sich und war bereit für Runde zwei. Sie schmiegte sich an ihn und rieb ihre Wange an seinem Bart, während sie ihn weiter massierte, bis er steinhart war. Dann nahm sie ein Kondom vom Nachttisch und rollte es ihm über.

In dem Moment, als sie ihre Hand von seinem pochenden Schwanz nahm und seinem Gehirn etwas dringend nötigen Sauerstoff gewährte, fragte er: „Was sollen wir zuerst wiederholen?" Er wollte sichergehen, dass sie in der Zeit, die ihnen blieb, all ihre liebsten Wünsche wiederholten. Ihm gefiel alles auf ihrer Liste, doch auf einen Punkt hatte er gerade besonders Lust – Tiere sind animalisch. Seine korrekte Interpretation: Tiere sind animalisch, Menschen sind Tiere, also wollte sie es von hinten. Es war die natürlichste Position, wenn man sich die Tierwelt ansah.

„Mmm, überrasch mich", sagte sie.

„Wie wäre es mit Nummer fünf?"

Ihre blauen Augen glitzerten amüsiert. „Nicht fragen, einfach tun, Bad Boy."

Er konnte ein Schmunzeln nicht unterdrücken. „Nicht fragen, einfach tun. Du hörst dich an wie Yoda."

„Und du hörst dich an wie ein Mann, der Nummer fünf nicht bekommt."

Er drehte sie auf den Bauch und zog sie an den Hüften hoch, bevor er sie mit einem harten Stoß nahm und stöhnte.

„Ja", schrie sie wie immer, wenn er die Kontrolle an sich riss.

Als sie sich an ihn presste, schaltete sein Verstand ab, und sein animalisches Verlangen übernahm die Kontrolle. Scheiß Wissenschaft. Er *war* ein Tier.

~ ~ ~

In dieser Nacht erwachte Carrie mit einem Keuchen, die Augen weit aufgerissen. Ihr Herz pochte. Oh, Gott sei Dank. Es war nur ein Traum gewesen. Sie war immer noch in Zachs Bett. Sie hatte geträumt, dass die Erneuerung des Ehegelöbnisses ihrer Eltern zu deren fünfzigsten Hochzeitstag zu ihrer eigenen Hochzeit mit ihrem furchtbaren Ex Edward geworden war. Er hatte beide Gelöbnisse gesagt, und da es den Pastor gar nicht interessiert zu haben schien, dass sie geschwiegen hatte, erklärte er sie zu Mann und Frau. Endgültig. Für immer vereint. Sie hatte versucht, wegzulaufen, doch sie war nur auf der Stelle getreten, während Edward sie am Handgelenk festgehalten hatte.

Sie drehte sich um und tastete nach Zach, doch das Bett war leer. Wo war er? Sie warf einen Blick auf den Wecker auf dem Nachttisch. Vier Uhr.

Sie stand auf, wickelte sich in die Decke und ging ins Wohnzimmer. Er schlief auf dem Sofa. Sie blieb vor ihm stehen und starrte ihn im fahlen Licht der Straßenlaterne an, das durchs Wohnzimmerfenster fiel. Seine Beine waren zu lang für das Sofa, und er musste mit angezogenen Knien auf der Seite schlafen. Warum schlief er hier draußen, wo er doch ein Kingsize-Bett im Schlafzimmer hatte? Scheiße. Es war ihretwegen. In der ersten Nacht war sie so erschöpft gewesen, dass sie in seinem Bett eingeschlafen war. Und dann hatte er ihr am nächsten Morgen Frühstück gemacht, und alles war so wunderbar, dass sie einfach so weitergemacht hatte. Sie hätte fragen sollen, ob es okay war, die Nacht hier zu verbringen, oder noch besser, sich zwingen sollen, nach Hause zu fahren. Schuldgefühle schnürten ihr die Luft ab. Er hatte, ohne zu murren, sein Bett für sie aufgegeben.

Doch war es wirklich so schlimm, neben ihr zu schlafen? Sonst waren sie doch so intim miteinander. Sie bekam einen Kloß im Hals, plötzlich verletzt, weil er lieber auf einem unbequemen Sofa als mit ihr im Bett schlief, auch wenn sie wusste, dass sie kein Recht dazu hatte. Das war wahrscheinlich seine Art, sich nicht zu sehr an sie zu gewöhnen, da sie ja nur auf Zeit zusammen waren. Ihr Magen rebellierte. Okay, sie würde das wieder gutmachen. Diese Affäre war ihre Idee gewesen, darum würde sie jetzt dafür sorgen, dass er wieder in sein Bett ging, wo er sich ausstrecken und bequemer liegen konnte. Dann würde sie nach Hause fahren.

Sie setzte sich neben ihn und strich ihm mit den Fingern durchs dicke, weiche Haar. „Zach?"

Keine Reaktion.

„Zach", sagte sie lauter. „Komm, geh zurück in dein Bett."

Er rührte sich nicht. Sie stieß ihn ein paarmal an, doch er schlief tief und fest. Er war viel zu schwer für sie, um ihn in sein Bett zu bringen. Doch allein ins Bett zurückkehren, wollte sie auch nicht, da der Alptraum noch allzu frisch in ihren Gedanken war. Darum legte sie sich neben ihn auf die Seite, ihren Rücken an seine Brust geschmiegt, und zog seinen Arm über ihre Taille. Besser. Sein Körper wärmte sie, sein männlicher Duft hüllte sie ein, und sie entspannte sich, bis sie wieder einschlief.

Am frühen Morgen wachte sie auf, als Zach vorsichtig vom Sofa kletterte. „Hey", sagte sie sanft. „Ich wollte nicht, dass du dich meinetwegen auf dem Sofa zusammenfalten musst."

„Du schläfst vor mir ein." Er stand auf und blickte in seinem T-Shirt und den schwarz-rot-karierten Boxershorts auf sie hinab. „Ich will dich nicht stören."

Sie setzte sich auf. „Deine Beine sind zu lang für das Sofa. Ich gehe ab jetzt danach nach Hause, damit du das Bett haben kannst."

Er legte seine Hand an ihre Wange und streichelte sie. „Ich würde dich nie aus dem Bett werfen."

Ihr stockte vor Überraschung der Atem. „Okay, dann

kannst du doch mit mir im Bett schlafen."

Er ließ die Hand sinken. „Ich bin es einfach gewohnt, allein zu schlafen." Er ging ins Schlafzimmer, wahrscheinlich, um von dort ins Bad zu gehen. Sie ließ sich zurück aufs Sofa sinken und presste ihre Hand auf ihre schmerzende Brust. Was erwartete sie auch von einer Affäre? Es war ja nicht so, als machten sie außer Sex und gemeinsam frühstücken irgendetwas miteinander. Es war keine Beziehung, und das war okay so. Keiner von beiden wollte das. Er ließ sich auf nichts Langfristiges ein. Sie war froh darüber. Das Letzte, das sie jetzt brauchte, war, sich wieder zu verlieren, sich Hals über Kopf in einen Mann zu verlieben und alle seine Träume zu unterstützen, während sie ihre eigenen vernachlässigte.

Eine kurze Zeit später hörte sie Zach in der Küche. Wahrscheinlich machte er Kaffee. Neuerdings fiel ihr immer mehr auf, wie aufmerksam er war. Sie redete sich ein, dass er das für jeden tun würde. Er war immer noch genau der Bad Boy, auf den sie gehofft hatte, zurück aus einem mysteriösen Niemandsland, ein Weltreisender mit Überlebensfertigkeiten, ein talentierter, sinnlicher Liebhaber, der sie erschöpft, willenlos und befriedigt zurückließ. Wahrscheinlich hatte er eine wechselvolle Vergangenheit. All die Jungs, die zur Campbell-Familie gehörten, hatten eine. Sie hatte Zach nicht gedrängt, ihr intime Details zu erzählen, und er hatte es auch nicht angeboten. Ein weiterer Beweis, dass es nicht mehr als eine Affäre war. Keiner von beiden war an echter Intimität interessiert.

Es war wahrscheinlich ganz normal für ihn, Kaffee zu machen, wenn er aufstand, und hatte nichts mit ihr zu tun. Und es war auch keine große Sache, dass er ein extra Handtuch und einen Waschlappen für sie auf die Kommode legte. Oder für sie kochte.

Oder auf dem Sofa schlief, um sie nicht aufzuwecken.

Hatte sie sich etwa in ihm getäuscht?

Er kam aus der Küche und zog mit einer schnellen

Bewegung sein T-Shirt aus. Damit war ihm ihre Aufmerksamkeit sicher. Gebräunte Haut, definierte Brust- und Bauchmuskeln, diese breiten, muskulösen Schultern. Sie setzte sich auf, in der Hoffnung, dass als nächstes die Shorts fallen würden.

Er nickte in Richtung Badezimmer. „Dusche mit einem Twist? Es wird dir gefallen."

Sie sprang vom Sofa. Es war egal, was er sich hatte einfallen lassen, denn alle seine Ideen waren fantastisch. Und es gefiel ihr nicht nur, sie *liebte* es.

Er wartete und verzehrte sie mit Blicken, als sie auf ihn zukam, vollkommen nackt. Sie fühlte sich schön und sexy unter seinem Blick. In letzter Sekunde huschte sie an ihm vorbei aufs Bad zu, gerade außerhalb seiner Reichweite. Er holte sie ein und versetzte ihr einen Klaps auf den Po, sodass sie überrascht quietschte, bevor er sie hochhob und über seine Schulter warf. Er war definitiv ein Bad Boy, doch im besten Sinne des Wortes.

Viel später gingen sie in die Küche. Beide tranken Wasser und machten sich dann über den wartenden Kaffee her. Sie praktizierten Sex wie eine olympische Sportart und waren entsprechend durstig.

„Setz dich", sagte er, bevor er sich umdrehte, um aus dem Kühlschrank zu holen, was sie fürs Frühstück brauchten.

Sie gehorchte und setzte sich mit ihrem Kaffee an den Tisch. „Was machst du?"

„Omelettes."

Okay, jeden Morgen zusammen zu frühstücken, war irgendwie häuslich und ähnelte verdächtig stark einer Beziehung, doch sie konnte einfach nicht anders. Er war solch ein guter Koch. Und er *wollte* für sie kochen. Sie konnte nicht unhöflich sein und seine kulinarischen Bemühungen ignorieren.

Sie nippte an ihrem Kaffee und dachte an die anstehende Feier zum fünfzigsten Hochzeitstag ihrer Eltern.

Gestern hatte ihre Mom sie gewarnt, dass Edward seine zwanzigjährige Verlobte mitbringen würde. Ihre Mom hatte angeboten, ihn nicht einzuladen, als sie angefangen hatten, die Feier zu planen, doch Carrie hatte gesagt, dass es sie nicht stören würde. Sie hatte vor, höflich zu sein, ihn aber sonst nicht zu beachten. Davon abgesehen, wäre es seltsam gewesen, ihn nicht einzuladen. Edward und seine Eltern hatten fast alle wichtigen Feiern mit ihrer Familie gefeiert – Weihnachtspartys, den vierten Juli, ja sogar Sommerurlaube. Sie hatte ihn letzte Weihnachten vermisst, als sie bei der Hochzeit ihrer Freundin Claire gewesen war, und hatte sich um die Sommeraktivitäten gedrückt, doch die Erneuerung des Ehegelöbnisses ihrer Eltern war eine wichtige Angelegenheit, darum würde sie es über sich ergehen lassen. Ihre Eltern feierten ja schließlich nicht jeden Tag ihren fünfzigsten Hochzeitstag.

Zu schade, dass es zwischen ihr und Edward nicht geklappt hatte, wie alle gehofft hatten. Sie hatte ihren Eltern gesagt, dass sie sich getrennt hatten, weil Edward sie betrogen hatte. Die Sache mit dem abartigen Sex, den er sich anderswo geholt hatte, um sie „rein" zu halten, hatte sie verschwiegen. Gott, sie verabscheute Edward, diesen dreckigen Lügner. Er hatte ihr Leidenschaft vorenthalten, während er abartigen Sex mit … weiß Gott wem gehabt hatte. Gott sei Dank hatte er immer ein Kondom benutzt. Nachdem sie ihn zur Rede gestellt hatte, hatte sie sich trotzdem auf alle erdenklichen sexuell übertragbaren Krankheiten testen lassen.

Doch jetzt, da sie wusste, dass er seine junge Verlobte mitbringen würde, bekam sie kalte Füße. Die Erneuerung des Ehegelöbnisses fand nach den zwei Wochen mit Zach statt, doch sie würde zu gerne mit ihrem sexy Boyfriend dort auftauchen, um Edward zu zeigen, dass sie über ihn hinweg war und es ihr bestens ging.

Der köstliche Duft des Frühstücks, das er kochte – Omelette mit Schinken und grüner Paprika –, stieg ihr bald in die Nase. Es würde ihr schwer fallen, nach Ende ihrer zwei Wochen auf Zachs köstliches Frühstück zu verzichten, doch so lautete nun einmal ihre Vereinbarung. Vielleicht konnte sie sie ja ein bisschen länger fortsetzen.

Sie holte tief Luft, dann sagte sie so beiläufig wie möglich: „Ich weiß, dass am Samstag unsere zwei Wochen um sind, doch würde es dir etwas ausmachen, wenn wir unsere Abmachung um einen Tag verlängern?"

Zach drehte sich zu ihr um. Seine dunklen Haare waren noch immer feucht von der Dusche und lagen so, wie sie ihn gekämmt hatte. So heiß. Er ließ sie tun, was immer sie wollte. „Wieso?"

Es war ihr unangenehm zu fragen, doch es würde es ihr so viel leichter machen, ihrem Ex zu begegnen. „Nächsten Sonntag haben meine Eltern ihren fünfzigsten Hochzeitstag. Sie erneuern ihr Ehegelöbnis in einer Zeremonie am Strand und ..." Sie verzog das Gesicht.

„Und?", drängte er.

Sie seufzte. „Mein Ex wird auch da sein. Seine Eltern sind eng mit meinen Eltern befreundet. Ich hatte gehofft, dass du vielleicht als mein Date mitkommen könntest."

„Deine Eltern haben ihn eingeladen, obwohl sie wissen, dass er dir wehgetan hat?" Sein Ton, barsch und hart, verriet, was er davon hielt. Sie entspannte sich, da sie wusste, dass er auf ihrer Seite war.

„Sie haben angeboten, ihn nicht einzuladen, doch ich wollte ihnen ihre Feier nicht verderben. Edwards Familie war immer bei allen unseren Feiern dabei."

Er presste seine Lippen aufeinander und musterte sie eine Weile.

„Ich gebe zu, dass meine Absichten nicht gerade ehrenwert sind. Ich will ihn eifersüchtig machen und dich herumzeigen."

Seine Lippen verzogen sich zu einem sexy Lächeln. „Schön."

„Dann kommst du mit?"

„Ja", sagte er und drehte sich wieder zum Herd um.

Ihr war ein wenig unbehaglich zumute, als sie sich vorstellte, dass Edward irgendetwas Unfreundliches sagen und Zach ihm deshalb vielleicht in den Hintern treten könnte. Er war schließlich ein ausgesprochener Alpha-Mann. Sie wollte nicht, dass es ihretwegen zu einem testosterongeladenen Showdown kam. Nicht, dass Zach sie liebte. Beide wussten, dass das eine Zwei-Wochen-plus-ein-Tag-Affäre war, bei der es nur um Sex ging.

„Ähm, aber, Zach, bitte sag nichts zu ihm, okay? Ganz egal, was er sagt, ich komm schon mit ihm zurecht."

Er antwortete nicht, sondern kochte weiter barfuß in seinem sexy blauen T-Shirt und seinen ausgewaschenen Jeans.

„Ich meine, was ich sage", sagte sie streng.

Er ließ das Omelette auf einen Teller gleiten, ging zu ihr und stellte es vor ihr auf den Tisch. „Wenn du mit ihm zurecht kämest, würdest du mich nicht brauchen."

„Vergiss es", murmelte sie, ein bisschen gereizt darüber, wie gut er sie lesen konnte. Sie brauchte ihn nicht wirklich, doch sie *wollte* ihn dabei haben. Sie spürte Zachs Blick auf sich. Er stand immer noch neben ihr.

„Carrie." Sein Ton war überraschend sanft.

Sie antwortete nicht, sondern schnitt lediglich in ihr Omelette. Sie wollte nicht, dass er sie bemitleidete, und sie wollte definitiv nicht über Edwards dumme Verlobte reden, denn sie fürchtete, dass sie sich dann in Tränen auflösen würde. Diese Verlobte hätte sie sein können, und auch wenn sie mit ihm Schluss gemacht hatte, als sie seine Verlobte gewesen war, tat es trotzdem weh. Edward und diese andere Frau konnten noch nicht lange zusammen sein. Edward hatte sich *sechs Jahre* Zeit gelassen, um ihr einen Antrag zu machen, und dann auch erst, nachdem sie mit ihm Schluss gemacht hatte. Sein Antrag war ein letzter verzweifelter Versuch gewesen, sie zurückzubekommen. Sie schob sich ein Stück Omelette in den Mund und seufzte.

Göttlich.

„Allein schon dir beim Essen zuzusehen, ist ein erotisches Erlebnis", sagte Zach.

Sie lächelte. „Dir beim Kochen zuzusehen auch. Schätze, dann haben wir beide was davon."

Er legte seine Hand auf ihre Wange und küsste sie auf den Kopf. „Ich komme mit dir."

Ein warmes Leuchten erfüllte sie, und in ihrem Hals wuchs ein dicker Kloß angesichts seines Verständnisses und seiner Unterstützung. Bevor sie sich bedanken konnte, war er schon wieder an den Herd zurückgekehrt. Sie wandte sich ihrem köstlichen Omelette zu, und kurze Zeit später nahm er ihr gegenüber Platz.

„Soll ich vor deinem Ex besonders tough sein?", fragte er, während er sein Omelette schnitt. „Du weißt schon, schwarze Lederjacke, Fluchen, vielleicht ein Springmesser in meiner Tasche." Er riss die Augen auf. „Vielleicht ein irrer Blick?"

Sie hob ihre Hand an den Hals. Ihre süßen Eltern würden tot umfallen! „Vielleicht nicht ganz so extrem."

Er nickte. „Deine Entscheidung."

„Ich mag deinen Look so wie er ist. Wilde Haare, Bart und all diese harten Muskeln …"

„Komisch, dasselbe wollte ich gerade auch über dich sagen." Er schmunzelte und schob sich ein Stück Omelette in den Mund.

„Das glaube ich nicht", sagte sie und streichelte seinen Bart.

Er kaute zu Ende, bevor er sagte: „Ich bin längst überfällig für einen Haarschnitt. Das lasse ich rechtzeitig für die Feier machen."

„Meinetwegen musst du das nicht." Ganz gleich, wie er aussah, ihre Eltern würden neugierig auf ihn reagieren. „Vielleicht sollten wir ein paar grundlegende Informationen übereinander austauschen, damit wir nicht unvorbereitet sind, wenn du meine Eltern kennenlernst."

Er trank einen Schluck Kaffee. „Dann leg los."

„Wie alt bist du?"

„Vierunddreißig."

„Zweiter Vorname?"

„Edward."

„Nein!"

Er lächelte. „War ein Witz. Zachary Joseph Harrison."

Sie warf ihre Serviette nach ihm, und er lachte, als er sie ihr zurückgab. „Ich bin sechsundzwanzig", sagte sie. „Carrie Elizabeth Young."

Er schob sich ein Stück Omelette in den Mund und sagte mit vollem Mund: „Du bist zu jung für mich, Carrie Elizabeth Young."

„Ha-ha. Mit dir nehme ich es leicht auf."

Als er ihrem Blick begegnete, glitzerten seine Augen diabolisch. „Und wie."

Sie wurde rot angesichts der Erinnerung an all die intimen Dinge, die sie getan hatte. „Also, du weißt, dass ich Krankenschwester bin, und du bist …" Sie wartete darauf, dass er den Satz beendete. Sie hatte diese Woche all ihre freie Zeit mit ihm verbracht, doch meistens ohne zu reden. Sie hatte ihre Neugier im Zaum gehalten, doch jetzt, da sie angefangen hatten, wollte sie unbedingt mehr erfahren.

Er trank einen Schluck von seinem Kaffee und musterte sie über den Rand der Tasse. Gerade, als sie dachte, dass er nicht antworten würde, sagte er: „Im Moment bin ich arbeitslos."

„Weil du gerade aus Indonesien zurück bist?"

„Zum Teil."

„Und was hast du da gemacht?"

Er schob sich ein weiteres Stück Omelette in den Mund und ließ sich Zeit. Schließlich sagte er: „Bin über die Inseln gereist, gewandert und hab im Wald gezeltet."

„Kein Wunder, dass du aussiehst wie ein Holzfäller. Verdienst du so dein Geld? Als Touristenführer auf den Inseln?"

Er aß weiter.

Während sie ihn anstarrte, sagte er nichts, sondern konzentrierte sich auf sein Essen. Er war sicher hungrig. Schließlich hielt sie es jedoch nicht mehr länger aus. „Zach? Ist es das, was du beruflich machst?"

Er hob seine Tasse an seinen Mund und murmelte: „Ja." Dann trank er einen Schluck.

„Cool! Ich würde gerne eine Tour mit dir machen."

Er stellte seine Tasse ab und sah ihr in die Augen. „Ich würde dir Indonesien gerne zeigen. Schöne Landschaft, schöne Menschen."

„Wann gehst du zurück?"

Er starrte einen Moment lang auf den Tisch, dann blickte er ihr wieder in die Augen. „Als nächstes gehe ich für zwei Jahre nach Singapur. Gleich nach Weihnachten."

„Oh." Sie zwang sich zu einem Lächeln. „Ich fange in ein paar Wochen mit dem Masterprogramm in Krankenpflege an. Danach bin ich zertifizierter pädiatrischer Nurse Practitioner. Ich hatte Glück, dass ich eine Stelle als Lehrassistentin gefunden habe, die die Kosten des Programms deckt."

„Wow, Glückwunsch. Wie lange geht das Programm?"

„Zwei Jahre."

Ihre Blicke begegneten sich einen Moment lang, und beide wurden sich bewusst, was das bedeutete. Zwei Jahre, zwei verschiedene Kontinente, zwei Karrieren, die verschiedener nicht hätten sein können.

Schließlich brach Zach das Schweigen. „Klingt, als hätten wir beide einen Zweijahresplan, auch wenn du einen Vorsprung von einem Semester hast."

„Sieht ganz so aus." Er würde trotzdem zwei Jahre weg sein. Sie starrte den Tisch an und schloss ihre Finger gefährlich fest um ihre Kaffeetasse. Sie zwang sich, sie zu entspannen, hob die Tasse an ihre Lippen und bemerkte erst dann, dass sie leer war. Im übrigen war Koffein nicht das, was sie gerade brauchte. Sie vibrierte fast vor

Anspannung, vollkommen überrumpelt davon, dass er bald auf der anderen Seite des Erdballs sein würde. Sie schluckte die Emotion hinunter, die hier keinen Platz hatte. Sie hatte keinen Anspruch auf Zach und hatte sich bemüht, dass es zwischen ihnen locker blieb. Jetzt bekam sie genau, was sie gewollt hatte. Das Schicksal hatte sich eingemischt und eine Beziehung zwischen ihnen unmöglich gemacht. Sie würde die Sache mit Edward hinter sich bringen und sich dann von Zach verabschieden. In ihrem Magen brodelte es. Nein, das war nicht richtig. Zach war gut zu ihr gewesen und hatte es nicht verdient, in einer Situation, mit der er absolut nichts zu tun hatte, als Puffer missbraucht zu werden.

Sie sah ihn an. „Du musst nicht als mein Date zum Hochzeitstag meiner Eltern mitkommen. Es war egoistisch von mir, dich zu fragen. Ich komme schon allein mit Edward klar."

„Zu spät, du hast mich schon eingeladen."

„Zach."

„Carrie", knurrte er in einem Ton, der keinen Widerspruch duldete.

Sie hob ihre Hände. „Okay, okay. Danke."

Er brummte und wandte sich wieder seinem Essen zu.

Sie überlegte, ob sie ihn Edwards wegen vorwarnen sollte. Er und Zach waren so verschieden, wie man nur sein konnte, worüber sie glücklich war, doch sie wollte nicht, dass Zach unvorbereitet war. Edward war ein versnobter Intellektueller, auch wenn seine Eltern bodenständig waren.

„Edward ist ein brillanter Arzt", sagte sie. „Hirnchirurg."

„Und? Selbst intelligente Leute können dumm sein." Er schob sich den Rest seines Omelettes in den Mund.

„Zach."

Er kaute und schluckte. „Was?"

„Das war süß."

„Daran war nichts süß. Edward war offensichtlich dumm, zu ignorieren, was du alles zu bieten hast." Er räusperte sich. „Ich meine, du hast so viel Leidenschaft und so weiter."

Sie wurde rot. „Du bist derjenige, der leidenschaftlich ist. Ich versuche nur mitzuhalten."

Seine Augen waren warm, als er sie ansah. „Vielleicht liegt es einfach an uns."

Das Wort *uns* hing in der Luft zwischen ihnen und glitzerte wie ein winziger Stern der Hoffnung. Erst wandte sie den Blick ab, ein wenig verwirrt, als sich die Grenzen dessen verschoben, was für sie eine klar definierbare, verständliche Sache gewesen war. Eine Affäre. Vorübergehend. Oberflächlich, damit niemand verletzt wurde.

Zwei Kontinente.

Sie staunte einen Moment lang, dass sich ihre Wege überhaupt gekreuzt hatten. Ihre Brust schmerzte beim Gedanken, was sie alles verpasst hätte, wenn sie sich nie begegnet wären. Er hatte ihre Liste ernst genommen und ihr solchen Genuss bereitet. Dafür würde sie ihm immer dankbar sein. Sie nahm seinen Kaffee und trank einen Schluck, um den Kloß in ihrem Hals hinunterzuspülen. Er beobachtete sie, sagte jedoch nichts.

„Hast du einen Anzug?", fragte sie fröhlich, da sie das Thema in sicherere Gefilde steuern wollte. „Ich werde ein Kleid tragen. Mein Dad trägt einen Smoking, und meine Mom passt tatsächlich noch in ihr Hochzeitskleid."

„Ich kann mir einen besorgen."

„Wenn nicht, ist das auch nicht schlimm. Ein Hemd und eine Stoffhose reichen auch."

„Ich werde dich nicht blamieren."

„Oh nein. Das würdest du sowieso nie. Du bist der heißeste Typ, mit dem ich je zusammen gewesen bin."

Er lächelte.

„Nicht, dass das viele gewesen wären."

Er wurde wieder ernst. „Nur ich und dein Ex, ich erinnere mich."

Sie strich sich mit der Hand durchs Haar. „Tut mir leid … Ich stresse mich einfach ein bisschen wegen der Sache. Du weißt schon. Edward nach all der Zeit wiederzusehen. Und seine Verlobte. Jung und schön soll sie sein."

Ein Lächeln umspielte seine Lippen. „Das bist du auch."

Sie holte scharf Luft. Das war so süß von ihm, das zu sagen. Die zweite süße Bemerkung an diesem Morgen. Und er war ein Mann, der nicht viele Worte machte, darum bedeuteten sie aus seinem Mund umso mehr. „Danke."

Er nickte und trank einen Schluck Kaffee. Irgendetwas, das sich weniger wie Lust und eher wie Zuneigung anfühlte, wuchs in ihr. Starke Zuneigung, als wollte sie ihn umarmen. Nicht, um ihn zu begrapschen. Nur umarmen.

Er stellte die Tasse ab und sah sie an.

„Es tut mir wirklich leid, dass ich dir jede Nacht dein Bett gestohlen habe", platzte sie unvermittelt heraus.

Er schüttelte den Kopf. „Kein Problem."

„In Zukunft gehe ich danach nach Hause, dann kannst du in deinem Bett bleiben und bequemer schlafen."

Er sah sie streng an. „Ich will nicht, dass du mitten in der Nacht allein raus gehst."

Sie erwiderte seinen Blick ebenso streng. „Und ich will nicht, dass du dich auf einem viel zu kurzen Sofa zusammenfalten musst."

„Stört mich nicht."

„Unsinn."

Er lehnte sich zurück. „Ich kann nicht fassen, dass wir uns das erste Mal streiten, weil wir beide aufeinander Rücksicht nehmen wollen."

„Ein Streit würde eine Beziehung implizieren."

Er rieb sich den Nacken. „Ich weiß nicht, was das ist."

„Ich auch nicht." Sie redete sich weiter ein, dass es eine Affäre war, doch es fing an, sich anders anzufühlen. Die Atmosphäre hatte sich verändert, und ihre Gespräche waren voller verstecktem Bedeutungsgehalt. Irgendwie hatte sich heute Morgen alles verändert, als sie ihn zur Feier ihrer Eltern eingeladen hatte.

Er hob die Tasse an seinen Mund und sagte dahinter: „Lass uns nicht an was herumschrauben, was funktioniert."

Sie biss sich auf die Lippe, da seine lockere Bemerkung mehr wehtat, als sie sollte. „Nein, natürlich nicht. Du hast recht. Wir sollten es einfach–" Sie machte eine ausladende Geste. „Dabei bewenden lassen." Es gelang ihr nicht, eine gewisse Bitterkeit in ihrer Stimme zu unterdrücken.

Er stellte die Tasse ab. „Ich meine, *du* hast zwei Wochen gesagt."

„Du hast zwei Wochen angeboten", antwortete sie. „Ich habe dein Angebot nur angenommen."

„Worüber streiten wir eigentlich?" Er stand auf und stellte die Teller zusammen. „Ich schlafe bei dir im Bett, wenn es dich glücklich macht, okay?"

„Fein."

„Und glaub nicht, dass ich dich mitten in der Nacht allein lassen werde." Er sammelte Gabeln und Messer ein. „Wir schlafen beide im selben Bett."

Sie blickte zu ihm auf. „Ich sagte *fein*."

„Gut", knurrte er. Dann beugte er sich zu ihre hinunter und küsste sie atemlos. Als er sich wieder aufrichtete, musterte er sie einen Moment lang, bevor er das Geschirr nahm und es zur Spüle brachte.

Sie saß mit schwirrendem Kopf da und fragte sich, was gerade passiert war.

KAPITEL NEUN

Zach saß mit seinem Kaffee am Küchentisch und beobachtete Carrie dabei, wie sie das Geschirr abspülte, immer noch ein bisschen durch den Wind von ihrer kleinen Auseinandersetzung. Er betrachtete ihr schlichtes graues Tanktop und die passenden grauen Shorts, als sie sich bückte, um einen Teller in die Spülmaschine zu stellen. Sie hatte ein überaus köstliches Dekolleté und den hübschesten Po. Sie schien Tops und Unterteile zu bevorzugen, die zueinander passten – selbst bei ihrer Unterwäsche.

Und sie hatte ihn eingeladen, ihre Eltern kennenzulernen.

Man musste kein Anthropologe sein, um zu wissen, was es bedeutete, jemanden zu seinen Eltern einzuladen. Offensichtlich wollte Carrie das, was sie hatten, als Beziehung definieren. Jetzt, wo Carrie an der Spüle beschäftigt war, konnte er die Situation analysieren. Sie hatte Gefühle für ihn. Er hatte es gehofft, doch bis zu diesem Moment hatte er es nicht gewusst.

Er überlegte kurz, wann genau er in Singapur sein würde und wann Carrie ihr Programm abschließen würde, und begriff, dass er ihr ganzes Studium in Singapur sein würde. Das Programm folgte dem Schuljahr, was bedeutete, dass sie eher zweieinhalb Jahre getrennt sein würden. Viel zu lang für das momentane Level ihrer Beziehung.

Doch beide hatten echte Gefühle füreinander. Das bedeutete etwas, oder?

Wäre es so schlimm, es ein paar Monate miteinander zu versuchen, bis er nach Singapur ging? Wäre es nicht besser, wenn beide das Glück beim Schopfe packten und nahmen, was sie bekommen konnten?

Er wollte es versuchen. Wenn es funktionierte, vielleicht wäre sie bereit, ihr Studium um ein paar Jahre zu verschieben und mit ihm zu kommen. Whoa. Das war ein geradezu lächerlich großer Sprung in die Zukunft. Besonders von ihm. Was, wenn er diese Beziehung ruinierte wie all seine anderen Beziehungen? Was, wenn er wirklich ein einsamer Wolf und nicht zu der Intimität fähig war, die für eine erfolgreiche Beziehung nötig war? Wenn er sie nach Singapur mitnahm und die Beziehung dort zerbrach, gab es keine Garantie, dass die Assistenzstelle auf sie wartete, wenn sie zurück nach Hause kam. Eine Assistenzstelle, die die Studiengebühren voll abdeckte, war immer begehrt. Es gab nur begrenzte Mittel, und alles hing davon ab, mit wem man in dem entsprechenden akademischen Jahr im Wettbewerb stand. Oder … er könnte auf Singapur verzichten. Nein, das wäre dumm. Er war an einem Punkt in seiner Karriere angekommen, an dem ein Forschungsstipendium seiner Karriere einen entscheidenden Schub geben konnte. Vielleicht könnte er danach sogar einen Job an der NYU oder in Yale landen, ganz in Carries Nähe. Langfristig betrachtet – wenn sie etwas Langfristiges hatten – wäre es definitiv gut, wenn er das Forschungsstipendium annahm.

Sie summte vor sich hin, während sie die Spülmaschine einräumte, und ein seltenes Gefühl absoluter Zufriedenheit stellte sich bei ihm ein.

Vielleicht, wenn er wirklich darüber nachdachte, wie eine Beziehung *wirklich* funktionierte, und nicht darauf wartete, dass alles seinen natürlichen Lauf nahm – was irgendwie immer bedeutete, dass die Beziehung in die Brüche ging –, könnte es funktionieren. Sein akademischer Hintergrund könnte ihm dabei helfen. Warum hatte er nicht schon früher daran gedacht? Es hatte Wunder gewirkt beim anfänglichen Balztanz, warum sollte es also nicht auch in den späteren Phasen funktionieren?

Er begann, das Gespräch von vorhin aus dem Blickwinkel eines Anthropologen zu betrachten, und untersuchte, was Carries Einladung wirklich bedeutete. Es war nicht nur die Einladung in eine Beziehung, jetzt da er darüber nachdachte. Die Zustimmung der Familie und des Umfeldes für den auserwählten Partner einzuholen, war ein wichtiger Schritt zu einer dauerhaften Beziehung. Ihre Bitte um Schutz vor Edward signalisierte ihm, dass sie sah, dass Zach ein geeigneter Beschützer war. Zach wusste, dass seine Körpergröße, seine tiefe Stimme und seine regelmäßigen Demonstrationen von Stärke, wenn er Carrie hochhob, zusammen mit seiner natürlichen Aggression im Bett das überaus deutlich gemacht hatte. Und dass er jeden Morgen Frühstück machte, zeigte auf einer Urebene, der wichtigsten Ebene überhaupt – dass er ein guter Versorger war. Das einzige, das er noch zeigen musste, um seinen Wert als Partner zu demonstrieren, war ein Beweis seiner körperlichen Kraft gegenüber einem Rivalen um ihre Zuneigung. Ringen wäre ideal. Er hatte Erfahrung mit den Besten gesammelt – Ethan, Josh, Jake und Marcus. Ein Bonus war natürlich, dass Edward als Chirurg wahrscheinlich wenig geneigt war, seine Fäuste einzusetzen und damit das Risiko einzugehen, seine Hände zu verletzen.

Er überlegte kurz, ob er seinen sozialen Status mit Edwards gleichziehen sollte, indem er Carrie von seinem Doktortitel erzählte. Doch dann überlegte er es sich anders. Nach der Feier ihrer Eltern würde er ihr sagen, dass er kein Bad Boy war, sondern tatsächlich ein angesehener Anthropologe. Dann würde er ihr sagen, dass sie seine Welt zum Strahlen brachte und dass er sie weiter sehen wollte. Er würde ihr logisch ihre Kompatibilität darlegen, die echten Gefühle, die beide füreinander empfanden, und dann würde er dafür plädieren, dass sie ihnen in der Zeit, die ihnen blieb, eine Chance gab. Über Singapur würden sie später nachdenken. Trotz aller Punkte, die dagegen sprachen – seine desaströsen vergangenen Beziehungen und das unglaublich schlechte Timing ihrer jeweiligen Karrierepläne –, hatte er Hoffnung.

Carrie wischte sich die Hände an einem Handtuch ab und drehte sich zu ihm um. „Fertig."

Er stand auf. „Dann fahre ich mit dir zu deiner Wohnung und gehe danach zu Fuß zurück. Ich würde gerne mit Ally reden."

Sie riss die Augen auf. „Ach so?"

Er verstand ihre Überraschung. Vor der Einladung in eine Beziehung hatten sie klare Regeln und Grenzen gehabt. Er hatte ausschließlich Zeit mit ihr in seiner Wohnung verbracht, keine Dates, keine Fahrten nach Hause. Doch es war wichtig, dass er ihre engsten Freundinnen kennenlernte und ihre Zustimmung fand. Ihre Mitbewohnerin war die Schlüsselperson in Carries Beziehungsnetz.

„Ja", sagte er. „Wir sind uns nur kurz begegnet."

Carrie lächelte unsicher. „Wenn du willst." Sie neigte den Kopf. „Warum eigentlich?"

„Ich würde gerne deine Freunde kennenlernen."

Er ging ins Wohnzimmer und holte ihre große Handtasche mit den bunten Blumen, die sie gestern Abend bei der Tür fallengelassen hatte, bevor sie in seine Arme gesprungen war. Es war ihr allabendliches Ritual. Das verdammte Ding musste zwanzig Pfund wiegen. Wahrscheinlich, weil sie Shampoo und weiß Gott was sonst noch alles hin und her trug. Es wäre wahrscheinlich gut, wenn er ein bisschen Platz für ihren Kram schaffen würde.

Er ging zu ihr und hielt die Tasche hoch. „Das Ding ist viel zu schwer, du verrenkst dir noch den Rücken."

Sie nahm sie ihm ab. „Ist nicht schlimm. Ich bin es gewohnt, viel zu tragen." Sie ging in Richtung Tür, und er bewunderte einen Moment lang den Schwung ihrer Hüften, bevor er sie einholte.

Er zog die braunen Ledersandalen an, die er immer an der Tür stehen ließ. Du kannst dein Shampoo, oder was du sonst brauchst, hier lassen, wenn du willst." Er sah ihr direkt in die Augen. „Ich mache Platz für deinen Kram."

Sie starrte ihn an und runzelte die Stirn. Gut. Sie dachte über die tiefere Bedeutung nach. Er hielt die Tür für sie auf und ging mit der Hand auf ihrem Rücken den Gehsteig entlang.

„Zach?"

„Ja."

„Meine Sachen in deiner Wohnung zu lassen, fühlt sich irgendwie anders an. Und dass du meine Freunde kennenlernen willst, ist, als ob … ich weiß nicht … als ob da mehr wäre."

Er verzichtete darauf, ihr die Symbolik dahinter zu erklären, da er seine akademische Neigung nicht zeigen wollte.

Sie blickte zu ihm auf. „Ich dachte, du warst nicht auf der Suche nach einer Beziehung."

„War ich auch nicht."

„Oh, ich auch nicht."

„Lass uns einfach sehen, wie es läuft."

„Sehen, wie es läuft", echote sie. „Ich weiß nicht, was das bedeutet."

Er zögerte, da sie sich argwöhnisch anhörte. Normalerweise hätte er sich sofort zurückgezogen, doch so, wie er seine Beziehungen früher angegangen war, hatte es nicht funktioniert. Darum wagte er es einfach. „Du weißt schon, sehen, wie es läuft. Ohne künstliches Ablaufdatum. Einfach sehen, wie sich alles entwickelt." *Idiot. Komm auf den Punkt.* „Ich mag dich wirklich."

„Oh." Sie lächelte angespannt. „Ich mag dich auch."

Das lief nicht so, wie er es sich erhofft hatte. Sie gingen schweigend zu ihrem Wagen. Es war bereits ein feucht-heißer Augusttag, auch wenn es noch früh am Tag war. Das Klima erinnerte ihn an Indonesien. Er vermisste es, auch wenn er noch keinen Monat weg war. Er war sich sicher, dass es Carrie dort auch gefallen würde, doch es war zu früh, einen gemeinsamen Besuch anzusprechen, darum schwieg er.

Sie schloss den Wagen auf. „Zach, ich bin nicht bereit für eine Beziehung. Ich glaube, es ist besser, wenn wir uns an unsere Zwei-Wochen-plus-ein-Tag-Vereinbarung halten. Nach der Feier meiner Eltern verabschieden wir uns. Natürlich werden wir uns weiter gelegentlich sehen. Als Freunde."

Einen Moment lang konnte er nicht atmen, als hätte sie ihm gerade einen Schlag in die Magengrube versetzt. Wie hatte er ihre Absichten so falsch einschätzen können? Testete Carrie ihn etwa? Oder versuchte sie, sich zu schützen? In der Hoffnung, dass sie aufstehen und ihr seine Zuneigung gestehen würde, bevor sie es tat?

„Zach?"

„Was?"

„Verstehst du, was ich gesagt habe?"

„Was gibt es da nicht zu verstehen?", sagte er. Den Coolen zu spielen, war die einzige Reaktion, die ihm einfiel. Er konnte nicht fassen, dass er die Situation so dermaßen falsch eingeschätzt hatte.

„Vielleicht sollte ich meine Sachen nicht bei dir lassen."

„Das ist schon okay. Nimm sie einfach wieder mit, wenn du fertig bist."

„Bist du jetzt verärgert?"

„Nein." *Ja.* Er war stinkwütend, doch hauptsächlich auf sich selbst, weil er sich eingebildet hatte, dass er auf Grundlage seines akademischen Hintergrundes herausfinden konnte, wie eine Beziehung funktionierte. Aus irgendeinem Grund hatte er sich eingebildet, dass er die Hürden diesmal mit Hilfe seines Verstandes nehmen konnte. Fehlanzeige. Er hatte immer noch nicht begriffen, was es war, das eine Beziehung funktionieren ließ. Er empfand wahrscheinlich nur so viel für Carrie, weil er tief im Inneren wusste, dass sie keine Beziehung wollte. Nicht seinetwegen, sondern weil sie einfach nicht bereit dazu war.

Es war nichts Persönliches.

Das hoffte er zumindest.

Er würde nicht fragen. Das wäre verrückt.

Er stieg ein, und sie legten die kurze Fahrt schweigend zurück.

Als sie an ihrer Tür ankamen, wartete er, während sie den Schlüssel hervorholte. Es dauerte ewig, weil ihre Handtasche so voll war. „Irgendwie ist der immer am Boden", bemerkte sie.

Weiter den Flur hinunter ging eine Tür auf. Ein älterer Mann in einem roten Seidenmorgenmantel, der aussah wie ein Möchtegern-Hugh Hefner, kam heraus und lächelte Carrie lüstern an. Sie bemerkte es nicht, da sie immer noch in ihrer Handtasche kramte.

Zach richtete sich zu seiner vollen Größe auf und straffte seine Schultern.

„Und wer sind Sie?", fragte der Mann und sah Zach argwöhnisch an.

Carrie erschrak, und ihre Wangen wurden rot. „Oh. Hi, Larry. Hab Sie gar nicht gesehen. Wie geht's Ihnen?"

„Gut", sagte Larry. „Ist das ein Freund?"

Zach senkte die Stimme zu einer Tonlage, die sagte *verschwinde, alter Mann*. „Ich bin *ihr* Freund." Freund klang so allgemein. Und Partner ging auch nicht weit genug, um den lüsternen alten Mann abzuwimmeln.

Larry kniff die Augen zusammen. „Carrie ist–"

Zach unterbrach ihn. „Ich weiß genau, wer sie ist und was sie braucht."

„Zach!", protestierte Carrie.

Larry verzog das Gesicht. „Kein Grund, unhöflich zu sein."

Zach starrte ihn an, bis er den Blick abwandte.

„Na, dann schönen Tag noch", murmelte Larry und verschwand wieder in seiner Wohnung.

Carrie sah ihn ungläubig an. „Was war das denn gerade?"

„Ein Männer-Ding." Er würde sich nicht dafür entschuldigen, wenn er sie vor Typen wie Larry beschützte. Oder irgendeinem anderen Mann, der sie lüstern anglotzte. Höhlenmenschenverhalten? Vielleicht. Doch sie hatte seinen inneren Höhlenmenschen akzeptiert. Das sollte sie zwischenzeitlich auch wissen.

„Er ist harmlos."

Zach brummte. Da war er sich nicht so sicher, und er wollte es nicht dem Zufall überlassen.

„Hab ihn!" Sie hielt ihren Schlüssel hoch.

Er küsste sie. Ein schneller, aggressiver Kuss, in der Hoffnung, dass es nicht der letzte war. „Dann bis heute Abend", sagte er knapp und bemühte sich, keine Emotionen zu zeigen. Er wollte ihr nicht zeigen, dass er nervös war, dass sie heute Abend vielleicht nicht kommen würde. Er mochte nicht, wie verletzlich diese ganze Angelegenheit ihn machte. Er musste sich zusammenreißen und sich auf den Abschied vorbereiten.

„Ich dachte, du wolltest mit Ally reden?" Sie nickte zur Tür.

Er wich einen Schritt zurück. „Ein andermal."

„Sicher?"

„Ja."

„Okay, bis denn." Sie ging hinein, scheinbar nicht im geringsten verwirrt oder bestürzt, während ihm zum Heulen zumute war.

Er ging mit schwerem Herzen und schweren Beinen nach Hause, wo ihn die kalte Realität erneut wie ein Schlag ins Gesicht traf, da er *immer noch nicht wusste*, ob er sie heute Abend sehen würde.

~ ~ ~

Carrie spürte, dass Zach nicht glücklich mit ihr war, und

das Letzte, was sie wollte, war, die Zeit, die ihr noch mit ihm blieb, zu ruinieren. Sie hatte nicht vor, sie über die Feier ihrer Eltern hinaus zu verlängern, aus dem einfachen Grund, dass es ganz leicht passieren könnte, dass einer von ihnen – sie – dabei verletzt werden würde. Es war nicht so, dass Zach nicht wunderbar war. Er war alles, was sie sich je von einem Bad Boy Lover gewünscht hatte. Es war nur der Gedanke an eine echte Beziehung, daran, dass ihr Herz so investiert sein würde, dass es sich anfühlen würde, als sterbe ein Stück von ihr, wenn sie ihn verlor, der sie davon abhielt, es riskieren zu wollen. Und jetzt, da sie wusste, dass sie in sehr unterschiedliche Richtungen unterwegs waren, war ihr klar, dass es besser war, es eher früher als später zu beenden.

Sie schrieb ihm an diesem Abend, sobald sie sich mit ihrem Vanilleduschgel, das er so mochte, geduscht hatte, und tauchte dann an seiner Tür auf, wild entschlossen, so zu tun, als wäre alles normal. Als hätte die unbehagliche Konversation nie stattgefunden.

Die Tür flog auf, und Zach schenkte ihr ein seltenes Lächeln, das seine hellbraunen Augen wärmte und sie funkeln ließ.

Seine Stimme war tief und leise und zärtlich. „Carrie."

„Geh schon." Normalerweise drehte er sich ohne Aufforderung um und ging ins Wohnzimmer. So hatte sie den Platz, den sie brauchte, um ihm in die Arme springen zu können.

Er schloss die Tür hinter ihr, stellte sich mitten ins Wohnzimmer und breitete die Arme aus. Sie rannte los und sprang. Er fing sie auf, doch diesmal schlang er seine Arme um sie und hielt sie fest. So fest, dass sie ihn nicht einmal küssen konnte. Mit der Hand hielt er ihren Kopf an seine Brust, der andere Arm lag auf ihrem Rücken in einer ungewöhnlich leisen Umarmung. Umgeben von seiner Wärme, seinem vertrauten würzigen Duft und seinem Herzen, das unter ihrem Ohr gleichmäßig pochte, war sie einen kurzen Moment lang vollkommen zufrieden. Dann ermahnte sie sich. Es gab Grenzen dessen, was sie haben konnten.

Sobald er ihren Kopf losließ, überhäufte sie ihn mit Küssen. Seine Hand wanderte an ihren Po und fühlte sich durch ihre dünnen Shorts köstlich warm an. Sie küsste und saugte mit Begeisterung an seinem Hals, so glücklich, dass er sie wieder willkommen hieß. Er ging mit ihr auf dem Arm, bis ihr Rücken an eine kühle Wand stieß. Verlangen breitete sich in ihr aus, und ihr Höschen wurde feucht, da sie wusste, dass sie einen Wallbanger bekam. Eine seiner besten Nummern, denn in dieser Position berührten ihre Füße nicht einmal den Boden. Sie war ihm ausgeliefert und sie liebte es.

Er senkte den Kopf, doch anstatt seiner, für gewöhnlich, rauen Küsse, küsste er zärtlich ihre Mundwinkel, bevor er ihren Kiefer entlang, ihren Hals hinunter und schließlich ihr Schlüsselbein küsste.

„Zach", stöhnte sie. „Ich will dich."

Er küsste sie sanft. „Ich will mir heute Zeit mit dir lassen." Er stellte sie auf den Boden und zog ihr das T-Shirt und den BH aus, dann legte er seine Hände auf ihre Brüste und liebkoste ihre harten Nippel. Sie lehnte den Kopf an die Wand, so genoss sie seine Hände auf ihrer Haut, dann ging er auf die Knie und saugte an einer ihrer Brüste. Wenn er sich auf die Hacken niederließ, war er auf der richtigen Höhe, auch ihre Weiblichkeit zu verwöhnen. Sie sehnte sich nach dem, was er ihr geben konnte. Schließlich wusste sie, wozu er in der Lage war. Sie war es nicht gewohnt, so lange zu warten, bis er sich wirklich ans Werk machte. Sie grub ihre Finger in seine Haare, versuchte ihn wegzuziehen und weiter nach unten zu drücken, doch er wechselte lediglich zur anderen Brust.

Gerade, als sie ihn anschreien wollte, dass er sie endlich an die Wand ficken sollte, wanderte er weiter hinunter, zuerst mit den Fingern, dann glitten auch seine Lippen und seine Zunge ihren Bauch hinab. Er zog ihre Shorts und ihr

Höschen aus, und sie hätte vor Erleichterung fast geschrien, doch dann ließ er sich wieder Zeit, streichelte ihren Bauch und die Kurve ihrer Hüften.

„Zach, fick mich."

Doch heute Nacht schien er sich nicht drängen lassen zu wollen. Er antwortete nicht, sondern streichelte, küsste und kostete einen Pfad ihr Bein hinunter.

„Bitte", flehte sie.

Sie wand sich, als er ihre Waden liebkoste und dann ihren Fuß. Als er am anderen Bein wieder am Oberschenkel begann, stieß sie einen frustrierten Laut aus. Doch es half alles nichts. Er streichelte, küsste und kostete auch das zweite Bein. Als er schließlich an ihrem Fuß ankam, seufzte sie erleichtert. Doch die Erleichterung war nur von kurzer Dauer.

Seine Hand wanderte unerträglich langsam auf der Innenseite ihres Oberschenkels empor, bis er sie endlich dort berührte, wo sie ihn spüren wollte.

Als seine Zunge sich zu seinen Fingern gesellte und sie auf intimste Weise kostete, stöhnte sie seinen Namen und rieb sich hemmungslos an seinem Mund. O Gott.

„Zach!"

Er drang mit zwei Fingern in sie ein und blickte zu ihr auf, sein Mund immer noch fordernd, hungrig, wie alles an ihm. Seine Augen loderten besitzergreifend. In diesem Moment gehörte sie ihm. Es wurde ihr mit einer überraschenden Klarheit bewusst, und es erschreckte sie. Sie schloss die Augen.

Sein Mund wanderte zur Innenseite ihres Oberschenkels. „Ich will die Ekstase in deinen Augen sehen. Willst du mir das geben, Carrie?"

Sie begegnete seinem Blick. Ein Augenblick geladener Stille vibrierte zwischen ihnen. Sie spürte, dass er sie um etwas Wichtiges bat, denn er sprach nur, wenn er wirklich etwas zu sagen hatte, doch sie konnte es nicht nachvollziehen. Das Verlangen ihres Körpers war in diesem

Moment viel mächtiger als ihr Verstand.

„Ja", sagte sie leise.

Er küsste ihre Weiblichkeit beinahe ehrfürchtig und blickte ihr dabei in die Augen. Ihre Knie gaben nach, doch er hielt sie an den Hüften fest, und sein Stöhnen vibrierte so intensiv, dass sie seinen Kopf packte und ihn an sich presste. Sie hatte noch nie etwas Intensiveres gefühlt, wie er sie jetzt gerade hielt und sie ihn. Sein Mund auf ihr, sein heißer Blick, der sie durchbohrte. Er liebkoste sie mit seinen Lippen, seiner Zunge und seinen Zähnen, ohne dass er je ihren Blick losließ, bis sie einen Schrei ausstieß und zitternd vor Lust kam.

Er ließ von ihr ab, und sie schloss die Augen, während sie versuchte, wieder zu Atem zu kommen. Sie wusste, dass ein wilder Ritt folgen würde. Sie hörte seine Kleider fallen, dann das leise Rascheln der Kondomverpackung, dann war er wieder bei ihr, hob sie hoch und nahm sie mit einem tiefen Stoß. Sie schlang die Arme und Beine um ihn und klammerte sich fest. Er stöhnte und gab ihr nur einen kurzen Moment dazu, bevor er weiter in sie hinein stieß, seinen Mund auf ihren gepresst. Sie war flüssiges Feuer, konsumiert von ihm, verloren und gefunden zugleich. Dann spannte sie sich an auf dem scharfen Grat zur Ekstase.

Er riss den Mund von ihrem los und blickte tief in ihre Augen. „Komm für mich. Sieh mir in die Augen und sag meinen Namen." Dann rammte er wieder in sie hinein, und sie sah ihm in die Augen, solange sie konnte, bevor sie die Kontrolle verlor und kam, während jeder Stoß eine tiefere Welle der Lust brachte.

„Zach!", stöhnte sie.

Genau darauf musste er gewartet haben, denn seine Miene änderte sich, und er pumpte in sie hinein, auf dem Weg zur eigenen Ekstase. Als er ihr in den Hals biss, jagte er eine weitere Schockwelle durch sie hindurch. Sekunden verstrichen. Er atmete schwer und ihre Körper waren schweißnass. Schließlich hob er den Kopf. „Carrie", keuchte er.

„Zach", sagte sie verspielt, da sie nicht in das ernste Gebiet vordringen wollte, das seine Stimme andeutete.

Er biss ihr in die Unterlippe, eine kurze Strafe für ihre Neckerei. Es war eines der Dinge, die sie an ihm am meisten mochte. Sein Körper sprach so klar auf einem Level, das sie instinktiv verstand. Wie tat er das nur? Sie hatte nie einen solchen Austausch mit einem Mann gehabt wie mit ihm.

„Willst du mich nicht absetzen?", fragte sie.

Er schmunzelte, dann hob er sie hoch und zog sich aus ihr heraus, bevor er sie auf ihre Füße stellte. Sofort musste sie sich an seinem Arm festhalten, so zittrig und schwach waren ihre Beine.

Er lachte.

„Arsch."

Sein Blick wurde finster und gefährlich. Ihr stockte der Atem, als er sie hochhob und ins Schlafzimmer trug.

„Du kannst unmöglich schon wieder so weit sein", sagte sie.

„Du schon."

„Allein?"

„Ich will rausfinden, wie viele Orgasmen ich aus dir herausbekommen kann."

Sie erschauerte.

Seine Stimme nahm wieder den tiefen Honigton an, der sie verrückt vor Lust machte. „Ich schätze zwanzig."

„N-nein. Unmöglich."

„Das betrachte ich jetzt als Herausforderung, es dir zu beweisen."

Sie quietschte. Zu mehr war sie angesichts dieser Aussicht nicht imstande. Doch sie vertraute ihm, darum hatte sie keinen Grund, nein zu sagen.

Er legte sie auf die Matratze und kroch neben sie. Er sah ihr einen Moment in die Augen, bevor er seine Hand zwischen ihre Beine schob. Immer noch hoch sensibel zuckte sie zusammen und schob ihm ihr Becken entgegen.

„Langsam", schnurrte er ihr ins Ohr.

Sie stöhnte, während er sie liebkoste. Seine tiefe Stimme in ihrem Ohr feuerte sie mit schmutzigen Worten an, die sie nie in ihrem Leben ausgesprochen gehört hatte. Er überraschte sie immer wieder. Plötzlich erstarrte sie und presste sich gegen seine Hand, als sie kam, intensiver noch als zuvor.

„Wie viele hast du in dir?", flüsterte er ihr ins Ohr.

Sie konnte nichts sagen. Verloren im Nebel.

Ihm ausgeliefert.

Wieder und wieder.

Bis sie vollkommen erschöpft war. Willenlos.

„Verdammt", sagte er. „Das waren erst drei. Da muss noch mehr drin sein."

„Es waren fünf. Zwei im Wohnzimmer." Sie rollte sich auf die Seite und zog die Decke über sich.

Er riss sie herunter.

„Hey", protestierte sie und drehte sich zu ihm um. „Gib die wieder her."

„Jetzt bin ich dran. Jetzt bist du mein Cowgirl. Andersrum. Es wird dir gefallen."

Sie stöhnte, nicht sicher, wie viel mehr sie ertragen konnte. Er ging für einen Moment, wahrscheinlich, um sich zu waschen und ein neues Kondom zu holen. Er respektierte, dass sie darauf bestand. Er respektierte *sie*. Ein unerwartetes Aufwallen von Emotionen trieb ihr Tränen in die Augen. Als er zurückkam und sich neben sie legte, zog sie ihn fest an sich. Ihnen blieb weniger als eine Woche.

Ein paar Sekunden später blickte sie zu ihm auf. „Sag mir, was ich tun soll." Cowgirl andersrum war eine seiner Ideen, die nicht auf der Liste stand.

Er schmunzelte. „Das höre ich unglaublich gerne aus deinem Mund." Er rollte auf seinen Rücken. „Setz dich auf und dreh dich um."

Sie gehorchte, und er zog sie auf sich. Ganz automatisch setzte sie sich rittlings auf ihn, seinem Gesicht den Rücken zugewandt. „Oh, ich verstehe!", rief sie und dann keuchte sie, als er in sie eindrang und sie fester auf sich zog. Sie stöhnte laut, als er in einem ungewohnten Winkel in ihre pochende Weiblichkeit eindrang. Er kontrollierte ihre Bewegungen, indem er sie an der Hüfte festhielt und langsam und tief in sie hineinstieß. Es war zu viel. Ihr Körper zog sich um ihn zusammen. Ihr Atem ging flach. Unglaublicher Genuss, immer und immer weiter, und dann kam sie mit einem gutturalen Schrei.

Er versetzte ihr einen Klaps auf den Po. „Mehr."

Sie fluchte, als er ihre Hüften fester umfasste und sie dazu zwang, mehr zu nehmen, immer wieder und wieder. Sie konnte ihre Schreie nicht mehr unterdrücken, als er sie zu einem Ort dunklen, pulsierenden Genusses trieb. Als sie schließlich so erschöpft war, dass sie glaubte, es nicht mehr ertragen zu können, hielt er sie still und ließ ihre Hüften los.

„Reite mich, Carrie. So schnell oder so langsam, wie du willst."

Sie fing langsam an, doch dann fühlte es sich so gut an, dass sie ihn immer schneller und wilder ritt. Als schließlich beide zusammen kamen, schrien sie gemeinsam. Sie wollte sich fallen lassen, doch Zach hielt sie fest.

„Zach?"

Er hob sie von sich herunter und legte sie aufs Bett. Dann drehte er sie um und zog sie erneut auf sich, Brust an Brust. Die Arme um sie geschlungen, gab er ihr erneut, was sie brauchte. Es war diese ursprüngliche Sprache, die sie hatten. Oder vielleicht lag es an ihm. Er schien genau zu wissen, was sie brauchte, ohne dass sie es aussprechen musste. Sie fragte sich, wie die Chancen standen, noch einmal einen Mann zu finden, der ihre Sprache sprach.

Und dann schlummerte sie ein, sicher in seinen Armen.

KAPITEL ZEHN

Zach war so erleichtert, Carrie wieder in seinen Armen zu haben, dass er sich sofort entschied, keinen weiteren Gedanken an eine Beziehung zu verschwenden und einfach zu genießen, was sie ihm gab. Sein einziges Zugeständnis in Richtung Beziehung war, dass er sich an sein Versprechen von diesem Morgen halten und das Bett mit ihr teilen würde. Er hielt sich an seine Versprechen und war stolz darauf, auch wenn er wusste, dass er beschissen schlafen würde. Er brauchte Platz zum Schlafen. Nicht einmal eine Beziehung hatte etwas daran geändert.

Natürlich bedeutete das, dass er sie beide an den Rand der Erschöpfung treiben musste. Anders würde er gar keinen Schlaf bekommen. Er wollte, dass sie so todmüde war, dass sie nicht einmal daran denken konnte, sich an ihn zu kuscheln. Es gab nichts Schlimmeres, als einen Kuschler von sich schälen zu müssen. Diese Sorte reagierte schnell beleidigt.

Er hatte die Nacht mit einem Wallbanger angefangen und sie drei weitere Male kommen lassen, bevor er sie zum ersten Mal überhaupt Cowgirl andersherum versuchen ließ. Sie war geritten wie ein Champion. Jetzt beobachtete er, wie sie auf ihm schlief. Er wusste, dass er sie an den Rand der Erschöpfung getrieben hatte, doch es war noch nicht einmal Mitternacht. In ein paar Stunden würde sie wahrscheinlich mehr wollen. Doch ihm war lieber, wenn beide vollkommen am Ende ihrer Kräfte waren, und erst dann zu schlafen.

Fünfzehn Minuten später weckte er sie auf. Sie protestierte und schmiegte sich an seine Brust, darum schob er sie einfach von sich hinunter, was ihr gar nicht gefiel.

Sie setzte sich auf, schmollte und funkelte ihn an. So aufgebracht war sie unglaublich sexy. Er setzte sich auf, beugte sich langsam vor und beobachtete, wie sie die Augen schloss, bevor er in ihre Unterlippe biss und dann daran saugte. Ihre Hände begannen, über seine Brust zu wandern. Es war so leicht, sie in Stimmung zu bringen.

„Komm." Er stand auf.

„Wo willst du hin? Ich finde es bequem hier."

Er wartete.

Sie nahm die Decke, stand auf und wickelte sie sich um die Schultern, doch er riss sie herunter und warf sie zurück aufs Bett.

„Hey!", protestierte sie.

„Ich sorge schon dafür, dass du warm bleibst." Er legte den Arm um ihre Taille und schob sie ins Wohnzimmer.

Dann sahen sie sich einen Film an.

Während der Kussszenen ließ er sie ein paarmal kommen.

Schließlich war es fast zwei Uhr, und beide waren wieder im Bett, doch sie schliefen nicht. Er war müde; sie war müde. Es hätte ideal sein sollen. Doch nach neun Tagen, in denen sie ihre Wunschliste wiederholt abgearbeitet hatten, fühlte sich Carrie sicher genug, Forderungen zu stellen, die nicht auf der Liste standen.

„Ich will Löffelchen schlafen", sagte sie, drehte sich auf die Seite und rutschte an ihn heran.

„Du bist ein Deckendieb", bemerkte er.

„Bin ich das?" Sie rollte wieder auf den Rücken und sah ihn an.

„Ja."

„Hier." Sie warf die Decke über ihn.

„Jetzt wird dir bald kalt."

„Darum will ich ja Löffelchen schlafen." Sie rollte sich wieder auf die Seite, nackt, ohne Decke, und schmiegte ihren Rücken an seine Flanke.

Er stieß etwas aus, das ein Seufzer gewesen wäre, wäre es von jemand anderem gekommen, der kein solcher Bad Boy war. „Babe."

Sie sah ihn über die Schulter an. „Babe?"

„Ich bin kein Kuschler. Ich bin ein einsamer Wolf."

Sie kicherte, drehte sich um und schwang einen Arm und ein Bein über ihn, bevor sie ihren Kopf an seine Brust schmiegte. „Dann kuschle ich dich eben. Dann bist du jetzt ein gekuschelter Wolf."

Er lag da und genoss ihre weichen Kurven an ihm, wusste jedoch, dass er so nie einschlafen würde. Er schaltete das Licht auf dem Nachttisch aus und bereitete sich auf eine lange Nacht vor. Vielleicht fiel ihm so ja etwas für sein lange vernachlässigtes Buch ein.

Sie hob den Kopf. „Mach die Augen zu."

„Das sind sie."

„Ich kann das Weiße sehen."

„Dann solltest du deine Augen schließen."

Sie streichelte seine Brust. „Warum bist du kein Kuschler?"

„Keine Ahnung."

„Du hast nie mit einer Frau in deinem Bett geschlafen?"

„Sie schlafen. Ich nicht."

„Was kann ich tun, um es für dich leichter zu machen?"

Ihm fiel nichts ein. Sein Plan, beide zu erschöpfen, hatte nicht funktioniert. Doch er war erschöpft. Kein Wunder, dass er so wenig mit seinem Buch vorankam. Carrie war ein Workout für Körper und Geist. Er dachte viel zu viel über sie nach. Sie war immer in seinem Kopf, und immer wieder hörte er Dinge, die sie gesagt hatte, oder sah ihre Schönheit in verschiedenem Licht. Wie am Morgen, wenn ihre Haare zerzaust waren und sie schläfrig auf der Suche nach Kaffee in die Küche kam. Er wusste, dass er gefährliches Terrain betrat, doch er war zu müde, um es zu verhindern.

„Erzähl mir von dir", flüsterte sie.

Er spannte sich an. „Was willst du wissen?"

„Wie bist du zu den Campbells gekommen?"

Er entspannte sich. „Ihr Dad, Joe, war der Coach des Basketball-Teams in der Police Athletic League. Ethan wollte, dass ich spiele, weil ich groß war."

„Du wolltest nicht spielen?"

„Sport hat mich nicht interessiert, doch Ethan hat nicht locker gelassen. Und es ist leicht, gut im Basketball zu sein, wenn man der Größte ist."

„Wie alt warst du da?", fragte sie mit schläfriger Stimme.

„Neun."

Als sie seufzte, wärmte ihr Atem seine Brust. „Ich hab mir immer gewünscht, größer zu sein."

„Du bist perfekt." Sofort bereute er seine gefühlsduselige Antwort. Er wusste, dass seine Zeit mit ihr ablief. Doch je mehr Zeit er mit ihr verbrachte, desto mehr wurde ihm bewusst, dass sie die perfekteste, idealste Frau war, der er je begegnet war.

„Zach?"

„Ja?"

„Manchmal überraschst du mich, wenn du so … süß bist."

Er brummte. Sie würde ihn nicht für süß halten, wenn sie wüsste, dass es nur daher kam, dass er vorgab, etwas zu sein, das er nicht war, nur um mit ihr zusammen zu sein. Das Atmen fiel ihm schwer, und sein Magen rebellierte vor Scham, die er nie ganz unterdrücken konnte. *Er ist ein fauler Apfel. Man kann ihm nicht vertrauen. Er ist raffiniert, ein Lügner und ein Dieb.*

„Erzähl mir von deiner bewegten Vergangenheit", sagte sie und erschreckte ihn damit. Es war, als hätte sie seine

Gedanken gelesen. „Erzähl mir deine Geschichte."

„Wer hat was von einer bewegten Vergangenheit gesagt?"

„Alle Jungs um die Campbells haben eine bewegte Vergangenheit." Sie hob den Kopf und strich ihm beruhigend mit den Fingern durchs Haar. „Du kannst es mir erzählen. Ich werde dich deswegen nicht verurteilen."

Er erzählte ihr einen Teil seiner Geschichte. „Ich war bei den Pflegefamilien als Serienausreißer verschrien. Habe Geld und Essen gestohlen." Den Teil, dass seine Eltern Berufsverbrecher waren, ließ er aus. Er wollte nicht mit dem organisierten Verbrechen in Verbindung gebracht werden, ganz besonders nicht von ihr. Carrie hielt ihn für einen Bad Boy mit einem bisschen Zucker, und das war weitgehend okay für ihn.

„Oh, Zach." Sie drückte ihn an sich. „Das muss furchteinflößend für ein kleines Kind sein, auf der Straße zu sein. Da ist es doch ganz klar, dass du da Geld und Essen stehlen musstest, um zu überleben. Wie alt warst du da?"

„Es hat angefangen, als ich sechs war–"

„O mein Gott! Sechs!"

„Ich bin zurechtgekommen. Ich habe schnell gelernt, wie der Hase läuft."

„Du hast Glück gehabt." Sie kletterte auf ihn und umarmte ihn, ihre Brust auf seinem Bauch, ihre Arme und Beine an seine Flanken gepresst.

Er hielt ihren Kopf und legte einen Arm um ihre Taille.

Sie stützte sich auf seiner Brust ab und sah ihn an. „Warum bist du immer wieder weggelaufen? Waren die Pflegefamilien alle so schlecht?"

Er strich ihr die Haare aus dem Gesicht. „Nein, alle waren nicht schlecht. Manchmal waren die anderen Kinder schlimmer als die Betreuer. Hart, gewalttätig, grausam." Sie ließ den Kopf auf seine Brust sinken und umarmte ihn erneut. „Wie auch immer, ich bin davongelaufen, um meine Mutter zu finden. Als ich Joe Campbell begegnet bin, war ich neun. Er hat Nachforschungen für mich angestellt und herausgefunden, dass sie tot ist. Dann hat er mir geholfen, mich in einer letzten Pflegefamilie zurechtzufinden. Sein Haus war wie ein zweites Zuhause für mich. Einen Großteil meiner Zeit habe ich dort verbracht."

Sie drückte ihn an sich, was leicht die längste Umarmung seines Lebens war – wahrscheinlich, um ihm Trost zu spenden.

„Carrie, jetzt geht es mir gut. Wirklich. Dank Joe habe ich die Wende geschafft." Sie ließ ihn nicht los. „Erzähl du mir von deiner bewegten Vergangenheit", sagte er, um die Stimmung aufzulockern. Er wusste, dass ihr Leben bisher nicht schlecht gewesen war. Es stand ihr in das ausdrucksstarke Gesicht geschrieben. Sie war offen und begeisterungsfähig, nicht vom Leben desillusioniert.

Sie rollte von ihm hinunter, ließ jedoch ein Bein auf ihm liegen und zog seinen Arm um ihre Schultern. Ein bisschen erzwungenes Kuscheln, doch es störte ihn nicht so sehr, wie er gedacht hatte. „Mein schlimmster Fehler war die Zeit, die ich mit meinem Ex verschwendet habe, doch das ist lächerlich im Vergleich zu allem, was du durchgemacht hast. Ich hatte eine ganz normale Kindheit. Mittelklasse eben. Meine Mom war Krankenschwester, mein Dad Pilot und mein älterer Bruder war bereits an der Uni, als ich zur Welt kam. Ich war ein Überraschungsbaby, doch selbst das war nicht schlimm. Alle haben mich abgöttisch geliebt."

Er küsste ihre Haare. „Das dachte ich mir."

„Warum? Wirke ich verwöhnt?"

„Nein, du wirkst wie jemand, der weiß, dass er geliebt wird, der weiß, woher er kommt, und der das Selbstvertrauen hat, ein paar Risiken einzugehen."

„Wie mit dir", lachte sie. „Das Risiko einzugehen, einem Bad Boy meine Wunschliste zu zeigen."

Er biss die Zähne aufeinander. Es würde nicht lange dauern, dann wäre sie über ihn hinweg. Er konnte sich glücklich schätzen, dass er diese zwei Wochen mit ihr hatte. Dass er sie überhaupt haben durfte. Er fragte sich, warum er die letzten paar Jahre so hart gearbeitet hatte, wenn die besten Dinge in seinem Leben Glücksfälle waren. Ethan zu begegnen, die Campbells kennenzulernen, ihr zu begegnen. Plötzlich wurde ihm bewusst, dass die besten Dinge im Leben nicht die waren, von denen er dachte, dass sie ihn wichtig machten und über seine Vergangenheit erhoben – sein Job als Dozent, seine wissenschaftlichen Leistungen oder sogar seine Forschung. Es waren die Menschen, denen er begegnete. Und er hatte sich nie viel Zeit für sie genommen. Das ließ sich alles auf den einsamen Wolf in ihm zurückführen. Doch es war irgendwie beschissen für ihn und die Leute in seinem Leben, Carrie eingeschlossen. Es war gut, dass sie nicht lange genug in seinem Leben bleiben würde, um darunter zu leiden.

Doch wenn er jetzt darüber nachdachte, war er in letzter Zeit nie viel allein gewesen. Er hatte in Indonesien in mehreren Gemeinden gelebt, war ein ganzes Jahr mit Muriel, seiner Ex, und ihrer Familie zusammen gewesen. Alle wusste ja, wie *diese* Beziehung geendet hatte.

Carrie riss ihn aus seinen deprimierenden Gedanken. „Weißt du eigentlich, dass das das längste Gespräch ist, das wir je geführt haben?"

„Ja."

„Wir sollten uns öfter unterhalten", gähnte sie.

„Du bist müde. Schlaf", sagte er rau.

„Wirst du auch schlafen?", fragte sie.

Er antwortete nicht. Er wusste, dass er nicht schlafen konnte, doch er wollte nicht, dass sie sich deswegen Vorwürfe machte.

„Ich gehe nach Hause."

„Nein. Bleib." Er zog sie fester an sich. Er wollte nicht, dass sie das Gefühl hatte, gehen zu müssen, nur weil er nicht schlafen konnte. Davon abgesehen, hatte er ihr etwas versprochen. Sie würden im selben Bett schlafen, auch wenn nur einer von ihnen wirklich schlafen würde.

„Mmm", sagte sie und schmiegte sich an ihn.

Ein paar Minuten später schlief sie ein. Er spürte es, denn ihre Atmung war tief und gleichmäßig, und ihr ganzer Körper war vollkommen entspannt. Er wartete noch eine halbe Stunde in der Hoffnung, dass sie tief genug schlief, bevor er sie auf ihre Seite des Betts schob. Er deckte sie zu, kroch mit dem anderen Ende der Decke auf die andere Seite der Matratze und schloss die Augen.

Er erwachte nach neun Uhr, überrascht, dass er so lange geschlafen hatte. Als er bemerkte, dass er nur halb zugedeckt war, drehte er sich um und fand Carrie, die auf der anderen Seite des Betts wie in einen Kokon in die Decke gerollt war. Getrennte Decken könnten das Problem lösen.

Da wurde ihm bewusst, dass er ein größeres Problem hatte. Er plante eine Zukunft mit Carrie.

KAPITEL ELF

Carrie hatte jede der vergangenen zwölf Nächte mit Zach verbracht, und war sich überaus bewusst, dass sie sich der vereinbarten Zwei-Wochen-Grenze näherten. Natürlich bedeutete das auch, dass sie nicht eine einzige Nacht verschwenden durfte, weswegen sie ihn am Donnerstagabend zusammen mit ihren Freundinnen zum internationalen Bierfest im Garner's schleifte. Das Event war Joshs Idee, mehr High-End-Bier an den Mann zu bringen, und wäre normalerweise kein Event gewesen, zu dem ihre Freundinnen gehen würden, da sie hauptsächlich Wein tranken, doch Hailey hatte entschieden, dass es der perfekte Zeitpunkt war, um endlich das Gerücht beizulegen, dass Ethan sexsüchtig war, indem sie allen zeigte, dass sie und Ethan jetzt ein Paar waren.

Das war selbst für Ethan neu. Ha! Hailey bildete sich ein, dass es Ethan sofort Punkte einbringen würde, wenn er mit einer Klassefrau wie ihr zusammen war. Carrie hatte keine Ahnung, wie lange Hailey so tun würde, als wären sie zusammen, ging jedoch davon aus, dass ihre Freundin wusste, was sie tat. Sie war die Königin der Happy Ends mit ihrem florierenden Hochzeitsplanungsbüro. Es sollte auf jeden Fall ein interessanter Abend werden.

Natürlich war das kein Date für sie und Zach. Es ging eher darum, zwei Fliegen mit einer Klappe zu schlagen. Das war das zweite Mal, dass sie ihn aus rein logistischen Gründen eingeladen hatte – die Zeit war knapp, und ihre

Libido tobte. Sie unterdrückte ein Seufzen. Okay, ja. Sie musste zugeben, dass sie ihn furchtbar vermisste, wenn sie nicht zusammen waren.

Auf dem Weg ins Garner's warf sie ihm einen Blick vom Beifahrersitz aus zu. Er sah heiß und sexy aus. Ganz der Alpha-Mann mit seinem wilden Haar und dem Bart, den breiten Schultern und seinen großen Händen am Lenkrad. Eine verräterische Wärme kroch in ihr empor.

Er hatte sich in ihr Herz geschlichen.

Verdammt. Sie hatte in dem Moment, in dem sie mehr über ihn erfahren hatte, gewusst, dass er anfing, ihr ans Herz zu wachsen. Sie wünschte, sie wäre weniger sensibel und könnte sich für die schmerzliche Trennung wappnen, die unvermeidlich war, wenn beide an entgegengesetzten Enden der Welt leben und arbeiten wollten. Das einzige, was ihr größeren Schmerz ersparen konnte, war, es nach der Feier ihrer Eltern zu beenden. Sie wusste, dass es nur zu einem gebrochenen Herzen führen würde, wenn sie es länger hinauszögerte. Ihrem Herzen. Zach schien tougher zu sein. Er bereiste schließlich die Welt und war es gewohnt, dauernd neue Leute kennenzulernen. Sie war sich ziemlich sicher, dass er sich, auch wenn er vielleicht liebevoll an ihre gemeinsame Zeit zurückdenken würde, schnell über sie hinwegkommen würde. Wenn sie zuließ, dass mehr daraus wurde, würde es für sie nicht so leicht sein.

Zach sah sie an. „Was hast du deinen Freundinnen von mir erzählt?"

„Warum?", fragte sie.

„Es ist das zweite Mal, dass ich sie treffe, und ich frage mich, was sie denken, wie ich zu dir stehe. Hast du ihnen von der Liste erzählt?"

„Ja."

„Sonst noch was?"

„Dass du mich glücklich machst. Keine Sorge, die Genießerin schweigt."

Er lächelte. Er sagte nichts weiter, doch sie freute sich über dieses Lächeln. Er war sonst so still und reserviert, dass das Lächeln ein Geschenk war.

„Wenn du heute Abend mit deinen Freunden rumhängen willst … das macht mir nichts aus", sagte Carrie. „Ich dachte nur, wir könnten Zeit sparen, wenn wir zusammen hingehen; dann können wir auch wieder zusammen gehen und zur Tagesordnung übergehen."

Er lachte leise. „Nachtordnung wäre besser."

„Wie recht du doch hast."

Er drückte ihren Oberschenkel. „Ich bin deinetwegen hier, nicht wegen meiner Freunde. Ich sehe sie oft genug."

„Oh, okay. Ich sollte dich warnen, dass Hailey unser Arrangement nicht gut findet. Es ist nur eine Frage der Zeit, bis sie etwas sagt. Sie ist der Meinung, dass ich dich kennenlernen und dir eine Chance auf ein Happy End geben sollte."

Er antwortete nicht.

„Sie ist Hochzeitsplanerin. Sie kann nicht anders."

Wieder schwieg er.

Sie räusperte sich und wünschte sich, sie hätte es nie erwähnt. „Sie hat allerdings gesagt, dass es schwierig sein könnte, zumindest für mich, nach zwei Wochen *Vaya con Dios* zu sagen, weil ich … du weißt schon … so was nicht gewohnt bin."

„Ah-ha."

Mehr sagte er nicht, was sie irritierte. War sie wirklich die einzige, der es etwas bedeutete, dass sie nur noch drei Nächte und eine Familienfeier hatten? Natürlich war das Ablaufdatum ihre Idee gewesen, doch trotzdem … Mit brennenden Augen und einem Kloß im Hals starrte sie geradeaus. Jeder Moment war kostbar, vergänglich und bittersüß.

Sie schluckte. „Das ist alles? Nur ah-ha?"

Schweigend steuerte er den Wagen auf den Parkplatz hinter dem Garner's, stellte den Motor ab und wandte sich ihr zu. „Was wir tun, geht nur uns etwas an. Nicht Hailey oder sonst jemanden."

„Bist du diese Art von Affären gewohnt?" Sie hasste, wie ihre Stimme klang, erstickt und leise.

Er legte seine Hand an ihre Wange und streichelte sie mit dem Daumen. „Nein."

Sie holte zittrig Luft. „Dann ist es vielleicht für uns beide schwer, uns nach zwei Wochen zu verabschieden."

Er beugte sich zu ihr hinüber und presste seinen Mund für einen langen, berauschenden Kuss auf ihren. Es war immer noch hell – alle konnten sehen, dass sie in seinem Truck knutschten –, und es erregte sie. Edward hatte immer darauf bestanden, dass sie nur im Schlafzimmer miteinander schliefen, und die Lichter mussten immer ausgeschaltet sein. Sie strich mit den Fingern durch Zachs dicke Haare. Sie liebte es, wie sich seine Mähne anfühlte. Sie konnte nie genug von seinen Küssen bekommen und beendete den Kuss nie als erste. Darum küssten sie sich weiter, bis sie das Bedürfnis hatte, ihm näher zu sein. Sie schnallte sich ab, schob ihr Kleid hoch und versuchte, auf seinen Schoß zu klettern.

Er unterbrach den Kuss, die Hand auf ihrer Taille, und schob sie zurück auf ihren Sitz. „Würde es dir etwas ausmachen, wenn wir uns verspäten?"

„Du willst mich vernaschen, oder?", fragte sie begeistert.

Er streckte sich und streifte absichtlich ihre Nippel, als er nach dem Sitzgurt griff und dann noch einmal, als er sie wieder anschnallte. Er war solch ein sündhaft böser Junge.

Er betrachtete ihre erigierten Nippel, bevor er ihr in die Augen sah. „Ich will, dass du auf einer Decke auf der Ladefläche meines Trucks die Beine für mich spreizt."

Sie rutschte unruhig auf dem Sitz umher, bereits heiß und feucht. „Ich liebe es, wenn du schmutzig redest."

Er hielt ihr Kinn. „Ich liebe es, wenn du schmutzig *bist*."

Sie lachte übermütig. „Ja, lass uns gehen."

Sie machten Liebe im Licht der untergehenden Sonne an einem See tief im Naturschutzgebiet. Es war sehr bequem, zuerst auf dem dicken Schlafsack, den er für sie ausgebreitet hatte, und dann auf ihm. Er gab eine wunderbar warme Matratze ab.

Als sie fertig waren, legte sie den Kopf auf seine Brust und lauschte seinem Herz. „Zach?"

„Mmm."

„Was soll das eigentlich?" Sie hob den Kopf und wartete darauf, dass er die Augen öffnete. „Sind wir dumm, ein Ablaufdatum festzulegen?"

Seine Stimme klang rau und heiser: „Das frage ich dich."

„Ich weiß nicht."

Er strich mit den Fingern durch ihr Haar. „Du hattest ein ganz bestimmtes Ziel, wolltest ein paar Sachen ausprobieren. Ich hatte das bestimmte Ziel, dir dabei zu helfen und dafür zu sorgen, dass du dabei sicher bist. Wenn wir weitermachen, geht das mehr in die Tiefe. Und wir beide wissen, dass wir bald in unterschiedliche Richtungen gehen werden. Im wahrsten Sinne des Wortes."

Sie blinzelte, ein bisschen erstaunt, nicht nur angesichts der Flut von Worten von einem sonst so wortkargen Mann, sondern auch, dass er die Sache so treffend auf den Punkt gebracht hatte. Natürlich hatte er recht. Sie würde in weniger als einer Woche mit dem Studium beginnen, und er würde bald nach Singapur gehen. Davon abgesehen, hatte er gesagt, dass er nichts Langfristiges wollte. Sie erschauerte. Plötzlich war ihr trotz seiner Hitze unter ihr kalt. Er schloss seine Arme um sie, zog sie fest an sich und wärmte sie. Sie befahl sich aufzustehen, doch sie konnte sich nicht bewegen. Jeder Teil von ihr schien seine Nähe zu brauchen. Sein Herzschlag unter ihrem Ohr beruhigte sie. Es wäre viel zu leicht, sich fallen zu lassen. Viel zu schwer, sich davon zu erholen. Und sie weigerte sich, ihren Traum von ihrem Masterstudium aufzugeben, nur um mit ihm zusammen zu sein.

Sie hob den Kopf und starrte in das Gesicht des Mannes, den sie loslassen musste. Er musterte sie auf seine stille, aufmerksame Art und Weise und streichelte ihr übers Haar. Es war nicht richtig, ihn zu drängen, etwas Langfristiges zu versuchen, wenn sie bald nicht einmal mehr auf demselben Kontinent leben würden. Und war sie wirklich schon bereit für eine neue Beziehung, oder war es nur die postkoitale Seligkeit, die sie dazu brachte, sich eine andere Zukunft für sie beide vorzustellen? Wie sollte sie auch klar denken, wenn sie nackt in den Armen ihres Liebhabers lag? Es beeinflusste ihr Denken, und sie brauchte einen klaren Verstand.

Sie lächelte. „Du hast einen scharfen analytischen Verstand, nicht wahr?"

Eine Seite seines Mundes zuckte, und er sah sie gedankenverloren an.

„Wie kommt es, dass du mich bei der ersten Sonntagsfahrt nicht hierher gebracht hast? Hier hätte Ethan uns wahrscheinlich nie gefunden."

„Doch, wenn er nicht arbeitet, kommt er dauernd zum Fischen und Campen hierher. Außerdem ist es viel schwerer, hier im Dunkeln rein und raus zu kommen. Keine Straßenlaternen."

Sie küsste ihn. „Lass uns gehen. Der arme Ethan hat keine Ahnung, warum Hailey sich auf ihn stürzt."

Er setzte sich auf und zog sie sanft mit sich hoch. „Er weiß es. Ich habe es ihm gestern gesagt. Er meint, er flirtet gerne mit ihr, doch jetzt, da er weiß, dass sie es tut, um dieses lächerliche Gerücht abzustellen, ist er raus. Er bringt Backup mit, um das Gerücht auf *seine* Weise aus der Welt zu schaffen."

Ihr blieb der Mund offen stehen. „O mein Gott. Du hast es ihm gesagt? Du hättest es ihm nicht sagen sollen."
Und wird Hailey nicht überrascht sein?

Er beobachtete sie mit verschleiertem Blick. „Ich tue nicht immer, was von mir erwartet wird."

Solch ein Rebell. Sie kroch von ihm herunter, tastete nach ihrem BH und zog ihn an, während er eine Hand über ihre Hüfte gleiten ließ. Sie liebte es, dass er sie auch nach dem Sex noch berühren wollte. Da war etwas beinahe Ehrfürchtiges in seinen Berührungen, und sie hätte am liebsten geschnurrt und sich an ihn geschmiegt wie eine zufriedene Katze. Oder vielleicht interpretierte sie auch zu viel hinein und bildete sich eine Zärtlichkeit ein, die gar nicht da war. Vielleicht berührte er sie auch nur und dachte daran, dass er sie gleich noch einmal haben wollte. Sie hatten schließlich viel Sex. Doch sie wusste nicht wirklich, was in seinem Kopf vor sich ging. Vielleicht gar nichts? Ihr wurde kalt, und sie zog schnell ihr dunkelgrünes Kleid über.

„Hilfe!" Ihr Arm steckte fest. Zach half ihr, den verdrehten Ärmel zu befreien, dann lehnte sie sich zurück und zog ihr Höschen an. „Bis gleich dann vorne."

Sie stand auf, und er versetzte ihr einen Klaps auf den Po. „Zach!"

„Ich kann nicht anders. Du hast nun mal den hübschesten Arsch, den ich je gesehen habe."

Sie lächelte vor sich hin, kletterte von der Ladefläche und schlüpfte in ihre Pumps. Manchmal sagte er wirklich die süßesten Sachen.

Kaum zwei Minuten später saßen sie im Wagen und fuhren in behaglicher Stille zum Garner's, das Verlangen zumindest vorübergehend befriedigt. Sie hatte sich mit jeder Faser ihres Seins nach Leidenschaft gesehnt und sie bei Zach gefunden. Sie redete sich ein, dass es sein Talent und ihre Begeisterung waren, die für dieses unglaubliche Feuer zwischen ihnen sorgten, denn das bedeutete, dass sie es wiederfinden könnte. Die Alternative war zu unerträglich, um darüber nachzudenken.

Schnell entschied sie, dass sie definitiv nicht bereit war, sich schon wieder in eine Beziehung zu stürzen. Nach sechs

Jahren über Edward hinwegzukommen, war wie eine Scheidung zu durchleben, besonders, da sie zusammengekommen waren, als sie gerade neunzehn Jahre alt gewesen war. Er war die Blaupause für alle künftigen Beziehungen, ihre einzige Erfahrung. Am Anfang war alles schön gewesen mit Edward: Er hatte sie ständig mit Blumen, Pralinen, Schmuck oder Dinner bei Kerzenschein verwöhnt. Jetzt wusste sie, dass es zwischen ihnen vor allem deswegen funktioniert hatte, weil sie so jung und unerfahren gewesen war. Sie hatte ihm gefallen wollen und war willens gewesen, seine Erwartungen zu erfüllen. Er war sieben Jahre älter als sie, hatte gerade das Medizinstudium abgeschlossen und schien so kultiviert zu sein. Als ihre eigene Karriere Fuß gefasst und sie Verantwortung für Patienten übernommen hatte, hatte sie sich verändert und war für das eingetreten, was sie wollte. Das hatte ihm gar nicht gefallen.

Zach hielt ihr die Tür zum bereits gut besuchten Garner's auf. Sie gingen direkt an die Bar und warteten darauf, einen Drink bestellen zu können. Sie sah sich nach Ethan und seiner „Verstärkung" um. Interessant. Ethan saß in einer Nische im Speisenbereich. Neben ihm war eine tough aussehende Frau mit kurzen, dunklen Haaren und scharf geschnittenen Wangenknochen. Sie trug ein schwarzes Top, das wohldefinierte, straffe Armmuskeln zur Schau stellte. Ihnen gegenüber saß Hailey, die das Gespräch zu führen schien, während Ethan und die andere Frau gelegentlich antworteten, während sie eine riesige Portion Hähnchenflügel aßen.

Josh kam zu Zach und bot ihm eine internationale Bierprobe mit fünf kleinen Gläsern Bier an, die Zach auch prompt bestellte. Bevor Carrie eines versuchen konnte, zog Ally sie weg in Richtung ihrer Freundinnen.

Ally grinste. „Dann läuft's also gut zwischen dir und Zach, was? Jetzt geht ihr sogar gemeinsam aus, als wäret ihr ein Paar und er nicht nur ein Fickfreund."

„Schh."

„Es ist nichts falsch daran, einen Fickfreund zu haben", bemerkte Missy.

„Es ist immer noch eine kurzfristige Sache", sagte Carrie und wechselte schnell das Thema, indem sie Ally, die Grundschullehrerin, nach ihren Vorbereitungen für das nächste Schuljahr fragte und sich dann die neusten Neuigkeiten aus dem Leben der anderen berichten ließ. Sie zwang sich, sich auf ihre Freundinnen zu konzentrieren, doch schließlich war die Versuchung zu groß, und sie sah sich nach Zach um. Er saß mit einem Bier in der Hand da und hörte den Jungs zu. Der immer entspannte Josh stand auf die Bar gestützt und scherzte mit ihnen. Ihr fiel auf, dass Zach, auch wenn er mitten in einer Gruppe von Männern saß, die er gut kannte, abgeschieden wirkte. Der Beobachter. Was ging in seinem Kopf vor? Sie fragte sich, ob er nichts zu sagen hatte, oder ob unzählige Gedanken in seinem Kopf umherschossen, die er nie heraus ließ. Dann fragte sie sich, ob sie es je herausfinden würde. Sie begegnete Zachs Blick, und das Geschnatter ihrer Freundinnen, das Klirren von Gläsern, ja, selbst der Lärm des Fernsehers über der Bar traten in den Hintergrund. Jeder Teil von ihr wollte ihn erreichen und eingelassen werden.

Er schien ihre Gedanken gelesen zu haben. Er stand auf, ging zu ihr und legte ihr von hinten den Arm um die Taille. Aus irgendeinem Grund wurde sie rot, auch wenn sie es nach zwei Wochen, in denen sie die meiste Zeit mit ihm nackt im Bett verbracht hatte, gewohnt sein sollte. Er zögerte nie, einen Arm um sie zu legen und sie an sich zu ziehen. Selbst spät in der Nacht im Bett – jetzt, da sie zusammen im selben Bett schliefen – war das letzte, was er tat, ihr einen Arm über die Schulter zu legen und sie an sich zu ziehen. Irgendwie wachte sie allerdings doch immer am Rand des Betts, weit von ihm entfernt, auf.

„Du erinnerst dich an alle?", fragte sie Zach.

„Ja. Hi", sagte er.

„Hallo", antworteten ihre Freundinnen im Chor.

„Und wir erinnern uns natürlich an dich!", rief Ally. „Du bist *der Mann*."

Carrie warf Zach einen Blick zu, um zu sehen, ob es ihm peinlich war zu hören, wie Carrie ihn am Abend, an dem sie ihm begegnet war, genannt hatte, doch ihn schien es nicht zu stören. „Jupp." Seine Stimme war ein leises Knurren in ihrem Ohr, das sie erschauern ließ. „Willst du was trinken? Ich weiß, dass du kein großer Biertrinker bist."

„Ich nehme eine Piña Colada", sagte sie.

Er ließ sie los und strich ihr mit der Hand über den Rücken, bevor er ans andere Ende der Bar verschwand, um den Drink bei Josh zu bestellen. Sie hörte Ally zu, die die Tage bis zu ihrem Klassentreffen zählte, bei dem sie hoffte, wieder mit ihrem Ex zusammenzukommen, als Zach mit einem Barhocker zurückkam. Er bat einen der Jungs, ein Stück zu rutschen, und stellte den Hocker neben Allys, bevor er sich darauf setzte und Carrie auf seinen Schoß zog, den Arm fest um ihre Taille.

Ally plapperte weiter, doch sie beobachtete interessiert die beiläufige Geste. Carrie legte ihre Hand auf Zachs Arm und versuchte, sich auf die Konversation zu konzentrieren. Ein Ding der Unmöglichkeit. Sie war sich seiner Gegenwart mehr als bewusst. Ihre Haut glühte, ihre Nervenenden erwachten zum Leben und sehnten sich nach seiner Berührung. Bei seinem sexy Duft wurde ihr vor Verlangen fast schwindelig.

Josh kam ein paar Minuten später und stellte den Drink mit einem niedlichen kleinen Schirmchen vor ihr ab.

„Danke!", sagte sie.

„Gern geschehen", sagte Josh, dann wandte er sich Zach zu. „Wie läuft's mit deinem Buch?"

„Kein Buch", murmelte Zach.

Carrie drehte sich zu Zach um, der Josh anstarrte. „Welches Buch?", fragte sie.

Zach legte seine Hand tief auf ihren Bauch und spielte

mit dem Stoff ihres Kleides – eine Geste, die ihr Körper als Vorspiel zur Verführung erkannte. Niemand konnte es sehen, weil es sich unter dem Tresen abspielte, doch sie wurde dennoch rot. Sie trank einen Schluck von ihrer Piña Colada und versuchte zu tun, als wäre alles vollkommen normal, auch wenn das Verlangen in ihrem Bauch erwacht war und sie bereits feucht wurde.

Josh sah Carrie an, zwinkerte ihr zu und lächelte charmant. „Wir haben unseren eigenen Buchclub angefangen, nur für uns Männer."

„Ach so?", fragte sie überrascht.

„Oh ja", sagte Josh und beugte sich vertraulich zu ihr vor. „Wir lesen *Was Frauen wollen*."

Sie riss die Augen auf und sah Zach an, doch seine Miene war undurchdringlich.

Joshs braune Augen tanzten amüsiert. „Nur, dass Zach sich weigert, das Buch zu lesen. Sagt, er wisse es auch so. Was denkst du, Carrie? Hat er recht?"

„Hängt davon ab, was im Buch steht", lächelte sie. „Erzähl."

„Ja, ich will das auch hören", mischte Ally sich ein.

„Bah. Ich habe es auch nicht gelesen", sagte Josh und begegnete kurz Zachs Blick, bevor er sich in Richtung des Speisenbereichs umdrehte. „Es war alles Ethans Idee. Dem armen Kerl fehlt es an Erfahrung. Jemand sollte Hailey warnen."

„Ethan hat zwei Frauen, die an ihm interessiert sind", bemerkte Zach beiläufig. „Sieht aus, als könnte er bald Erfahrung sammeln."

Josh kniff die Augen zusammen, und als Carrie sich umdrehte, sah sie, dass Zach schmunzelte. Ah, so war das. Sie unterdrückte ein Lächeln.

Ally wechselte das Thema, wahrscheinlich, um eine weitere Konfrontation zwischen Josh und Hailey zu verhindern. Ihr privater Kleinkrieg war in letzter Zeit ein bisschen aus dem Ruder gelaufen. In letzter Zeit war ihr sonst lockeres Geplänkel deutlich schärfer geworden.

Ihre Freundin Lauren, die von Natur aus Friedensstifterin war, hatte versucht, die beiden dazu zu bringen, sich zu vertragen, indem sie sie zu überzeugen versucht hatte, jeweils der Erwachsenere zu sein, doch ohne Erfolg.

Hailey kam herüber, stellte sich zu Ally und verkündete laut genug, dass alle in der Bar es hören konnten: „Jupp. Ethan hat eine neue Freundin. Cali Boggs. Sie ist ziemlich tough, und es scheint ernst zu sein." Sie warf ihre rotblonden Haare über ihre Schulter. „Und eine Klassefrau ist sie auch", sagte sie, bevor sie leiser fortfuhr. „Gut, dass ich bemerkt habe, dass es zwischen Ethan und mir einfach nicht gefunkt hat. Wir sind besser dran als Freunde." Sie klang nicht, als störte sie sich an der Beziehung. Im Gegenteil, sie schien geradezu erleichtert zu sein, wahrscheinlich, weil sich alles so wunderbar gefügt hatte. Jetzt, da Ethan eine Freundin hatte, konnte sich Hailey wieder darum kümmern, was sie am besten konnte – anderen zu helfen, Liebe zu finden. Carrie hegte den Verdacht, dass Hailey nie selbst Liebe erlebt hatte, doch sie wollte nicht, dass Hailey sich deswegen schlecht fühlte, darum sagte sie nichts.

Hailey drehte sich zu Carrie und Zach um. „Hallo. Ihr zwei seht glücklich aus."

„Sind wir auch", sagte Carrie und hoffte, damit peinlichen Fragen aus dem Weg zu gehen.

Zach stieß einen Laut aus, der zustimmend klang, die Hand tief auf ihrem Bauch. Er wusste genau, welche Wirkung er auf sie hatte, und sie konnte einfach nicht anders. Leidenschaft war immer noch so neu und so erregend für sie, dass sie oft mehr verriet, als sie wollte.

Josh schmunzelte in Haileys Richtung. „Sieht aus, als gehen dir die Opfer zum Verkuppeln aus, Prinzessin."

Hailey hob ihr Kinn. „Was ist mit dir?"

Plötzlich wirkte Josh, als wäre ihm unbehaglich zumute. „Was ist mit mir?"

„Meiner professionellen Meinung nach", – Hailey machte eine dramatische Pause – „bist du ein eingefleischter Junggeselle, der dringend eine Frau braucht, damit er nicht mehr so unwirsch ist."

Josh verschränkte die Arme. „Ich bin nicht unwirsch. Ich bin charmant."

„Ha!", erwiderte Hailey. „Ha-ha-ha! Dann muss das der Grund sein, dass du immer allein bist."

Carrie holte scharf Luft, und alle ihre Freundinnen verstummten.

Mad, Joshs Schwester, meldete sich ein paar Hocker weiter zu Wort. „Das war harsch."

Hailey biss sich auf die Lippe. „Josh, ich–"

„Du weißt nicht alles", antwortete Josh locker und ließ sie damit vom Haken. „Ich schleppe dauernd Frauen ab." Er winkte Hailey in Richtung der Jungs am anderen Ende der Bar. „Such dir ein anderes Opfer, Prinzessin, denn ich sehe dich auch nicht mit jemandem. Zeig uns deine Anmache – falls du überhaupt so was hast. Sieht aus, als hättest du dir an Ethan die Finger verbrannt."

Carrie sah Hailey an, die Josh einen ungewöhnlich finsteren Blick zuwarf, doch der holte nur sein Handy aus der Tasche und fotografierte sie. „Dieses Gesicht geht online."

„Was meinst du?", fragte Hailey.

„Facebook, Instagram, überall", antwortete Josh, tippte auf dem Bildschirm herum und grinste.

Hailey hechtete vor und griff nach seinem Handy. „Gib mir das, du Scheusal!" Sie belegte ihn immer mit altmodischen Schimpfwörtern – Halunke, Flegel, Scheusal waren die Top drei – direkt aus den altmodischen Liebesfilmen, die sie so liebte. Josh hatte nur einen Namen für sie: Prinzessin.

Josh trat einen Schritt zurück, außer Reichweite, und richtete das Handy wieder auf sie. „Nur weiter so. Zeig mir dein Angepisstes-Prinzessinnen-Gesicht."

Hailey knurrte. Josh knipste ein weiteres Foto und zeigte es ihr.

„Ich schwöre, ich–" Hailey verstummte, als Josh das Handy wieder hochhielt.

„Video geht auch", grinste er. „Nur weiter so."

Hailey kochte vor Wut, und ihre Wangen waren hochrot. Sie holte ihr Handy aus der Handtasche und tippte darauf herum. Wahrscheinlich kontrollierte sie ihre Benachrichtigungen.

Zach flüsterte in Carries Ohr. „Josh hat nichts mit Social Media am Hut. Hat nicht einmal Facebook."

Sofort holte Carrie ihr Handy aus der Tasche und schrieb Hailey eine SMS. So machte man das nun einmal unter Freundinnen.

Haileys Verhalten veränderte sich, als sie die Nachricht las, von wütend zu gefasst. Sie lächelte Carrie dankbar an, steckte das Handy weg und sah ihre Nemesis auf der anderen Seite der Bar an. „Josh, dein Gezanke ist ermüdend. Ich habe keine Lust auf einen Showdown jedes Mal, wenn ich hier bin."

Josh steckte sein Handy zurück in seine Hosentasche, und seine dunklen Augen leuchteten vor Erwartung. „Ja?"

Hailey setzte ihr unechtes Schönheitsköniginnenlächeln auf, das immer in stressigen Situationen zum Einsatz kam. „Ich denke, wir sollten zurück an den Anfang gehen und das Unrecht wiedergutmachen, damit wir es vergessen können."

Josh zog eine Braue hoch.

Hailey warf ihre Haare über die Schulter. „Du schuldest mir fünfhundert Riesen."

Josh ging einen Schritt auf sie zu. „Du weißt schon, dass mit Riesen Tausender gemeint sind, oder? Ich schulde dir *fünfhundert*. Mehr nicht." Das war der Betrag, den Hailey Josh gezahlt hatte, um sie zu den vielen Hochzeiten zu begleiten, die sie plante. Ihr Arrangement hatte plötzlich geendet, als sie sich wieder einmal gestritten hatten.

Hailey hob ihr Kinn und sah ihre Freundinnen an, die alle zusahen und sie stumm unterstützten. Carrie lächelte sie aufmunternd an, und Hailey wandte sich um. „Für mich ist das ein Riesenbetrag."

Josh schmunzelte.

Hailey fuhr fort. „Ich hätte gerne das Geld zurück, damit das aus der Welt geschafft ist und wir auf Augenhöhe kommunizieren können."

Josh neigte den Kopf. „Dann komm und hol's dir."

Hailey sträubte sich. „Nein, du musst es mir geben."

„Und das war's dann wieder", gluckste Mad, doch die anderen warfen ihr finstere Blicke zu. So war es beim letzten Mal auch in die Hose gegangen. Josh hatte das Geld in seiner Wohnung. Hailey weigerte sich, hinzugehen.

Josh grinste. „Ich habe dir gesagt, dass ich es in meiner Wohnung habe. Alles, was du tun musst, ist, zu kommen und es dir zu holen."

Hailey stemmte ihre Hände in die Hüften. „Ich setze keinen Fuß in diesen Sündenpfuhl!"

Josh lachte. Carrie fragte sich, wie ein Sündenpfuhl aussah. Peitschen und Ketten? Stangen zum Striptease-Tanzen? Rote Samtwände?

„Dann wirst du es nicht hierher bringen?", fragte Hailey.

„Nein", antwortete Josh.

„Dann will ich eine Begleitung." Sie sah sich unter den Männern um, und ihr Blick fiel auf Zach.

„Zieh mich da nicht rein", sagte er.

Doch Josh kam bereits hinter der Bar hervor und ging auf Hailey zu. Er blieb neben ihr stehen und bot ihr ganz wie ein Gentleman seinen Ellbogen an. Die Campbell-Männer hatten alle ausgezeichnete Manieren.

„Nicht dich!", sagte Hailey und starrte wütend seinen Arm an.

„Warum nicht?", fragte Josh. „Ich habe dich auch schon früher begleitet."

Carrie wandte sich Zach zu. „Vor den Altar, meint er.”

„Nicht bei unserer Hochzeit!”, protestierte Hailey. „Wir sind nicht verheiratet. Wir sind gar nichts!”

Josh seufzte empört. „Was jetzt, Prinzessin?”

Hailey schnitt eine Grimasse. „Verschwinde.”

„Feiges Huhn.”

„Sprich nie wieder mit mir. Ich meine es ernst.”

„Nie wieder?”, feixte Josh. „Was, wenn es brennt?”

Hailey presste die Lippen aufeinander. „Dann sag's jemand anderem.”

„Tornado?”, mischte Mad sich ein und kassierte einen finsteren Blick von Hailey.

„Unwahrscheinlich”, gab Hailey zurück.

Josh grinste. „Erdbeben?”

Hailey hob die Hände. „Wann hat in Connecticut das letzte Mal die Erde gebebt?”

Carrie spürte, dass Zach hinter ihr lachte. Sie waren wirklich unterhaltsam. Sie war froh, dass sie zu ihrem üblichen Gezanke zurückgekehrt waren. Sie hatte sich Sorgen gemacht, dass es verletzte Gefühle geben könnte.

Josh fuhr fort. Auch er sah amüsiert aus. „Tsunami?”

Hailey verschränkte die Arme. „Jetzt wird es lächerlich. Dafür sind wir viel zu weit von der Küste entfernt.”

Josh zupfte an ihren Haaren. „Ich hole dir deinen Lieblingsdrink.” Er kehrte hinter die Bar zurück, während Haileys Überraschung einer überaus zufriedenen Miene wich.

Ally erhob sich von ihrem Hocker. „Hey, Hailey, nimm meinen Hocker und genieß deinen Drink. Du hast es verdient.”

„Danke!”, rief Hailey. „Ich weiß es zu schätzen.” Sie setzte sich auf den Hocker und beobachtete, wie Josh ihren Lieblingsdrink, einen Mojito, zubereitete.

Er stellte ihn mit großer Geste vor ihr ab. „Zum Wohl, Prinzessin.”

Hailey nahm das Glas und hielt inne, bevor sie allen

verkündete, dass sie und Josh offiziell Frieden geschlossen hatten. Sie hob das Glas an die Lippen, dann fügte sie mit einem kleinen Grinsen hinzu: „Keine Streiterei mehr, weil wir nicht mehr miteinander reden."

„Auch nicht in wetterbedingten Notfallsituationen", fügte Josh trocken hinzu.

Alle lachten.

Hailey trank einen langen Schluck, bevor sie einen Finger an die Lippen legte, um Josh zum Schweigen zu bringen.

„Ach ja, richtig", sagte Josh. „Wir reden nicht miteinander." Dann zwinkerte er ihr zu.

Die Frauen kicherten. Es erinnerte sie daran, wie Hailey verkündet hatte, dass er nicht impotent war, und dann demonstrativ gezwinkert hatte (was auf Unbeteiligte gewirkt haben musste, als *wäre* er tatsächlich impotent). Diese beiden. Wirklich. Vollkommen außer Kontrolle.

Hailey stieß einen langen, melodramatischen Seufzer aus. „Okay. In Notfallsituationen darfst du mit mir reden." Sie trank einen weiteren Schluck von ihrem Mojito und strahlte.

Josh knipste wieder ein Foto mit seinem Handy. „Mojito-Orgasmus-Gesicht. Das geht definitiv online."

„Mach nur", sagte Hailey und trank einen weiteren Schluck von ihrem Drink, den er ihr so lange verwehrt hatte.

Josh steckte sein Handy weg und musterte die anderen. „Im Ernst? Wer ist der Verräter?"

Zach meldete sich an Carries Stelle. Er musste begriffen haben, dass Carrie Hailey eine SMS geschickt hatte, dass Josh nicht auf Social Media aktiv war. „Hailey muss mitbekommen haben, dass du nicht auf Facebook bist. War aber ein netter kleiner Trick."

„Kleiner Trick?", murmelte Josh und sah Zach finster an. „Herzlichen Dank auch, Professor."

Carrie sah Zach an. „Professor?"

Zach schüttelte nur den Kopf und flüsterte in ihr Ohr. „Lass uns verschwinden. Ich habe Pläne für dich." Er schob sie sanft von seinem Schoß und legte seine Hand auf ihren unteren Rücken wie so oft, wenn sie zusammen gingen. Er wartete, wahrscheinlich um zu sehen, ob sie einverstanden war. Doch sie war mehr als bereit. Ihre Libido war auf seiner Wellenlänge, und sie würde ihm nichts verweigern. Außer ihrem Herzen.

„Bye", sagte sie zu ihren Freundinnen.

„Viel Spaß!", rief Ally ihr hinterher.

„Bring ihn nächsten Donnerstag nach dem Buchclub mit!", fügte Hailey hinzu.

Carrie winkte nur, denn auch wenn die Einladung nett gemeint war, machte sie sie ein wenig traurig, da Donnerstag nicht in Frage kam. Doch heute Nacht hatte sie noch, und sie hatte vor, sie in vollen Zügen zu genießen.

„Warum hat Josh dich Professor genannt?", fragte sie Zach, als sie draußen waren.

„Weil ich intelligent bin. Genauso, wie er Hailey Prinzessin nennt, weil sie hübsch ist."

„Darum nennt er sie Prinzessin? Ich dachte, er nennt sie so, weil sie hochnäsig ist."

„Ist alles eine Frage der Biologie", bemerkte er sachlich.

Das war in ihren Augen eine seltsame Betrachtungsweise. Doch bevor sie etwas sagen konnte, küsste er sie auch schon, und alle Gedanken waren vergessen, denn ihr Körper bekam die Nachricht, dass es Zeit für ihren Bad Boy war. Vielleicht war ja wirklich alles eine Frage der Biologie.

KAPITEL ZWÖLF

Carrie war ein nervliches Wrack. Sie musste sich unter Kontrolle bringen, bevor sie zur Zeremonie ihrer Eltern fuhr. In zwanzig Minuten musste sie los, dabei war sie noch nicht einmal halb fertig und nicht in der Lage, Entscheidungen zu treffen. „Ally! Hilfe!", rief sie aus ihrem Schlafzimmer.

Ally kam mit großen Augen ins Zimmer. „Was ist?"

„Welche Ohrringe sehen besser aus?" Im einen Ohrläppchen hatte sie einen Perlenohrring, im anderen eine silberne Creole.

Ally ging zu ihr und versetzte ihr einen Knuff gegen den Arm.

„Au!" Sie rieb sich den Arm.

„Dann schrei nicht um Hilfe, wenn es kein Notfall ist!"

„Es *ist* ein Notfall. Schau mich an." Sie hielt ihre zitternden Hände in die Höhe. „Ich bin ein nervliches Wrack."

„Du meine Güte. Setz dich hin." Ally nahm sie am Handgelenk und zog sie aufs Bett. „Du siehst verdammt heiß aus in diesem Kleid."

Carrie blickte an ihrem weißen schulterfreien Kleid hinunter. Es war neu. Doch aus irgendeinem Grund konnte sie keine Begeisterung für ihr Outfit aufbringen. „Danke", murmelte sie.

„Hey, alles wird gut", sagte Ally voller Überzeugung. „Sei einfach höflich zu Edward, und dann ignorier ihn. Ihr lebt beide euer Leben weiter."

Carrie verschränkte die Arme. „Es ist nicht nur das. Also, schon, aber jetzt fürchte ich, dass es ein Fehler war, Zach einzuladen. Meine Eltern werden ihn kennenlernen. Und später, wenn er nicht mehr da ist, werden sie nach ihm fragen."

„Du willst nach heute definitiv nichts mehr von ihm?"

„Ja. Er hat die Zusage für die Stelle in Singapur bekommen. Direkt nach Weihnachten geht er für zwei Jahre weg. Das ist auf der anderen Seite der Welt! Davon abgesehen sollte es nur was Kurzfristiges sein. Er hat selbst gesagt, dass er nichts Langfristiges will." Sie presste ihre Hand auf ihren unruhigen Magen. „Mir wird schon schlecht, wenn ich nur davon rede."

„Was ist denn so falsch daran, wenn ihr euch noch ein paar Monate seht, bis er abreist?"

„Es macht den Abschied nur schwerer. Außerdem ist es keine richtige Beziehung. Nur eine Menge Sex. Wir reden kaum miteinander." Das stimmte nicht mehr. Jetzt, da sie im selben Bett schliefen, unterhielten sie sich, bevor sie einschliefen. Und beim Frühstücken auch.

War es eine Beziehung?

Nein, es fühlte sich zu einfach an. Sie hatten einfach nur ein bisschen Spaß miteinander. Es war nicht so, als würden sie tiefschürfende Gespräche führen. Zach hatte ihr von Indonesien erzählt und klang ganz so wie der Tourguide, der er war.

Sie spürte, wie sie wieder nervös wurde. „Es könnte so viel schief gehen! Was, wenn Edward sich Zach gegenüber wie ein Arsch benimmt? Was, wenn Zach wütend wird und ihm die Meinung sagt?"

Ally streichelte Carries Arm. „Das wäre gar nicht so schlecht. Er würde deine Ehre verteidigen. Wie ein Ritter in glänzender Rüstung."

„Das ist *kein* Märchen."

Ally fuhr sanft fort. „Ich bin mir sicher, dass bei so

einem besonderen Anlass niemand eine Szene machen wird. Denk einfach nur daran, deine Eltern glücklich zu machen. Sei für sie da."

Sofort wurde sie ruhiger. Es lag in ihrer Natur, sich um andere zu kümmern. Darum war Krankenschwester der perfekte Beruf für sie. „Danke für die Aufmunterung. Du hast recht. Heute geht es nicht um mich."

Ally stand auf. „Richte deinen Eltern liebe Grüße von mir aus. Herzlichen Glückwunsch und so. Und jetzt beeil dich und mach dich fertig." Dann ging sie.

Carrie ging ins Bad und gab sich besondere Mühe mit ihren Haaren und dem Make-up. Sie fühlte sich hübsch, doch sie musste Edward zeigen, dass sie über ihn hinweg war und es ihr gut ging. *Sieh dir an, was du verpasst hast! Wen interessiert es schon, dass du eine Frau heiratest, die jünger und schöner ist als ich?* Nicht, dass sie sie gesehen hätte, doch ihre Mutter hatte so mitleidig geklungen, als sie Carrie von ihr erzählt hatte, dass sie sich sicher war, dass sie bildschön sein musste. Doch wen interessierte das schon? Ihr Sexleben war wahrscheinlich stinklangweilig.

Kurz darauf klingelte es an der Tür. Ally öffnete. „O mein Gott! Du siehst so anders aus! Carrie! Zach ist hier!"

Sie eilte ins Wohnzimmer. „Hi! O mein Gott, sie hat recht."

Zack zuckte mit den Schultern und lächelte fast schüchtern. „Ich habe dir doch gesagt, dass ich mir meinen Bart schneiden lassen würde."

Sie ging langsam auf ihn zu, und ihr Herz pochte angesichts der schockierenden Transformation. Er hatte sich die Haare schneiden lassen, immer noch länger, aber ordentlich in Form, und sein Bart war sorgfältig geschnitten. Er trug einen dunkelgrauen Anzug, dazu ein weißes Hemd und eine graue Krawatte. Es war nicht so, dass er nicht gut aussah. Er sah überaus attraktiv aus. Nur nicht wie der Alpha Bad Boy, den sie kannte.

Er legte die Hand auf ihre Schulter und flüsterte ihr ins

Ohr: „Du siehst schön aus."

„Du auch. Ich kann den Unterschied einfach nicht fassen! Dreh dich um."

Er drehte sich um und sie strich mit den Fingern durch die kurzen Haare im Nacken. Keine dicke Mähne mehr, in die sie ihre Finger graben konnte, keine Wellen.

Sie seufzte und betrauerte den Verlust.

Er drehte sich um und legte einen Finger unter ihr Kinn. „Wird schon wieder nachwachsen."

„Du siehst aus wie ein Rechtsanwalt oder so was."

Er schmunzelte. „Bin ich aber nicht. Bereit?"

Sie nickte.

Er wandte sich Ally zu. „Schön, dich wiederzusehen."

Ally strahlte. „Viel Spaß!"

Carrie ging mit Zach nach draußen, und wieder ruhte seine Hand auf ihrem unteren Rücken, als er sie zu seinem Truck führte. Er öffnete ihr sogar die Tür auf der Beifahrerseite und half ihr beim Einsteigen, damit sie ihr schönes weißes Kleid nicht verschmutzte. Sie blickte auf ihn hinab, geschniegelt und gestriegelt mit seinen guten Manieren und einem Anzug, den er zur Kirche tragen könnte. „Meine Eltern werden dich lieben", sagte sie niedergeschlagen.

Seine Lippen zuckten. „Wäre es dir lieber, wenn sie mich nicht lieben würden?"

„Sie werden später nach dir fragen und dich zum Abendessen einladen wollen."

Er blickte ihr in die Augen. „Und ich würde gerne hingehen."

„Wirklich?"

Er nickte, dann ging er hinüber auf die Fahrerseite. Sie strich ihr Kleid glatt, die Hände plötzlich klamm.

Zach stieg ein und fuhr los.

„Kennst du den Weg dorthin?", fragte sie.

„Ja."

Er war hier aufgewachsen. Sie starrte aus dem Fenster

und holte tief Luft, als sich das panische Gefühl zurückmeldete. Sie wusste nicht, ob es Zach oder Edward war, weswegen sie nervös war, sie wusste nur, dass sie sich ganz schnell zusammenreißen musste. Was dachte sich Zach nur dabei, wenn er sagte, dass er mit ihren Eltern zu Abend essen würde? Sie waren klar darüber gewesen, dass das ihre letzte gemeinsame Nacht war. Das war sie auch. Es musste so sein. Ganz egal, wie viele unerwartet süße Dinge Zach sagte, sie musste zu ihrem eigenen Besten daran festhalten. Sie schob ihre zitternden Hände unter ihre Beine.

Zach legte die Hand auf ihren Oberschenkel und drückte sanft. „Es wird wunderbar laufen. Ich bin für dich da."

„Danke", sagte sie leise. „Ich wette, die Nervosität davor ist schlimmer als das Event selbst. Oder?"

„Normalerweise schon."

Doch selbst das half ihr nicht. Nichts schien zu helfen.

„Erzähl mir von deiner Familie", sagte er.

„Mein Dad, Mark, sagt, dass es Liebe auf den ersten Blick war, als er meine Mom kennengelernt hat. Ihr Name ist Judy." Sie erzählte von der ersten Begegnung ihrer Eltern, als ihre Mom die Krankenschwester gewesen war, die ihren Dad hatte untersuchen sollen. „Als ich sie gesehen habe, hat mein Herz einen Sprung gemacht!", sagte Carrie in der besten Imitation der Stimme ihres Vaters.

Zach schmunzelte.

Sie erzählte weiter davon, wie ihr Dad ihrer Mom mit Blumen den Hof gemacht hatte – jeder Strauß begleitet von einem furchtbar holprigen Gedicht über ihre Schönheit. Dann erzählte sie ihm von ihrem großen Bruder, Rich, der jetzt Pilot war wie ihr Dad vor seiner Pensionierung. Sie war Krankenschwester geworden, wie ihre Mutter. Sie ging davon aus, dass sich alles recht langweilig anhörte, doch allein über ihre Familie zu reden, beruhigte ihre Nerven.

Ehe sie sich's versah, fuhren sie auf den Parkplatz. Sie

konnte den Hochzeitspavillon in der Ferne sehen. Auf einer kleinen Terrasse waren Stuhlreihen aufgebaut. Gegenüber stand ein weißes Zelt für den Empfang. Sie stieg aus dem Truck aus und bewunderte den Long Island Sound mit seinen sanften Wellen unterhalb des Pavillons. Hier war es immer ein bisschen kühler, und es fühlte sich wunderbar an. Die Zeremonie würde in einer Stunde stattfinden, kurz vor Sonnenuntergang. Sie waren früh genug hier, um ihren Eltern noch helfen zu können, falls noch irgendetwas aufgebaut werden musste.

Zuerst liefen sie ihrem Bruder Rich in die Arme. Er umarmte sie kurz. Er war groß, wenn auch nicht so groß wie Zach, seine aschblonden Haare kurz geschnitten, sein Gesicht glatt rasiert, und er hatte wache blaue Augen. Schnell stellte sie ihn Zach vor.

„Freut mich", sagte Rich und schüttelte Zachs Hand mit einem festen, männlichen Handschlag, während er ihm in die Augen sah.

„Mich auch", sagte Zach, die Miene genauso ernst wie die ihres Bruders.

Sie konnte geradezu das Testosteron spüren, als die beiden einander musterten. Zach musste die Inspektion bestanden haben, denn ihr Bruder spannte ihn sofort ein, um zusätzliche Stühle ins Zelt zu bringen.

Carrie ging zu ihren Nichten und ihrer Schwägerin und half ihnen, weiße Bänder und Schleifen an den Stühlen zu befestigen sowie die Blumen für einen festlichen Hintergrund zu platzieren. Als sie fertig war, fand sie Zach, der am Ende des Gangs zwischen den Stuhlreihen auf sie wartete. Sie musste gegen den Impuls ankämpfen, den Gang hinunter zu rennen und ihm in die Arme zu springen. Das taten sie sonst immer, wenn sie sich wiedersahen. Dieser Augenblick war immer, als explodierte eine Flasche Sonnenschein in ihr und füllte sie mit strahlender Freude. Wenn es doch nur immer so einfach wäre.

Er streckte die Arme aus, als wüsste er, was sie tun

wollte. Sie lachte und schüttelte den Kopf, dann ging sie langsam zu ihm. Er legte die Arme um ihre Taille und zog sie an sich.

Sie lächelte zu ihm auf. „Wie war's mit meinem Bruder?"

Er neigte lächelnd den Kopf. „Er hat mich zu einer Zigarre nach der Zeremonie eingeladen, aber ich rauche nicht."

„Sollte er auch nicht! Gott, raucht er also immer noch Zigarren! Widerlich. Als Krankenschwester macht mich das richtig wütend."

Zach streichelte ihren Rücken. „Es ist eher symbolischer Natur. Die Geste impliziert Vertrautheit und Akzeptanz."

Ihr blieb der Mund offen stehen. „Bist du Seelenklempner von Beruf?"

„Nein."

„Wer ist kein Seelenklempner?", sagte eine vertraute Männerstimme hinter ihr. Carrie drehte sich um, umarmte ihren Vater und küsste ihn auf die Wange. Er war zweiundsiebzig, doch mit der Energie eines viel jüngeren Mannes. Ihre Mutter war siebzig und genauso vital.

„Wie geht's dir, Sweetheart?", fragte ihr Vater und musterte Zach, der neben ihr stand, neugierig.

„Mir geht's gut, Dad. Dein Smoking sieht toll aus." Sie rückte das Revers der weißen Jacke zurecht. Seine ebenfalls weißen Haare waren sorgfältig gescheitelt. „Du bist ein überaus attraktiver Bräutigam."

„Danke", sagte ihr Vater. „Und wer ist der junge Mann hier?"

Zach reichte ihm die Hand. „Zach Harrison, freut mich, Sie kennenzulernen, Mr. Young."

„Freut mich auch. Nenn mich Mark." Ihr Dad schüttelte seine Hand und wandte sich Carrie zu. „Seid ihr schon lange zusammen? Deine Mom hat gar nicht gesagt, dass du einen Freund hast." Er runzelte die Stirn, und sie wusste, dass es ihn ein wenig verletzte, außen vor zu sein.

„Nein, noch nicht lang", versicherte sie ihm. „Erst ein paar Wochen."

Ihr Vater drehte sich zu Zach um. „Wo kommt deine Familie her?"

„Dad!"

„Was?", sagte der ältere Mann. „Ich betreibe nur Konversation."

Zach straffte sich, nahm die Schultern zurück und das Kinn hoch. Er erinnerte sie an einen Soldaten, was ein krasser Kontrast zu seiner sonst so entspannten Haltung war. Es machte sie nervös und tat ihr leid, dass er das Verhör ihres Vaters über sich ergehen lassen musste.

„Ich bin in Connecticut aufgewachsen", sagte Zach, ohne ins Detail zu gehen.

„Mmm", nickte ihr Dad und wippte auf den Ballen seiner Füße. „Wo bist du zur Schule gegangen?"

Carrie biss die Zähne zusammen. Dieses unangenehme Verhör war wirklich unnötig.

„Also, Sir", begann Zach und warf ihr kurz einen Blick zu.

„Du musst nicht alle seine Fragen beantworten", mischte Carrie sich ein. „Dad. Bitte."

„Mark?", rief ihre Mutter.

Ihr Dad zuckte zusammen, dann klatschte er in die Hände. „Oh! Ich sollte wohl besser nach meiner liebreizenden Braut sehen." Und schon verschwand er hinter einem Spalier, das von grünen Rankpflanzen mit weißen Blüten überwuchert war.

„Bringt es nicht Unglück, die Braut vor der Hochzeit zu sehen?", fragte Zach.

„Vielleicht sollte ich auch sehen, ob ich helfen kann." Sie eilte ihrem Vater hinterher. „Braucht ihr irgendwelche Hi– Ah!" Sie schlug sich die Hand vor die Augen, als sie ihre Eltern beim Küssen erwischte.

„Carrie! So schön, dich zu sehen, Honey!", rief ihre

Mutter.

Carrie ließ die Hand sinken. Ihre Mutter sah atemberaubend aus. Ihre weißblonden Haare fielen in weichen Wellen über ihre Schultern, ihre Haut strahlte. Sie trug ein schlichtes Hochzeitskleid mit Empiretaille und einen langen Schleier auf dem Kopf. „Hi, Mom, tut mir leid, ich wollte euch nicht stören."

Ihre Mutter umarmte sie. „Keine Sorge. Ich kann es nicht erwarten, Zach kennenzulernen."

Carrie sah ihren Vater an, der verschmitzt grinste. „Bringt es nicht Unglück, die Braut vor der Hochzeit zu sehen?"

Ihr Dad legte den Arm um die Taille seiner Frau. „Wir mussten den Kuss vor unserer ersten Hochzeit replizieren. Deine Mutter konnte ihre heißen kleinen Hände nicht von mir lassen!"

„Oh, Mark!", kicherte ihre Mutter. „Wenn ich mich recht erinnere, war es eher umgekehrt."

Ihr Vater sah ihre Mutter lüstern an, dann wandte er sich Carrie zu. „Ich weiß, dass es diesen Aberglauben gibt, aber hey! Es hat fünfzig Jahre funktioniert, darum wollte ich nicht mit der Tradition brechen. Kannst du uns noch eine Minute geben?" Er zog ihre Mom an sich.

Carrie ergriff die Flucht.

Sie fand Zach am Strand, ein paar Schritte vom Zelt entfernt. Er blickte hinaus aufs Wasser. „Sie haben hinter dem Spalier geknutscht!", sagte sie.

Er zog die Brauen hoch. „Glückspilze."

„Was meinst du?"

„Ich meine, fünfzig Jahre verheiratet, und sie können immer noch nicht die Hände voneinander lassen. Das nenne ich Glück."

So hatte sie nie darüber gedacht. Ihre Eltern waren einfach immer da. Sie hatte es immer für normal gehalten, geradezu langweilig. Sie stritten nur selten. Sie machten alles zusammen, besonders jetzt, da beide in Rente waren.

Manchmal war es, als wären sie eine Person. Sie hatte einmal geglaubt, dass dasselbe für sie und Edward in den Sternen stand, ein langes, glückliches Leben zusammen. Ein normales Leben. Haus in einem Vorort. Urlaub am See, die Kinder, die sie sich immer gewünscht hatten. Doch Edward hatte diesen Traum zerstört.

Jetzt war sie sich nicht sicher, ob es das jemals für sie geben würde. Nicht, dass sie das jetzt noch gewollt hätte. Kinder wollte sie immer noch – sie liebte Kinder. Es war nur, dass sie sich nicht vorstellen konnte, dass ihr eine Ehe jemals den Kick und die Aufregung einer Affäre geben konnte. Das Feuer, das sie mit Zach teilte, musste irgendwann ausbrennen, oder? Moment, war es das, was ihre Eltern hinter verschlossenen Türen trieben? *Eww. Bloß nicht an so was denken.*

Sie verschränkte die Arme. Mit Zach würde es nie passieren. Es war besser so. Aufhören, wenn es am besten ist. Ihr Magen rebellierte, und sie zwang sich, sich auf den besonderen Tag ihrer Eltern zu konzentrieren. „Lass uns sehen, ob wir sonst noch irgendwo helfen können."

Sie drehte sich um und ging zurück zum Pavillon. Zach folgte ihr.

Mehr Leute kamen, und Carrie und ihr Bruder begrüßten sie und führten sie auf die Seite der Braut oder des Bräutigams. Zach setzte sich ans Ende der letzten Reihe und beobachtete die Leute, mit denen sie sprach, und sie wusste genau, warum. Er wartete darauf, ihren Ex kennenzulernen. Er würde nicht zulassen, dass sie sich allein mit ihm auseinandersetzen musste.

Und dann war er da. Dr. Edward Ziegler kam mit einer zierlichen Brünetten mit langen, glänzenden Haaren, großen Rehaugen in einem hübschen Pfirsichrosa Sommerkleid, das sanft einen ansehnlichen Babybauch umspielte, herein. Carries Magen machte einen Sprung. O Gott. Ihr war speiübel. Edward sah unverändert aus in einem dunkelblauen Maßanzug. Arrogant. Seine blonden

Haare waren kurz geschnitten, er hatte eisblaue Augen, kantige Wangenknochen, Adlernase, volle Lippen. Er war attraktiv wie eh und je und doch so kalt.

Sie kamen direkt auf sie zu. Sie holte scharf Luft. Die Frau musste im achten Monat schwanger sein. Carrie hatte erst vor etwas über einem Jahr mit ihm Schluss gemacht. Wie war er so schnell bereit gewesen, zu heiraten und ein Baby zu haben? Warum hatte ihre Mom das Baby nicht erwähnt? Plötzlich spürte sie einen starken Arm um ihre Schultern und sank dankbar gegen Zach. Zach zog sie an sich und küsste sie zärtlich auf die Schläfe.

Edward und die Schwangere blieben vor ihr stehen. „Carrie", sagte er kühl, als kannte er sie kaum nach sechs langen Jahren. Dabei hatten sie drei Jahre lang zusammen gelebt! Und selbst davor hatte sie ihn schon ihr ganzes Leben lang gekannt!

„Hallo, Edward", sagte sie durch die Zähne. „Lange nicht gesehen."

Edward lächelte selbstgefällig. „Ja, in der Zwischenzeit ist eine Menge passiert. Alles bestens. Das ist meine Verlobte, Tara."

„Hi", sagte Tara mit der sanftesten Stimme, die Carrie je gehört hatte. Das war, was Edward wollte, ein junges, sanftes Mädchen, das er so formen konnte, dass sie zu seinem Leben passte. Sie fragte sich, ob er immer noch seine perverse Sex-App benutzte, um seine künftige Frau rein zu halten. Ihr Magen rebellierte. Das war nicht mehr ihr Problem.

„Hi." Sie starrte den Bauch der Frau an, immer noch schockiert. Das hätte *sie* sein können. Verheiratet, mit einem Kind unterwegs. Stattdessen fickte sie sich fröhlich durch eine Sexliste. In ihrem Leben ging es um Sex. In seinem um das, was zählte – Liebe, ein Zuhause und eine Familie. Es hätte nicht so wehtun sollen, doch das tat es. Furchtbar sogar. Sie hatte einen Kloß im Hals, ihre Augen brannten und ihr Magen flatterte.

„Hallo. Ich bin Zach.”

Sie blickte ein wenig verspätet auf und sah, dass Zach Edward anstarrte. Zach bot ihm nicht die Hand an.

„Wir gehen uns hinsetzen”, sagte Edward steif.

„Ja, bitte setzt euch auf die Seite des Bräutigams”, sagte sie benommen.

„Lass uns gehen, Honey”, sagte Edward und führte seine junge schwangere Verlobte zu einem Stuhl.

Carrie blickte ihnen zitternd hinterher. Edward hatte ihr mit einem beeindruckenden Diamantring einen Antrag gemacht, nachdem sie Schluss gemacht hatten – die Geste war zu spät gekommen. Es war der letzte Manipulationsversuch von vielen.

Warum war ihr plötzlich zum Heulen zumute?

Was zum Teufel machte sie mit ihrem Leben? Mit Zach?

Wie im Nebel wies sie den übrigen Gästen ihre Plätze zu. Dann war es an der Zeit, als Brautjungfer ihrer Mutter voraus zum Altar zu gehen. Zach blieb in der letzten Reihe und sie konnte ihn von ihrem Platz hinter der Braut nicht sonderlich gut sehen. Alles, was sie sehen konnte, war die glückliche Miene ihres Vaters, als er zum zweiten Mal schwor, ihre Mutter für immer zu lieben.

Die junge Schwangere in dem pfirsichrosa Kleid – Tara – saß nicht weit hinter ihrem Dad in Carries Blickrichtung. Sie biss die Zähne zusammen und zwang sich, sich für ihre Eltern zu freuen und an nichts sonst zu denken.

Weinen konnte sie später. Allein.

KAPITEL DREIZEHN

Zach sah Carrie beim Empfang wieder, nachdem sie ihren Eltern geholfen hatte, alle Gäste zu ihren jeweiligen Plätzen zu bringen, und dafür gesorgt hatte, dass alle versorgt waren. Er hatte Carrie nie in ihrem Beruf gesehen, doch er stellte sich vor, dass sie genauso war wie jetzt, hilfreich und kompetent, ganz gleich, wie sie sich fühlte. Er wusste, dass ihren Ex und dessen schwangere Verlobte zu sehen, sie mitgenommen hatte. Sie war leichenblass gewesen und hatte geschwankt. Einen Moment lang hatte er befürchtet, dass sie umkippen würde.

Er saß im weißen Zelt an einem runden Tisch mit Carries Bruder, ihrer Schwägerin und ihren zwei Nichten. Rich und seine Frau diskutierten darüber, was sie wegen ihrer Teenagertochter unternehmen wollten, die früher gehen wollte, um sich mit ihrem Freund zu treffen. Carrie stand in seiner Nähe an ihrem Platz und filmte ihre Eltern – das einzige Paar auf der Tanzfläche – beim Tanzen. Sie waren ein wirklich schönes Paar. Er konnte sich nicht erinnern, je ein Paar wie sie gesehen zu haben, das nach fünfzig Jahren immer noch so verrückt aufeinander war. Er fragte sich, was ihr Geheimnis war, wie sie es so lange geschafft hatten und immer noch so verliebt waren. Es war selten. Vielleicht sogar studierenswert. Was gab einer Beziehung Langlebigkeit? Er verdrängte den Gedanken, als ihm bewusst wurde, dass es ein rein egoistisches Bestreben war, um herauszufinden, wie er aus seinem Einsamer-Wolf-

Verhaltensmuster ausbrechen und ewiges Glück finden konnte. Sie waren außergewöhnlich. Er nicht.

„Carrie! Rich! Kommt her ihr zwei!", rief ihre Mutter.

Er beobachtete, wie Carrie zuerst mit ihrem Bruder und dann mit ihrem Vater tanzte, bevor sie ihn zu sich winkte. Er stand auf und ging zusammen mit Richs Frau auf die Tanzfläche.

Er legte einen Arm um Carries Rücken, ergriff die Hand und übernahm die Führung.

Ihre Hand ging an seine Schulter und sie legte den Kopf in den Nacken, um zu ihm aufzublicken. „Du kannst tanzen!"

Er zog sie an sich und flüsterte in ihr Ohr. „Ich bin ein Mann mit vielen Talenten."

Sie starrte ihn an. „Wer bist du, und was hast du mit meinem wilden Mann gemacht?"

Er lachte leise, froh, dass sie jetzt besserer Stimmung war. „Wie fühlst du dich?"

„Gut. Ich bin nicht eifersüchtig. Ich freue mich für sie." Sie ging auf Zehenspitzen und flüsterte: „Zwei Gläser Champagner haben geholfen."

Er wusste, dass sie nicht viel vertrug, darum musste bereits die kleine Menge Alkohol die Situation ertragbarer gemacht haben. „Wünschst du dir, an ihrer Stelle zu sein, verlobt und schwanger?"

„Nein!", antwortete sie ein wenig zu schnell und zu erhitzt, sodass er wusste, dass zumindest ein kleiner Teil von ihr es doch wünschte.

Er wusste nicht, was er sagen sollte, um es besser zu machen, darum tanzte er einfach weiter. Doch er wusste, was er tun musste. Sie wie eine Königin behandeln. Er hatte ihr noch nicht den Gentleman in ihm gezeigt. Genau genommen, hatte er ihn bisher bewusst versteckt, doch es war ein Teil von ihm. Ein großer Teil. Sein Vater ehrenhalber, Joe, hatte ihm beigebracht, wie sich ein Gentleman zu verhalten hatte.

Er lächelte vor sich hin und erinnerte sich an das erste Mal, als er sie ins Wohnzimmer gerufen hatte, die vier Ältesten der Bande – Josh, Jake, Zach und Marcus. Sie waren vierzehn gewesen. Marcus erst dreizehn, doch damals war er schon auf der Pirsch. Zuerst hatte er einen Vortrag gehalten – Sex, Einvernehmlichkeit, Verhütung –, der ihnen die Röte ins Gesicht getrieben hatte. Dann hatte Joe verkündet, dass er ihnen beibringen würde, wie man eine Frau behandelte. Gespannt hatten sie ihm gelauscht, da sie hofften, ein paar Geheimnisse über Sex zu erfahren.

„Wie eure kleine Schwester", war die enttäuschende Einleitung gewesen. „Tut so, als wäre sie Mad."

„Iiihhh!", „Widerlich!", „Zum Kotzen!", waren die Reaktionen der Jungs darauf gewesen.

„Moment", hatte Joe gesagt. „Stellt euch vor, wie ihr wolltet, dass ein Mann sie behandelt, okay? Respektvoll, behutsam, *zuvorkommend*. Wie ein Gentleman."

Ethan war damals noch ein aggressiver kleiner Punk gewesen. „Ich bin kein verdammter Gentleman", hatte er geknurrt.

Joe stand auf, ein imposanter Mann, groß und fit wie ein Cop sein sollte. „Okay, raus mit euch, ihr Armleuchter."

Sie waren aufgestanden und zur Tür gegangen.

Dann hatte Joe verkündet: „Ich demonstriere euch jetzt Lektion eins – Türen öffnen. Ethan, du bist das Mädchen."

Ethan protestierte mit hochrotem Kopf. „Vergiss es, ich bin raus."

Joe packte Ethan am Kragen. „Ich bin das Mädchen."

Alle lachten. Dass der überaus männliche Joe ein Mädchen spielte, war eine urkomische Vorstellung.

Sie gingen hinaus zu Joes Wagen, der mit der Passagierseite zum Haus geparkt stand. „Jetzt lasst uns üben. Ethan. Du bist dran."

Ethan war so erleichtert, nicht das Mädchen spielen zu müssen, dass er sich benahm und die Tür für „das Mädchen" öffnete und schloss.

Joe hatte schon immer gewusst, wie er zu ihnen durchdringen konnte.

Jeder kam an die Reihe, öffnete und schloss die Autotür und dann die Haustür, wobei sie Joe den Vortritt ließen. Das sollte nicht ihre letzte praktische Lektion gewesen sein. Joe war entschlossen, dafür zu sorgen, dass die Jungs, die er unter seine Fittiche genommen hatte, später wussten, wie man eine Frau zu behandeln hatte. Viel später hatte er ihnen gesagt, warum diese Lektionen so wichtig gewesen waren: Seine Mutter war von seinem Vater misshandelt worden, bis sie ihn schließlich verlassen hatte. Jahre später war ein echter Gentleman sein Stiefvater geworden, der Joes Mutter wie eine Königin behandelt hatte. Joe war zu dem Schluss gekommen, dass das der einzig richtige Weg war.

Da hatten sie alle begriffen, wie wichtig diese Lektionen waren. Dazu kam die Tatsache, dass Joe bereit war, die Rolle des „Mädchens" zu spielen, damit ein Haufen von Teenagern – von denen die Hälfte nicht einmal seine Kinder waren – lernen konnten, wie man sich benahm, das machte einen riesigen Eindruck auf Zach. Wahrscheinlich auf jeden einzelnen von ihnen.

Und darum sollte Carrie jetzt Zach, den Gentleman kennenlernen. Sobald der Song endete, führte er sie von der Tanzfläche, rückte den Stuhl für sie zurecht und bot ihr einen Drink an. Überraschenderweise schien Carrie die Veränderung in seinem Verhalten nicht zu bemerken. Ihren Ex zu sehen, musste sie mehr mitgenommen haben, als er ihr ansah.

Nachdem sie gegessen und genug (Alkoholfreies) getrunken hatten, machte er die Runde mit ihr, sowohl, um sie zu unterstützen, als auch, um sie vor einer möglichen Konfrontation mit ihrem Ex zu schützen. Der Typ hatte etwas Verschlagenes an sich. Als kalkulierte er permanent, wie er eine Situation zu seinem Vorteil ausnutzen konnte. Zach war nicht überrascht, dass Edward wieder eine süße junge Frau als Freundin gefunden hatte. Er schien zu jener

Sorte Mann zu gehören, der eine Frau nach seinen Wünschen verbiegen wollte, nicht jemand, der eine echte Partnerschaft wollte. Allein die Vorstellung von Carrie mit diesem Typen machte Zach wütend.

Carrie zog eine gute Show ab. Sie lächelte und war zu allen freundlich, auch wenn es sie innerlich zerriss, ihren Ex sehen zu müssen. Sie war eine starke Frau. Sie machten an jedem Tisch Halt, um den Gästen zu danken, dass sie zu diesem besonderen Anlass gekommen waren. Er kannte zwar niemanden, abgesehen von ihrem engsten Familienkreis, doch das war egal. Er war für Carrie da.

Schließlich hatten sie sich bei allen bedankt. Er legte seinen Arm um ihre Schultern. „Möchtest du tanzen?" Es war ein langsamer Song. Ihre Eltern waren auf der Tanzfläche, zusammen mit ein paar anderen älteren Paaren.

„Oh ja, gerne", antwortete sie.

Er führte sie auf die Tanzfläche, eine Hand an ihrem unteren Rücken, dann wollte er eine traditionelle Tanzhaltung einnehmen, doch sie legte ihre Arme um seine Taille, zog ihn an sich und schmiegte ihre Wange an seine Brust. „Mir ist kalt."

Er blickte auf sie hinab. „Möchtest du meine Jacke?" Seit dem Sonnenuntergang war es deutlich kühler geworden.

Sie hielt sich an ihm fest. „Nein."

Da begriff er, dass sie Trost brauchte, nicht Wärme. Er legte seine Arme um sie und wiegte sie sanft zur Musik – auch wenn er sie viel lieber nach Hause, ins Bett bringen und sie halten wollte. Oh. Das war neu. Er konnte sich nicht daran erinnern, je gewollt zu haben, eine Frau zu halten, ohne dass Sex zur Gleichung dazu gehört hätte. Vielleicht färbte Carrie auf ihn ab – den Wolf zu kuscheln, hatte ihn zu einem Kuschler gemacht. Die Wahrheit traf ihn mit erschreckender Klarheit und nahm ihm den Atem.

Er hatte sich in sie verliebt. Sehr sogar. Ohne Chance auf Besserung.

Es hätte ihn beunruhigen sollen, doch Liebe machte ihn dumm. Auf dumme Weise hoffnungsvoll, dass er es irgendwie schaffen konnte, dass es funktionierte. Er musste es ihr sagen. Nicht jetzt. Ihren Ex zu sehen, hatte sie genug verwirrt. Morgen reichte auch noch, um sich ernsthaft mit ihr zu unterhalten.

Sie blieben noch eine Stunde, bis ihre Eltern erklärten, dass sie sich verabschieden mussten, weil sie am nächsten Morgen ganz früh einen Flug nach Hawaii erwischen mussten, um ihre zweite Hochzeitsreise anzutreten. Alle freuten sich für das Brautpaar und verabschiedeten es herzlich.

Zach zog seine Anzugjacke aus und legte sie um Carries Schultern, dann brachte er sie zu seinem Truck, wieder eine Hand auf ihrem unteren Rücken. Sie war still, und er kannte sie gut genug, um zu wissen, dass es ihr immer noch wehtat. „Kann ich irgendetwas für dich tun?", fragte er.

„Nein, alles okay."

Er half ihr beim Einsteigen und schloss die Tür hinter ihr. Das hatte er die ganze Zeit schon getan – offensichtlich waren seine Manieren so fest verwurzelt, dass er gar nicht darüber nachdachte.

Auf der Fahrt nach Hause fing sie an, leise zu weinen. Er hatte damit gerechnet, doch das machte es nicht leichter. Seine Brust schmerzte vor Mitgefühl. Als sie auf den Parkplatz einbogen, wischte sie sich die Augen.

Er stellte den Truck ab. „Würdest du ihn zurück haben wollen, wenn du könntest?"

„Nein!" Frische Tränen quollen aus ihren Augen. „Aber ich hätte an ihrer Stelle sein können. Er hat mir einen Antrag gemacht, und ich habe abgelehnt!"

„Komm her."

Ihre Schultern bebten. „Wie hat er mich so schnell überwunden? War er schon mit ihr zusammen, als wir noch ein Paar waren?"

Er zog sie über die Mittelkonsole auf seinen Schoß.

„Das ist ganz egal. Du gehörst nicht zu ihm. Er hat dich unglücklich gemacht."

Als sie schluchzte, hielt er sie einfach fest und wünschte sich, ihr irgendwie helfen zu können. „Meine Mom hat sich gleich nach der Zeremonie bei mir entschuldigt", sagte sie mit erstickter Stimme. „Sie hat nichts von der Schwangerschaft gewusst. Edward hat es geheim gehalten – sogar vor seinen eigenen Eltern."

„Tut mir leid, dass du es auf diese Weise erfahren musstest." Ihr fiel kein guter Grund ein, warum ihr Ex die Schwangerschaft geheim gehalten hatte, es sei denn, es war auch für ihn eine Überraschung gewesen, von der er erst spät erfahren hatte.

Sie schniefte und klang bitter. „Jetzt ist es auf jeden Fall raus."

Er streichelte ihr übers Haar.

Als sie sich wieder ein wenig beruhigt hatte, hob sie den Kopf. „Tut mir leid, jetzt hab ich dein Hemd ruiniert."

„Mach dir keine Sorgen." Er blickte auf sein Shirt, auf dem sich schwarze Wimperntusche mit Tränen und rosa Lippenstift mischte. Edward war ein solcher Idiot.

„Weißt du, warum dein Ex sich so junge Frauen aussucht?"

Sie nickte. „Ja. Zwischenzeitlich habe ich das begriffen. Er will sie nach seinem Geschmack formen."

„Und das hast du nicht nötig. Du bist perfekt, so wie du bist."

Wieder fing sie an zu weinen.

„Was ist?", fragte er besorgt. „Warum bringt dich das zum Weinen?"

„Ich bin nicht perfekt. Ich bin so was von kaputt!" Sie sah ihn mit tränennassen Augen an. „Schau, was ich mit dir mache. Ich habe dich benutzt."

„Nein. Ich bin genau da, wo ich sein will."

Sie runzelte die Stirn und rieb sich die Augen. „Ich hätte mich mit einem One-Night-Stand zufriedengeben sollen oder wenigstens mit der Liste. Stattdessen habe ich es in die Länge gezogen und mich dann noch an diesem Bastard rächen wollen und–" Ihre Stimme brach. „–und ich bin ein schlechter Mensch."

„Unsinn. Du bist kein schlechter Mensch."

„Wie kannst du das sagen? Bei mir dreht sich alles um Sex. Bei ihm um Liebe, ein Zuhause und Familie."

Das Atmen fiel ihm schwer. War das alles, was er für sie war? Er hatte geglaubt, dass sie echte Gefühle für ihn hatte, so wie sie in seinen Armen strahlte. Wie sie ihn in ihren Freundeskreis und ihre Familie eingeführt hatte. Doch bevor er irgendetwas sagen konnte, schlug sie die Hände vors Gesicht, und ihre Schultern begannen wieder zu zittern, während sie leise vor sich hin schluchzte. Ihr ging es gar nicht gut. Sie konnte nicht klar denken.

„Ich nehme dich mit zu mir", sagte er. „Du solltest heute Nacht nicht allein sein."

Sie hob den Kopf, die Augen wässrig und rot. „Ich habe Ally."

„Ally wird dich nicht die ganze Nacht im Arm halten."

„Okay", schluchzte sie. Er setzte sie vorsichtig wieder auf den Beifahrersitz und fuhr die drei Blocks zu seiner Wohnung.

„Es war eine schöne Zeremonie, findest du nicht?", fragte sie, als sie ins Haus gingen.

„Oh ja. Deine Eltern können sich glücklich schätzen."

„Sie sind glücklich", nickte sie und schmiegte sich an ihn.

Er umarmte sie und hielt sie eine ganze Weile so, dann tat er das einzige, was ihm einfiel – er hob sie hoch und trug sie ins Bett. Er zog sich bis auf die Boxershorts aus, dann half er ihr aus dem Kleid, ihrem trägerlosen BH und ihren Schuhen. Dann zog er sie an sich, deckte beide zu und hielt sie, bis die Erschöpfung schließlich ihren Tribut forderte und sie eingeschlafen war. Diesmal schob er sie nicht auf ihre Seite des Betts, sondern hielt sie fest und starrte an die

Decke. Er glaubte nicht, dass er viel Schlaf bekommen würde, doch das war ihm auch egal. Carrie litt, und es war sein Job, sich um sie zu kümmern.

Morgen war früh genug, um sich über ihre Beziehung zu unterhalten. Es ging nicht nur um Sex. Es musste mehr sein.

Irgendwann musste er eingeschlafen sein, denn als er erwachte, war das Bett leer.

Langsam setzte er sich auf, die Zähne aufeinander gebissen. Sie war nie vor ihm auf. Ihre Kleider und ihre Tasche lagen nicht mehr auf der Kommode. Die Wohnung war still wie ein Grab.

„Carrie!", rief er.

Totenstille.

Er fluchte, nahm ein Kissen und schleuderte es durch den Raum. Dann sprang er aus dem Bett, jeder Muskel angespannt vor Adrenalin.

Kampf oder Flucht. Er war ein Kämpfer; Carrie hatte sich zur Flucht entschlossen. Das würde für ihn nicht funktionieren.

Doch erst brauchte er einen Punchingball, eine lange Joggingrunde, ein anstrengendes Workout. Wenn er so wütend war wie jetzt, konnte er nicht für das garantieren, was er sagen würde. Sie war einfach verschwunden, nachdem er alles richtig gemacht hatte.

Er knirschte mit den Zähnen und zog ein T-Shirt über. Er war für sie da gewesen, hatte sie die ganze Nacht gehalten, und dann schlich sie sich einfach davon? Glaubte sie, dass er es dabei bewenden lassen würde? Dass er den Schwanz einziehen würde, weggeworfen und vergessen?

Oh nein. Sicher nicht. Ganz sicher nicht.

~ ~ ~

Carrie war zu Hause. Sie lag auf dem Sofa im Wohnzimmer in ihrem Lieblingspyjama, dessen Kätzchendruck sie immer zum Lächeln brachte. Doch heute gab es nichts, was sie zum Lächeln brachte. Eine kalte Kompresse lag auf ihren Augen, die vom Weinen geschwollen waren. Ally bemutterte sie, deckte sie zu und brachte ihr eine Tasse Tee, dann setzte sie sich neben sie.

„Danke." Carrie setzte sich auf.

„Edward ist ein Arsch", sagte Ally und tätschelte ihr Bein.

„Ich weiß", nickte Carrie. „Ich weiß nicht, warum es mich so getroffen hat. Es ist ja nicht so, dass ich mit ihm zusammen sein will."

„Es war trotzdem ein Schock."

„Ja." Sie schlürfte ihren Tee. „Es war, als hätte ich eine Zukunft gesehen, die ich nie haben werde."

„Du wirst eine bessere Zukunft mit einem besseren Mann haben. Einem Mann wie Zach."

„Zach", sagte sie leise. „Was habe ich ihm nur angetan? Ich habe ihn in einer Bar abgeschleppt, ihm meine Wunschliste in die Hand gedrückt und ihn dann zwei Wochen gefickt."

„Daran ist nichts falsch."

„Alles daran ist falsch! So bin ich nicht, und das weißt du. Ich weiß nicht einmal mehr, wer ich bin." Sie starrte in die Ferne. „Ich fühle mich so verloren, Ally", flüsterte sie. „Ich weiß nicht, ob ich mich je wieder finden werde."

Ally drückte ihre Schulter. „Das wirst du. Versprochen. Du bist einer der am praktischsten veranlagten Menschen, die ich kenne. Nicht alles ist so schlimm, wie es sich jetzt anfühlt."

„Es fühlt sich ziemlich beschissen an."

Ally seufzte. „Ich weiß. Hast du Lust auf einen *Gilmore Girls* Marathon und Eiscreme?"

„Ja", sagte sie kleinlaut. Das war ihre Tradition, wenn es einer von ihnen schlecht ging.

Am Abend fühlte sie sich schon viel besser. Es gab nichts Besseres, als sich in eine andere Welt zu flüchten, um die Gegenwart erträglicher zu machen.

„Pizza?", fragte Ally.

„Klar, gerne."

Ally rief beim Lieferservice an und bestellte ihre übliche Pizza mit Peperoni und Pilzen. Nur ein paar Minuten später klingelte es an der Tür. „Das war schnell", sagte Ally und ging zum Spion, dann drehte sie sich zu Carrie um. „Es ist Zach. Willst du ihn sehen?"

Carrie strich sich die Haare aus dem Gesicht. Sie hatte sie den ganzen Tag nicht ein einziges Mal gebürstet. „Nein, ich sehe furchtbar aus. Und ich bin im Pyjama."

„Dann beeil dich und zieh dir was an!" Sie öffnete die Tür und Carrie eilte in ihr Zimmer und schloss die Tür hinter sich. Gedämpft hörte sie Ally sagen: „Hi! Sie ist gleich wieder da."

Zach brummte irgendetwas Unverständliches.

Carrie zog schnell ihren Kätzchenpyjama aus.

„Warte!", rief Ally. „Sie zieht sich gerade was an."

Er klopfte an ihre Tür. „Carrie, ich habe dir mehrere Nachrichten hinterlassen", sagte er laut. „Wir müssen reden."

Sie hielt inne, überrascht sowohl von der Lautstärke als auch von seinem dringlichen Tonfall. „Mein Handy war aus."

„Mach auf."

Sie zog einen BH an und richtete die Träger.

„Sofort", sagte er in einem deutlichen Befehlston. Sie erstarrte. Er hatte ihr *nichts* zu befehlen.

„Du musst warten", zischte sie.

„Mir ist egal, wie du aussiehst." Er rüttelte am Türknauf. „Beweg deinen hübschen Arsch hier raus."

Sie riss die Augen auf angesichts seiner *Unverfrorenheit*, sie herumzukommandieren und ihr gleichzeitig ein Kompliment zu machen. „Mein hübscher Arsch braucht erst eine Hose."

Sie holte ein T-Shirt aus der Kommode, zog es über

und sah sich nach den passenden Shorts um.

„Ich hoffe, dass du jetzt nicht nach passenden Farben suchst."

Sie hörte Ally kichern und plötzlich verstummen. Wahrscheinlich hatte Zach ihr einen bösen Blick zugeworfen.

„Die Neandertaler-Nummer kannst du schön stecken lassen!", rief sie zurück, rannte ins Bad vor den Spiegel und strich eilig mit nassen Händen ihre Haare glatt.

Ihre Augen waren immer noch geschwollen von den Tränen, und ihre Haut fleckig.

„Ich mag es nicht, wenn man mich warten lässt! Ich kann das Schloss ohne Probleme aufbrechen, nur damit du das weißt."

„Moment noch!" Schnell bürstete sie ihre Haare. Dann nahm sie ihr Zahnbürste, drückte Zahnpasta darauf und drehte das Wasser auf.

„Putzt du dir jetzt auch noch die Zähne wie ein braves Mädchen?"

Sie erstarrte. Das war eine Kampfansage. Er wusste, dass sie dieses Image loswerden wollte, das sie so lange zurückgehalten hatte. Und natürlich tat sie das. Ihre Körperhygiene vernachlässigte sie nie. Sie antwortete nicht und putzte sich die Zähne. Wäre ein braves Mädchen so unhöflich, nicht zu antworten? Nein. Sie hörte Allys Versuch, ihn mit gut gelauntem Geplapper abzulenken. Zachs Antwort war nicht mehr als ein leises Brummen.

Endlich war sie fertig und öffnete die Tür. „Okay. Jetzt bin ich soweit."

Seine säuerliche Miene wurde sofort weicher, als er sie sah. Er zog sie an seine Brust und hielt sie fest, bis sich ihr Körper entspannte und alle Anspannung verflog.

„Wisst ihr was?", zwitscherte Ally. „Ich gehe die Pizza selber abholen." Kurz darauf war sie verschwunden.

Zach ließ sie los. „Du bist gegangen, ohne dich zu verabschieden. Ich habe mir Sorgen um dich gemacht."

Sie musterte ihn, denn sie konnte ihm nicht glauben. „Wenn du dir solche Sorgen gemacht hättest, wärst du früher gekommen."

„Ich war angepisst", sagte er. „Ich habe ein bisschen Zeit gebraucht, um mich zu beruhigen. Ich meine, du weinst stundenlang, ich kümmere mich um dich und dann verschwindest du einfach?"

Ihr Herz zog sich zusammen, als sie den Schmerz in seiner Stimme hörte. „Tut mir leid. Ich hab nicht klar denken können. Ich bin nach Hause gegangen, weil ich mich einfach auf meinem eigenen Sofa zusammenrollen und meine Sorgen in einem riesigen Becher Eiscreme ertränken wollte."

Er legte seinen Arm um ihre Schultern, führte sie zum Sofa und setzte sich neben sie. Seine Augen waren mitfühlend. „Und *hast* du deine Sorgen ertränkt?"

„Schätze schon. Ich weiß nur nicht, warum es mich so aus der Bahn geworfen hat."

Er brummte. Dann beugte er sich vor, stützte die Ellbogen auf die Knie und starrte zu Boden. „Carrie, ich möchte dich weiter sehen. Nur ein bisschen länger. Ich weiß, dass dein Studium nächste Woche anfängt und dass du dann viel zu tun hast, aber ich bin noch ein paar Monate hier." Er richtete sich auf und sah ihr in die Augen. „Ich bin noch nicht soweit, das zwischen uns zu beenden."

Ihr Herz pochte in ihren Ohren. Er klang so süß, so aufrichtig. Wie konnte ein Mann ein solcher Höhlenmensch und gleichzeitig so süß sein? Ihre Heulerei musste sie eine Menge Kraft gekostet haben, denn sie spürte, dass sie weich wurde angesichts der Aussicht auf mehr.

„Aber dann verschwindest du auf die andere Seite der Welt", sagte sie.

Seine Hand glitt unter ihre Haare und drückte sanft ihren Nacken auf eine Art und Weise, die sowohl besitzergreifend als auch liebevoll war. „Den Ozean überqueren wir, wenn es soweit ist."

„Aber–"

Er unterbrach sie mit einem Kuss, und ihr Widerstand bröckelte. Sie verlor sich in ihm, und pure Freude strahlte aus ihr angesichts der Nähe nach ihrer kurzen Trennung, von der sie befürchtet hatte, dass sie für immer war. Er schob seine Hände unter ihr Shirt, sein Mund hart und fordernd, und ließ sie vor gierigem Verlangen stöhnen. Als sie nach seinem Hosenbund griff, riss er seinen Mund von ihr los.

„Wann kommt Ally zurück?"

„Bald. Sie holt unsere Pizza ab."

Er stand auf und zog sie mit sich hoch. „Komm, wir gehen zu mir."

Sie musste nicht darüber nachdenken. Sie sehnte sich nach dem, was er ihr geben konnte, sehnte sich nach der Vereinigung, selbst wenn sie wusste, dass sie einem primitiven Verlangen nachgab. Lust machte sie dumm, und sie würde es wahrscheinlich bereuen, doch nicht heute. Heute brauchte sie ihn.

Auf dem Weg zu seiner Wohnung blieb er mehrere Male stehen, um sie leidenschaftlich zu küssen, beinahe, als wollte er nicht, dass ihre Erregung nachließ. Oder vielleicht hatte er Angst, dass sie es sich anders überlegen könnte, doch ihr Körper war ihrem Verstand bereits meilenweit voraus.

Auf dem kurzen Pfad von der Straße zum Haus blieb er plötzlich stehen.

Eine große, schlanke Frau stand vor seiner Haustür. Alles an ihr wirkte poliert und professionell und ein wenig zugeknöpft. Vom Pagenschnitt ihrer dunkelbraunen Haare zur Perlenkette zu ihrem konservativen, kurzärmeligen schwarzen Kleid mit den passenden schwarzen Pumps. Neben ihr stand ein großer schwarzer Koffer.

Carrie versuchte in Gedanken zu erklären, wie der Mann, den sie kannte, ihr Bad Boy, ihr wilder Mann, die

Gebiete fernab jeglicher Zivilisation bereiste, zu einer Frau wie dieser – niveauvoll und stockkonservativ – stand, die offensichtlich zu einem längeren Besuch gekommen war.

„Wer ist das?", fragte Carrie in der Hoffnung, dass sie seine Schwester war, da beide groß und schlank waren, auch wenn ihre plötzlich klammen Hände ihr sagten, dass dem nicht so war.

Zach fluchte, ließ Carrie stehen und ging zu ihr.

„Glückwunsch zu deinem Forschungsstipendium", sagte die Frau. „Ich habe auch eine Stelle in Singapur angeboten bekommen. Ich kann im Mai zu dir stoßen, sobald das Semester vorbei ist."

Zach starrte sie an, bevor er ihr so leise antwortete, dass Carrie ihn nicht verstehen konnte. Dann schien er sich plötzlich an Carrie zu erinnern und kam zurück zu ihr. „Ich will sie nur schnell abwimmeln. Komm."

„Wer ist sie?", flüsterte Carrie. „Was war das mit dem Forschungsstipendium?"

„Meine Ex. Dauert nicht lange." Er zog sie mit sich.

Sie blieb stehen. „Ich will deine Ex nicht kennenlernen."

Er blieb stehen und blickte ihr in die Augen. „Ich habe deinen auch kennengelernt." Die Implikation war klar. Er hatte ihr einen Gefallen getan, indem er sie begleitet hatte. Jetzt wusste sie es plötzlich umso mehr zu schätzen, denn sie hatte nicht das geringste Interesse, seine Ex kennenzulernen. Im Gegenteil. Am liebsten hätte sie die Flucht ergriffen.

Er legte einen Arm um ihre Schultern und zog sie an sich. „Geh nicht. Du weißt, dass ich dich nur jagen und zurückholen werde."

Er neckte sie und erinnerte sie an das erste Mal, als sie aus seinem Apartment gestürmt war und er sie zurück getragen hatte – über seiner Schulter. „Okay. Aber nur *kurz*, dann gehe ich rein."

„Wo du hingehörst", sagte er leise.

Ihr Magen machte einen köstlichen Sprung. Was dieser Mann mit ihr anstellte… Trotz des Beweises des Gegenteils – die Frau hatte einen Koffer dabei, als hätte sie vor, zu bleiben –, war sie bereit, ihm einen Vertrauensbonus zu geben. Er würde seine Ex loswerden und wie versprochen zu Carrie zurückkehren. Sie wollte ja auch nicht, dass man sie nach dem Äußeren oder dem Handeln ihres Ex' beurteilte.

Carrie ging mit einem Lächeln auf die Haustür zu. Zach hielt sie im Arm und stellte sie der Frau vor. „Muriel, das ist Carrie."

„Hi, freut mich, dich kennenzulernen", zwitscherte Carrie. „Ich geh dann schon mal rein." Sie deutete auf die Tür.

Die Frau ergriff ihre Hand und schüttelte sie fest. „Dr. Muriel Hapsburg. Ich bin eine von Zachs Kolleginnen an der Universität und mehr als das, wie Sie vielleicht erraten haben. Wir sind seit einem Jahr zusammen, und es ist ziemlich ernst."

Carrie wurde schwindelig. Sie drehte sich zu ihm um. „Du arbeitest an einer Uni?"

Zach fuhr sich mit der Hand durchs Haar. „Ja. Ich bin Professor für Anthropologie. Ich wollte es dir erzählen, direkt nach der Feier deiner Eltern, doch dann hast du geweint und wir sind hergekommen. Ich wollte es dir sagen."

„Für was hält sie dich?", fragte Muriel.

Carrie starrte Zach verständnislos an und versuchte, die Realität und das, was sie von ihm wusste, unter einen Hut zu bringen. Dann klickte es. „Darum hat Josh dich Professor genannt. Aber du hast gesagt, dass du ein Tourguide und im Moment arbeitslos bist. Und dann hast du den Gig in Singapur bekommen."

„Es ist kein *Gig*", sagte Muriel und betonte das Wort, als wäre es lächerlich. „Er hat gerade ein Forschungsstipendium am Asia Research Institute bekommen." Sie wandte sich Zach zu. „Ich nehme an, dass du deine Arbeit an deinem Buch dort fortsetzen wirst.“

Er nickte.

Buch? Scheiße! Josh hatte ihn nach dem Buch gefragt. Doch Zach hatte gesagt, dass es kein Buch gebe. Carrie blinzelte und zwang sich zu verstehen, wie sie sich so hatte manipulieren lassen, dass sie dem Mann, der vor ihr stand, geglaubt hatte. Doch jetzt war er ein Fremder. Den Mann, den sie zu kennen geglaubt hatte, gab es nicht.

„Carrie, hör zu“, sagte Zach. „In gewisser Weise war das, was ich gesagt habe, die Wahrheit. Ich studiere und schreibe über Indonesien und die umliegende südostasiatische Region. Ich verbringe viel Zeit damit, durch den Urwald dort zu wandern und darin zu campen. Und ich arbeite im Augenblick nicht, weil ich mit dir beschäftigt war.“

„In gewisser Weise?“, schrie sie. „Auf welche Weise ist ein Anthropologieprofessor ein Guide?“

Er seufzte. „Du begreifst nicht, um was es geht.“

„Ich würde sagen, dass sie ziemlich gut begriffen hat, worum es geht“, sagte Muriel in selbstgefälligem Ton.

Muriel redete weiter, doch Carrie hörte nichts über das Rauschen in ihren Ohren. Eine nie gekannte Wut kochte in ihr hoch. Er hatte sie *angelogen*. Er hatte gelogen, was seine Identität anging. Darüber, was er beruflich machte. Darüber, dass er keine langfristigen Beziehungen einging. *Hallo, Muriel!* Er war kein Tourguide und auch nicht arbeitslos. Edward hatte sie während ihrer ganzen Beziehung angelogen, und sie hatte sich geschworen, keine weiteren Lügen mehr zu akzeptieren.

„Adieu, Zach.“ Sie wirbelte herum und eilte steif davon, eiskalt, und kam sich wie ein absoluter Idiot vor.

„Carrie, warte!“

Sie ging weiter.

Er holte sie ein und hielt sie am Arm fest. „Carrie.“

Sie riss sich los. „Fass mich nicht an. Ich bin fertig mit

dir. Du hast mich angelogen."

„Lass mich bitte erklären."

Sie sah ihn erwartungsvoll an.

„Okay, es war eine Lüge, aber–"

„Zach!", rief Muriel. „Kannst du mir den Schlüssel zuwerfen?"

Zach verdrehte die Augen, dann blaffte er: „Nein!"

„Geh nur und red mit ihr", sagte Carrie. „Wir sind fertig."

Er kniff die Augen zusammen. „Lass mich das zusammenfassen. Soll das heißen, dass du mich jetzt, da du weißt, wer ich wirklich bin – ein angesehener Fachmann auf meinem Gebiet –, nicht mehr willst?"

Sie schluckte. Er war genau wie ihr Ex. Er log und dann drehte er es um, als wäre *sie* diejenige, die ein Problem hatte. Sie konnte nicht fassen, dass sie die Zeichen ignoriert hatte und wieder auf einen Lügner hereingefallen war. „Es soll heißen, dass ich mich verabschiede."

Er blickte finster auf sie hinab. „Na dann viel Glück mit dem nächsten Typen, den du abschleppst. Ich habe keine Lust mehr, den Ritter in glänzender Rüstung für dich zu spielen." Damit ging er zurück zu seiner wartenden Ex.

„Darum hat dich ja auch niemand gebeten!", schrie sie ihm hinterher.

Er drehte sich um, öffnete den Mund, schloss ihn jedoch abrupt wieder. „Adieu, Carrie", murmelte er.

Mit zitternden Beinen ging sie nach Hause. Doch nicht, bevor sie Muriel heulen hörte: „Ich bin hier, weil ich dich immer noch liebe!"

Doch Carrie blieb nicht, um Zachs Antwort zu hören.

~ ~ ~

Zach holte tief Luft und bemühte sich um Geduld, als Muriel erklärte: „Ich bin bereit, das Thema Hochzeit fürs Erste vom Tisch zu nehmen. Das hat später auch noch Zeit.

Ich hätte dir nie ein Ultimatum stellen sollen."

„Muriel, tut mir leid. Ich will dich nicht mehr."

„Wegen der?", keifte sie.

„Nein, nicht ihretwegen. Wir haben uns vor über einem Jahr getrennt. Wir haben beide unser Leben weitergelebt."

„Aber ich liebe dich!"

Er wusste nicht, was er sagen sollte. Er hatte sie einmal geliebt, doch er hatte sich verändert. Sein Herz gehörte Carrie. Es war an der Zeit, Carrie das wissen zu lassen. Auch wenn es ihn irritierte, dass Muriel plötzlich hier aufgetaucht war. Es war seltsam nach über einem Jahr. „Wie hast du mich überhaupt gefunden?"

„Ich habe deinen Dad angerufen und ihm gesagt, dass ich dich immer noch liebe. Ich habe ihn gebeten, nichts zu sagen, weil ich von Angesicht zu Angesicht mit dir reden wollte und ich mir nicht sicher war, ob du es zulassen würdest."

Er starrte sie an, nicht überzeugt von ihrer Erklärung. „Hast du dich von jemandem getrennt?"

„Nicht wirklich." Sie wandte den Blick ab. „Es ist sehr schwer, in meinem Alter jemanden kennenzulernen."

Sie war nur ein Jahr älter als er. „Du bist fünfunddreißig."

Ihre Augen blitzten auf. „Dessen bin ich mir sehr wohl bewusst. Für Frauen ist es anders. Männer wollen ein hübsches kleines Ding. Wie dieses Mädchen, Caren."

Er ignorierte es, denn er wusste, dass sie Carrie absichtlich beim falschen Namen genannt hatte. „Warum willst du mit mir zusammen sein, obwohl du weißt, dass ich ein einsamer Wolf bin? Du hast nicht geglaubt, dass ich mich je binden würde. Du hast gesagt, es geht zurück in meine Kindheit. Wie kommst du darauf, dass es jetzt anders sein könnte? Ich bin immer noch derselbe."

Sie verzog das Gesicht. „Du bist kein einsamer Wolf. Das habe ich gesagt, weil ich wütend war. Tut mir leid."

Sie ließ sich auf die Stufe sinken, verbarg ihr Gesicht in ihren Händen und begann, leise zu schluchzen.

„Hast du vergessen, dass ich nicht im selben Bett mit dir schlafen konnte?" Doch mit Carrie hatte er es getan. Er war sogar mit ihr in den Armen eingeschlafen.

Weil sie seine Gefährtin war.

Das Wissen ließ ihm das Blut in den Adern rauschen.

Muriel hob den Kopf. „In getrennten Betten zu schlafen, hat mich irritiert, aber es war kein K.o.-Kriterium."

„Dann bin ich kein einsamer Wolf?" Doch er wusste die Antwort schon, bevor er die Frage ganz ausgesprochen hatte. Ja, es lag ihm in der Natur zu beobachten, ein bisschen reserviert zu sein, doch das bedeutete nicht, dass er nicht in der Lage war, echte Bindungen zu haben. Seine Familie, eine Zeit lang mit Muriel und jetzt mit Carrie. Er war wie jeder andere Mensch dazu gemacht, in Gruppen zu leben, um zu überleben. Er wäre früher zu diesem Schluss gekommen, hätte er nicht zugelassen, dass seine Emotionen seinen Verstand vernebelt hatten. Dass sie ihn als einsamen Wolf bezeichnet hatte, hatte wehgetan, hatte ihm das Gefühl gegeben, ein Versager zu sein, als könnte er nie eine Beziehung haben, die von Dauer war. Verdammtes Weib. Als Psychologin wusste sie, wie sie ihn manipulieren konnte.

„Ich muss mit Carrie reden", sagte er. „Und wenn ich zurück bin, will ich, dass du verschwunden bist."

Tränen glitzerten in ihren Augen, und ihre Stimme klang erstickt und kleinlaut. „Empfindest du denn gar nichts mehr für mich?"

Er hatte einmal Gefühle für sie gehabt, doch jetzt nicht mehr. „Auf Wiedersehen, Muriel."

„Bye", flüsterte sie, dann stand sie langsam auf und zog ihren Koffer hinter sich her.

Er rannte los. Er wollte mit Carrie über alles reden, denn nie hatte er den Pfad vor sich deutlicher gesehen.

Als er vor ihrer Tür ankam, war er aufgedreht vom Laufen und von der Hoffnung auf ihre gemeinsame Zukunft. Er atmete ein paarmal durch und klopfte. Und klopfte und klopfte. Dann klingelte er. Ihr Auto stand vor dem Haus. Wieder klingelte er. Keine Reaktion.

Dann holte er sein Handy aus der Tasche und schrieb ihr. Sie antwortete: *Lass mich in Ruhe.*

„Carrie!", rief er durch die Tür. „Wir müssen reden. Gib mir nur fünf Minuten."

Plötzlich wurde die Tür aufgerissen, und er zuckte erschrocken zusammen. Er hatte geglaubt, sich mehr ins Zeug legen zu müssen.

„Was?", fragte sie.

Er betrachtete ihr Gesicht. Kein Zeichen von Tränen. Sie war nur wütend. Mit Wut konnte er umgehen. „Kann ich reinkommen?"

Sie wich zurück, die Lippen aufeinander gepresst.

Er trat ein und schloss leise die Tür hinter sich. „Tut mir leid, dass ich gelogen habe. Ich wollte einfach mit dir zusammen sein. Es war wie ein Rollenspiel für mich, diese Bad Boy Sache, und ich dachte, so würdest du am besten zu der Erfahrung kommen, die du dir gewünscht hast."

„Du musst mich für verdammt naiv gehalten haben", sagte sie.

„Nicht naiv. Nur unerfahren. Doch jetzt bist du erfahren."

Sie funkelte ihn wütend an.

Er fuhr fort. „Ich schwöre, dass ich von jetzt an vollkommen ehrlich sein werde. Ich bin normalerweise überaus ehrlich. Ich halte mich immer an meine Versprechen. Du kannst jeden in meiner Familie fragen."

Sie schluckte, sagte jedoch nichts. Scheiße. Damit hatte er ihr nur noch mehr wehgetan. Er hatte mehr oder weniger gesagt, dass er nur sie angelogen hatte.

Er wollte ihren Arm streicheln, doch sie schüttelte ihn ab und verschränkte die Arme. „Carrie", sagte er sanft. „Es war nur, weil ich wollte, dass es schön für dich ist.”

„Gib jetzt bloß nicht mir die Schuld daran!”

Er fuhr sich mit der Hand durchs Haar. „Tut mir leid … das war scheiße. Ich bin jetzt vollkommen ehrlich, okay? Ich will eine Beziehung mit dir. Ich will etwas Langfristiges. Ich will–” Er holte tief Luft. „Ich will, dass du mit mir nach Singapur kommst. Dann, wenn wir in die Staaten zurückkehren, bewerbe ich mich für einen neuen Job, wo immer du leben willst.”

Sie schüttelte langsam den Kopf.

Seine Gedanken kreisten. Sie entglitt ihm. „Denk bitte darüber nach. Ich bin noch bis nach Weihnachten da. Du kannst mir deine Antwort immer noch in ein paar Monaten geben.”

Eine unbehagliche Stille legte sich über sie. Als sie schließlich antwortete, war ihre Stimme leise, und er wusste, dass das, was immer sie zu sagen hatte, nicht gut war. „Selbst, wenn ich dir glauben würde, dass du von jetzt an immer ehrlich sein willst, worüber ich mir nicht sicher bin, weißt du, dass ich nächste Woche mit meinem Masterstudium anfange. Und ich soll alles stehen und liegen lassen und dir um die halbe Welt folgen? Aufgeben, wofür ich so hart gearbeitet habe? Meine Karriere ist mir wichtig. Ich habe meine eigenen Träume so lange wegen eines Mannes zurückgestellt, und ich werde denselben Fehler nicht noch einmal machen.”

„Dann willst du, dass ich mein Forschungsstipendium aufgebe? Auch wenn es sich so gut in meinem Lebenslauf machen würde, dass ich danach einen Job an einer Uni meiner Wahl bekommen kann?”

Sie hob eine Hand. „Ich will gar nichts.” Sie ging zur Tür, hielt sie auf und wartete, dass er ging.

„Denk bitte darüber nach”, drängte er.

Sie blickte zu Boden, dann sah sie ihn an. „Tut mir leid, Zach. Es würde einfach nicht funktionieren.”

Er wusste nicht, wie er sie überzeugen musste. Ihre

Miene war verschlossen. Sie war so anders als die übliche offene Wärme, und ihm wurde kalt. Sie stand einfach da und hielt die Wohnungstür auf, eine offensichtliche Aufforderung zum Gehen.

Langsam verließ er ihre Wohnung, immer noch auf der Suche nach Worten, um zu reparieren, was er kaputtgemacht hatte. Doch da war nichts. Ihm fiel nichts ein.

Hinter ihm fiel die Tür ins Schloss.

Er stand eine ganze Minute wie betäubt vor der Tür. Eine Sache nach der anderen war zwischen ihn und Carrie gekommen. Ihr Ex, seine Ex, seine Lüge, ihre Jobs. Vielleicht hatte sie recht. Es würde einfach nicht funktionieren.

Mit Tränen in den Augen ging er nach Hause. Seine Brust schmerzte, seine Beine waren schwer. Sie waren gerade mal zwei Wochen zusammen gewesen, doch es schmerzte höllisch. Wie hatte er sich so schnell so sehr in sie verliebt?

Kapitel Vierzehn

Carrie schleppte sich durch den Rest der Woche, arbeitete und aß viel zu viel Eiscreme auf dem Sofa. Ally hatte Mitgefühl und unterstützte sie, doch als sie vorschlug, dass es vielleicht helfen würde, mit Zach zu reden, zog sich Carrie in ihr Zimmer zurück. Ally wusste nicht, wie man jemanden losließ. Sie klammerte sich immer noch an die Hoffnung, wieder mit ihrem Exfreund von der Uni zusammenzukommen. Das einzige, worauf Carrie sich freute, war das Treffen des Happy End Buchclubs im Something's Brewing Café am Donnerstagabend. Sie brauchte die Unterstützung ihrer Freundinnen.

Sie war sich sicher, dass ihre Freundinnen den Schmerz des Verrats verstehen würden, sicher, dass sie die richtigen Worte finden würden, um ihr zu versichern, dass es die richtige Entscheidung gewesen war, mit Zach Schluss zu machen.

Endlich war Donnerstag. Das erste Zeichen, dass es nicht so laufen würde, wie sie es sich vorgestellt hatte, war das Buch. Der Held war ein echtes Alpha-Arschloch und während die anderen über seine guten Eigenschaften um sie herum plätscherten, war alles, woran sie denken konnte, dass Zach kein solcher Bad Boy war, und wie glücklich sie sich schätzen konnte, dass er sie in die erotischen Freuden initiiert hatte anstatt eines Typen, der nur auf seinen eigenen Vorteil aus war. Selbst indem er sich als Bad Boy ausgegeben hatte, war er gut zu ihr gewesen. Sie spürte, dass sie weich wurde, doch dann erinnerte sie sich daran, dass er sie angelogen hatte, als sie ihn nach seinem Job gefragt hatte, und danach, was er in Indonesien getan hatte. Er hatte auch gelogen, als er gesagt hatte, dass er keine langfristigen Beziehungen einging. Und das waren nur die Lügen, von denen sie wusste. Vielleicht gab es noch mehr.

Sie blickte an die Decke und blinzelte schnell die Tränen weg, die aufzusteigen drohten. Sie konnte nicht fassen, wie sehr er ihr in so kurzer Zeit ans Herz gewachsen war.

Seitdem sie mit ihm Schluss gemacht hatte, waren drei Tage vergangen, und es tat eher mehr weh als weniger.

Hailey, die neben ihr saß, legte ihre Hand auf Carries Arm. „Was ist los?"

Sie sah Hailey an – perfekt angezogen mit einem dunklen Designerkleid und passenden Pumps, ihre rotblonden Haare perfekt geföhnt, ihr perfekt geschminktes Gesicht besorgt – und dachte in diesem Moment, dass sie nie so aussehen konnte, denn sie war eine einzige Katastrophe. Innerlich wie äußerlich. Ihre Gefühle waren ein einziges Chaos, ihre Haare furchtbar und an ihre Kleider wollte sie erst gar nicht denken – nichts passte zusammen. Ihr ganzes *Leben* war eine einzige Katastrophe, und alles war einfach nur scheiße.

Als Carrie die Frauen ansah, die wie Schwestern für sie waren, wurde ihr bewusst, dass die Hälfte von ihnen keine Singles mehr waren. Sie hatten diese Art von Sorgen hinter sich gelassen, während ihre Zukunft voll war davon. Da war Lauren (verlobt), Mad (verlobt), Charlotte (verheiratet und schwanger), und sogar Ally bereitete sich auf eine feste Beziehung mit ihrem Ex vor. Hailey, ja Hailey war einfach Hailey. Missy, Sabrina und Lexi waren derzeit Singles, doch auch sie würden wahrscheinlich vor Carrie die Liebe ihres Lebens finden.

Ihre Unterlippe zitterte. Ally eilte zu ihr und umarmte sie, während Hailey ihr ein Taschentuch reichte.

„Tut mir leid", sagte Carrie und tupfte sich die Augen ab. „Es war eine beschissene Woche."

„Was ist passiert?", fragte Missy. Sie war eine toughe, praktisch veranlagte Frau, doch auf ihre Unterstützung konnten sich alle verlassen. „Es ist leichter, wenn du teilst, was dich belastet."

Doch sie konnte das Thema Zach nicht ansprechen. Hailey hatte ihr die ganze Zeit gesagt, dass Carrie nicht unversehrt aus dieser Affäre hervorgehen würde. Sie könnte ein *„ich hab's dir ja gesagt"* nicht ertragen. Stattdessen konzentrierte sie sich auf die andere Sache, die sie belastete. „Ihr erinnert euch noch an meinen Ex? Den, mit dem ich sechs Jahre zusammen war?"

„Ja", sagten die Frauen mit deutlich hörbarem Mitgefühl.

„Ich habe ihn getroffen. Er ist verlobt, und sie ist schwanger!"

„Oh, Carrie." Hailey stand auf und zog Carrie in ihre Arme, dann verkündete sie: „Gruppenumarmung."

Die Frauen standen auf und murmelten mitleidige Worte, bevor sie sie umarmten. Kurz darauf kehrten alle wieder zu ihren Plätzen zurück.

„Danke", schniefte Carrie mit zittriger Stimme.

„Scheiß auf den Arsch", brummte Mad, die wahrscheinlich die Toughste von allen war. Sie war von ihrem Dad, einem Cop, mit einer Horde Jungs großgezogen worden. Ihre braunen Augen loderten. „Ich meine es. Du solltest es auch sagen. Scheiß auf ihn. Er hat dich beschissen behandelt, und du würdest sowieso nicht seine schwangere Frau sein wollen."

„Ja", mischte Ally sich ein.

„Scheiß auf ihn", sagte Carrie, wieder mit zitternder Unterlippe und biss darauf.

„Es ist okay", sagte Hailey und streichelte über Carries Haare. „Du wirst den Richtigen schon finden, und wenn du ihn gefunden hast, wirst du *seine* schwangere Frau."

„Gott, nicht alle wollen einen Mann und Kinder", knurrte Missy.

„Carrie schon", erwiderte Hailey. „Nicht wahr, Carrie?"

Sie brachte kein Wort heraus, so dick war der Kloß in ihrem Hals. Lange Zeit war das genau das gewesen, was sie gewollt hatte. Jetzt schleppte sie zu viel Ballast mit sich herum, um es noch einmal versuchen zu wollen. Nicht für eine lange Zeit. Das bestätigte nur, dass es die richtige Entscheidung gewesen war, mit Zach Schluss zu machen. Es war an der Zeit, dass sie sich auf ihr eigenes Wohlbefinden, ihre Träume und ihre Karriere konzentrierte.

Sie sah ihre Freundinnen an und platzte heraus: „Zach und ich sind nicht mehr zusammen."

„Wegen deinem Ex?", fragte Mad.

Etwas von ihrer Wut kehrte zurück, denn der Schmerz des Verrats war immer noch frisch und bitter. „Er hat mich angelogen."

Mad erstarrte. „Was meinst du mit er hat dich angelogen?"

Carrie presste die Lippen aufeinander. Zach war einer von Mads Ehrenbrüdern. Carrie hätte wissen müssen, dass Mad sich auf seine Seite schlagen würde.

„Tut mir leid, Carrie", sagte Mad. „Aber Zach ist kein Lügner. Er ist geradezu penetrant ehrlich. Du musst ihn missverstanden haben."

„Nein, das habe ich nicht", keifte Carrie. „Wofür hältst du mich? Eine Idiotin?"

„Carrie", sagte jemand in sanft warnendem Ton. Wahrscheinlich Lauren, die Friedensstifterin.

Mad sah sie nur an, unbeeindruckt von ihrem Ausbruch.

„Er hat getan, als wäre er ein Bad Boy", sagte Carrie. „Als ich ihn nach seinem Job gefragt habe, hat er gesagt, dass er ein arbeitsloser Tourguide ist." Sie ließ die Tatsache aus, dass er auch gelogen hatte, als er sagte, dass er nichts Langfristiges wollte. So würde sie nur noch dümmer wirken. Und sie wollte nicht erwähnen, dass seine verrückte Ex mit einem Koffer an seiner Haustür aufgekreuzt war. Wer tut denn bitte so was?

Mad neigte den Kopf. „Was? Warum sollte er so was sagen?"

Ally mischte sich ein. „Wahrscheinlich, weil sie ihm ihre Sexliste gegeben hat, auf der stand, was sie alles mit einem Bad Boy anstellen wollte."

Carrie warf Ally einen bösen Blick zu.

Ally zuckte mit den Schultern. „Nur eine Vermutung."

„Ach nee", sagte Missy. „Ein Typ würde alles sagen, wenn du ihm unbegrenzten Sex ohne Verpflichtungen anbietest."

Einige der Frauen nickten.

Carrie starrte mit einem säuerlichen Geschmack im Mund zu Boden. Sie hatte es ihm viel zu leicht gemacht. Sie hob den Kopf und sagte: „Dann ist es eben meine Schuld, Ende der Geschichte."

Mad schlug ihre Beine übereinander. „Das erklärt so einiges. Ich habe ihn vorhin im Garner's gesehen. Da hat er jeden angeknurrt wie ein verwundeter Bär."

Carrie erschrak. „Vielleicht lasse ich den Cocktail heute Abend besser ausfallen." Sie gingen jeden Donnerstag nach dem Buchclub ins Garner's. War das der Grund, warum er heute da war? Sie wollte ihn nicht sehen. Sie war immer noch zu wütend auf ihn.

„Feigling", sagte Mad.

„Mad!", rief Hailey.

Mad zeigte mit dem Finger auf Hailey. „Was? Das ist sie doch. Sie ist wütend. Er ist wütend. Red' verdammt noch mal mit ihm."

„Er hat mich angelogen!", protestierte Carrie. „Er ist ein Anthropologieprofessor!"

Mad blickte finster drein. „Und wenn schon. Du willst ihn nicht, weil er ein Professor ist? Was zum Teufel ist los mit dir? Du hast sie wohl nicht mehr alle."

Fassungslose Stille breitete sich aus. Sie waren immer wie Schwestern gewesen und hatten einander gegenseitig unterstützt. Besonders, wenn es um gebrochene Herzen ging. Was *war* los mit ihr? Warum war sie so wütend? Ihr Herz war nicht gebrochen, denn das würde implizieren, dass–

„Verdammt, das war brutal", sagte Missy. „Das Mädchen leidet."

Mad ignorierte sie. „Hast du auch nur die geringste Ahnung, wie schwer er gearbeitet hat, um dahin zu kommen, wo er heute ist? Ein Doktortitel. Das ist Studium plus vier Jahre plus eine Dissertation – quasi ein Buch –, das er vor einem Gremium verteidigen musste."

„Ich weiß, was ein Doktortitel ist", zischte Carrie.

Mad fuhr fort, jedes Wort harscher als das zuvor. „Nachdem ihm alle *jahrelang* eingeredet haben, dass er ein fauler Apfel sei. Hat er dir davon erzählt, dass er von einer Pflegefamilie zur nächsten weitergereicht worden ist? *Niemand* wollte ihn haben. Ein Serienausreißer, der gelogen und immer wieder gestohlen hat, weil er nicht wusste, ob er morgen noch ein Dach über dem Kopf hat. Weißt du, wie viele Leute ihm gesagt haben, dass er ein undankbares Kind sei, ein Nichtsnutz?"

„Ich … ich–", begann Carrie, hielt dann jedoch inne, da ihr das Kind, das er gewesen war, leidtat. Sie wusste, dass er im Pflegesystem aufgewachsen war. Doch sie hatte nicht gewusst, dass man ihm eingeredet hatte, dass er ein fauler Apfel war. So etwas blieb oft hängen und konnte einem Kind Glauben machen, dass es wirklich einer war.

Mad zeigte keine Gnade. „Hat er dir erzählt, wie er auf der Straße zurechtgekommen ist? Woher er gelernt hat, wie man Schlösser knackt? Seine Eltern waren Berufsverbrecher. Beide tot. Und jetzt erzähl du mir noch mal, dass jemand, der allen Widrigkeiten zum Trotz so viel erreicht hat wie Zach, nicht gut genug für dich ist!"

„Er hat mir nie davon erzählt, dass seine Eltern

Kriminelle waren!", jammerte Carrie. O Gott. Sie wollte ihn in die Arme nehmen. Er hatte nicht viel von sich erzählt. Doch hatte sie ihn gefragt?

„Natürlich hat er das nicht", blaffte Mad. „Du hast ihn für das Gute, das er getan hat, verurteilt. Wie soll er dir da je genug vertrauen, um dir das wirklich schlimme Zeug zu erzählen?"

Sie blinzelte, da sie nicht noch einmal weinen wollte, doch die Tränen kamen trotzdem.

„Das reicht, Mad", sagte Hailey. „Wir wissen, dass er dein Blutsbruder ist, doch Carrie leidet. Sie ist unsere Freundin. Davon abgesehen, solltest du nicht in aller Öffentlichkeit über Zachs Probleme reden. Darüber spricht man unter vier Augen." Hailey starrte sie an. „Was im Buchclub gesagt wird, bleibt im Buchclub. Nicht wahr, meine Damen?"

Die Frauen murmelten zustimmend.

Eine unbehagliche Stille breitete sich aus. Einige ihrer Freundinnen sahen sie mitleidig an.

„Tut mir leid, Carrie", sagte Mad.

Carrie schüttelte den Kopf. Die Entschuldigung war unnötig und sowieso nicht ehrlich gemeint. Alles, was sie über Zach zu wissen glaubte, verschob sich ein zweites Mal. Vom sexy Bad Boy zum Anthropologieprofessor zum Jungen mit einer schweren Kindheit. Er hatte so viele Seiten, und sie fühlte sich zu jeder einzelnen hingezogen. Doch war es nur Mitgefühl oder war es mehr?

Hailey meldete sich zu Wort. „Wer möchte Schokolade?"

Alle hoben die Hand.

„Dann gehen wir jetzt in meine Wohnung anstatt ins Garner's", sagte Hailey. „Okay, Carrie?"

Carrie nickte betäubt.

Doch als sie nach draußen gingen, änderte Carrie ihre Meinung. „Geht ihr ohne mich. Ich gehe ins Garner's. Ich will mit Zach reden."

„Wir kommen mit", sagte Hailey. „Wir stehen zu dir. Jede einzelne von uns." Sie warf Mad einen Blick zu.

Diese seufzte. „Ich auch. Aber du musst verstehen, dass ich Zach liebe. Er gehört zur Familie."

„Das verstehe ich", sagte Carrie.

„Tut mir leid, dass ich so hart zu dir war", sagte Mad. „Du weißt, du bist meine Schwester." Sie knuffte ihren Arm. „Und jetzt schnapp ihn dir."

~ ~ ~

Zach trank gerade seinen dritten Whiskey, als er das Geplapper einer Gruppe von Frauen hörte. Josh hatte ihn bereits vorgewarnt, dass Carrie heute mit ihren Freundinnen kommen würde. Doch genau darauf hatte er gehofft. Er wollte ein paar Sachen loswerden. Dass sie zu ihm gehörte. Wie sehr sie Singapur lieben würde, wenn sie es wagte. Wenn sie *ihm* eine Chance gab. Das hatte er zumindest verdient, oder?

Er drehte sich um und sah sie – ihr Gesicht voller Mitgefühl. Fuck. Sah er etwa so beschissen aus, wie er sich fühlte?

Sie blieb vor ihm stehen und sagte mit sanfter Stimme: „Mad hat mir von deinen Eltern erzählt. Das tut mir so leid." Sie versuchte, ihn zu umarmen, doch er wich zurück.

Er starrte sie an, sah das Mitleid in ihren Augen und blickte finster drein. „Das hätte sie nicht tun sollen."

„Sie hat dich verteidigt. Sie hat mir gesagt, welche Hindernisse du überwunden hast, um der Mann zu werden, der du heute bist."

All die alte Scheiße schoss ihm durch den Kopf. *Er ist ein fauler Apfel. Man kann ihm nicht vertrauen. Er ist raffiniert, ein Lügner und ein Dieb.* Er wurde es nie los. Jetzt wusste Carrie es auch. Sie würde ihn immer durch diese Linse betrachten.

„Zach–"

„Ich will dein Mitleid nicht", knurrte er.

„Ich hatte keine Ahnung. Und natürlich denke ich deswegen nicht schlecht über dich."

Er kniff die Augen zusammen. „Doch, das ist es, was du jetzt siehst. Ein fauler Apfel, der sich den Weg aus dem Sumpf erkämpft hat."

„Aber das ist eine gute Sache. Etwas, das man nur bewundern kann."

Er starrte sie an und suchte nach irgendetwas, das sich als Liebe interpretieren ließ, doch alles, was er sah, war Mitleid. „Ich werde nie ein guter Apfel sein, Carrie. Das musst du begreifen. Ganz gleich wie hart ich gearbeitet habe, um meinen sozialen Status zu verbessern." Er gestikulierte wild. „Bildung. Doktortitel. Forschung. Nichts ändert etwas daran, wo ich herkomme. Was ich auf zellulärer Ebene bin. Also …" Er drehte sich wieder zum Tresen um und trank sein Glas aus. Es brannte in seinem Bauch. Gut.

„Zach." Ihre sanfte Stimme machte ihn nur noch wütender.

Er drehte sich wieder zu ihr um. „Ich schätze, du hast deinen Bad Boy bekommen. Dem kann man nicht vertrauen. Ironisch nur, dass du all den Glanz nicht mochtest." Er lachte freudlos. „Vielleicht hast du es ja von Anfang an durchschaut. Dein Dad hat nach meiner Familie gefragt. Hier ist deine Antwort, und vergiss nicht, deinem Dad davon zu erzählen." Er beugte sich zu ihr vor. „Meine Eltern waren Berufsverbrecher. Ausgeklügelte, wohldurchdachte illegale Geschäfte. Drogen, Geld, Juwelen. So habe ich meine Mutter verloren. Schiefgelaufener Juwelendiebstahl und – *Peng!* – weg war sie. Exekutiert."

Sie riss ihre blauen Augen auf.

„Jupp", er lehnte sich zurück, ein bisschen schwindelig von zu viel Alkohol und zu wenig Essen. Doch für diese Art von Schmerz gab es nicht genug Whiskey auf der Welt. Herzschmerz. Diese Art von Schmerz war gnadenlos. Er drehte sich wieder zur Bar um, hob das leere Glas und wedelte damit in Joshs Richtung. „Noch eins!"

„Du hattest genug", sagte Josh und stellte eine Schale Salzbrezeln vor ihn. „Iss was."

Er nahm eine Brezel in die Hand und starrte sie an. Zwei ineinander verschlungene Kreise wie ein Herz. Er brach es entzwei.

„Zach!", rief Carrie.

Er drehte sich um, überrascht von ihrer Lautstärke. „Was?"

„Schau, ich bin mir nicht sicher, was dir das alles bedeutet, doch für mich ist es nicht wichtig. Ich glaube nicht, dass du ein fauler Apfel bist. Du warst mein Ritter in glänzender Rüstung, genau, wie du gesagt hast. Du hast auf mich aufgepasst, als ich drauf und dran war, weiß Gott was mit irgendeinem dahergelaufenen Typen zu probieren."

Er starrte sie an. Sie sagte genau das Richtige, doch in ihren blauen Augen lag Mitgefühl, als wollte sie ihn umarmen, damit es ihm besser ging. Sie sah ihn im falschen Licht, und das gefiel ihm ganz und gar nicht. Er hatte hart gearbeitet, um seine Vergangenheit hinter sich zu lassen, und doch biss sie ihn immer wieder in den Arsch.

„Du kannst mich nicht wieder ganz machen", knurrte er.

„Ich hatte Glück, dass ich dich gefunden habe", sagte sie mit sanfter, beruhigender Stimme. „Und es tut mir leid, dass dich jemals jemand als etwas anderes bezeichnet hat, als du bist – ein guter Mensch. Der Beste." Sie rieb seinen Arm.

Er ignorierte ihre Berührung, denn mitleidige Gesten wollte und brauchte er nicht.

Sie redete weiter, lauter, eindringlicher, und ihre Worte schossen durch sein konfuses Gehirn voller Whiskey und Schmerz. „Ich habe dich furchtbar vermisst. Ich habe zugelassen, dass die Lügen meines Ex' das beeinflusst haben, was wir hatten. Können wir es noch einmal versuchen?"

So viel versaut. Wie sollte man das wieder reparieren? Er warf ein paar Scheine auf den Tresen. „Weißt du was? Keiner von uns ist für das hier gemacht. Du bist wegen dieses Arschlochs versaut, und ich bin sowieso im Arsch." Er stand auf wackeligen Beinen. „Ich gehe nach Hause."

Er machte einen Schritt, und der Raum fing an, sich zu drehen.

„Josh!", rief eine Frau. Nicht Carrie. Angestrengt versuchte er, sich zu konzentrieren. Es war Hailey mit ihren rotblonden Haaren. Hübsch.

„Bin schon da", sagte Josh und kam hinter der Bar hervor. „Ich fahre." Er drehte sich um und rief: „Mad, übernimm bitte für mich!" Mad arbeitete sowieso Teilzeit hier. Die kleine Mad, die einzige kleine Schwester, die Zach je gehabt hatte.

„Bis demnächst, Kurze!", rief er.

„Bis demnächst, Professor", antwortete Mad mit echter Zuneigung. Na also. Die Leute hielten ihn für cool mit all seiner Studiererei.

„Wir reden später, okay?", fragte Carrie, als sie plötzlich wieder neben ihm auftauchte. „Morgen."

Doch er wollte jetzt reden. „Ich war genau der Bad Boy, den du haben wolltest. Du konntest nicht genug bekommen. Die ganze Nacht, jede Nacht, jeder–" Er wurde unterbrochen, als Josh ihn weiterzerrte. Er stolperte und warf Carrie einen Blick über seine Schulter zu. Sie sah ihn immer noch mitleidig an. „Nimm dein Mitleid mit nach Hause und lass es da!"

„Genug", zischte Josh und zerrte ihn zu der Tür, die auf den Parkplatz führte.

Der gute alte Josh. Er hatte einen eineiigen Zwillingsbruder, Jake, den Zach immer noch nicht wiedergesehen hatte. „Mir geht's gut, Josh, Kumpel, Bruder. Wann kommt Jake zurück?"

„Zach, Kumpel, Bruder, du kannst nicht fahren. Der einzige Grund, warum ich dir überhaupt was zu trinken gegeben habe, war, um ein Auge auf dich zu haben. Jetzt bringe ich dich nach Hause. Und Jake kommt nächstes Wochenende."

„Ich vermisse Jake. Er ist netter als du."

„Du gehörst zum besten Schlag der Betrunkenen. Du bist albern."

Sie traten nach draußen. Zach fühlte sich nicht albern. Er fühlte sich verletzt. Sein verdammtes Herz war gebrochen. Er war dazu verdammt, für immer ein einsamer Wolf zu sein, ganz gleich, ob er sich dafür entschied oder nicht. Er warf den Kopf in den Nacken und heulte den Mond an.

Überraschenderweise stimmte Josh mit ein.

Zach blieb stehen und starrte ihn an. „Bist du auch ein einsamer Wolf?"

Josh grinste. „Ja, Bruder. Ich bin auch ein einsamer Wolf." Er legte Zach den Arm um die Schultern und führte ihn zu seinem Wagen, einem schwarzen Miata Cabriolet.

„Dein Auto ist zu klein für meine Beine."

„Du bist zwei Zentimeter größer als ich. Ich bin mir sicher, dass du reinpasst."

Carrie schien ihn für riesengroß zu halten, dabei war er offensichtlich nicht einmal eins neunzig. Sie war einfach klein. Zierlich.

Josh öffnete die Beifahrertür und schob ihn hinein. Er setzte sich und stellte den Sitz so weit wie möglich zurück. Dämliches Cabrio. Josh sollte sich ein Männerauto zulegen. Einen Pick-up zum Beispiel.

Josh stieg ein und ließ den Motor an.

„Sie hat sich ein Urteil über mich gebildet", erklärte Zach.

„Das tun sie." Er fuhr auf die Straße.

Zach klatschte mit der Hand aufs Armaturenbrett. „Sie *bemitleidet* mich."

„Tut sie nicht."

„Frag sie!"

Josh versetzte ihm einen Klaps brüderlicher Zuneigung auf die Schulter. „Wir unterhalten uns, wenn du wieder nüchtern bist."

Während sie schweigend weiter fuhren, wurden seine dunklen Gedanken nur schlimmer. Wer war Carrie, sich ein Urteil über ihn zu bilden, weil sie aus einer perfekten Familie mit perfekten Eltern aus irgendeinem perfekten Vorort kam? Er wusste nicht einmal woher. Er wusste so gut wie nichts über sie, abgesehen von ihrem Geschmack, wie weich sie war und wie sie sich anhörte, wenn sie kam oder wenn sie sich freute, ihn zu sehen, oder wenn sie irgendetwas Köstliches aß. Er seufzte beim Gedanken daran.

Josh brachte ihn zur Wohnungstür. Zach holte seinen Schlüssel aus der Tasche, schloss die Tür auf und drehte sich zu Josh um. „Manchmal, wenn sie schläft, miaut sie wie ein Kätzchen. Als ob sie irgendwas stört, und dann streichle ich ihr nur die Haare, so …" – Er strich sich selbst übers Haar –, „dann streckt sie sich zufrieden und schläft ruhig weiter."

„Schön. Ich will dich nicht noch einmal so trinken sehen." Josh sah ihn streng an. „Sei ein Mann und stell dich deinem Problem."

„Das ist sie!"

„Dann stell dich *ihr*. Wenn du wieder nüchtern bist."

„Was glaubst du eigentlich, wer du bist?", knurrte er, doch Josh hatte keine gute Antwort darauf, darum stieß er die Tür auf und schob ihn in die Wohnung, bevor er sie hinter ihm wieder schloss.

„Weichei!", rief Zach durch die geschlossene Tür.

„Schlaf deinen Rausch aus, Holzkopf!"

Zach stolperte zu seinem Sofa und ließ sich darauf fallen, denn Carrie hatte sein Bett für ihn *ruiniert*. Zu viele Erinnerungen an sein kleines Kätzchen, seine Wildkatze, seine Pussy. Verdammte Scheiße, er vermisste sie.

Kapitel Fünfzehn

Am nächsten Abend ging Carrie nach der Arbeit direkt nach Hause, deprimiert, weil sie nichts von Zach gehört hatte. Jetzt, da sie wusste, wo er herkam, wie hart er gearbeitet hatte, um etwas Bewundernswertes zu erreichen, und verschiedene Seiten von ihm gesehen hatte, verstand sie ihn so viel besser. Und sie waren gut zusammen gewesen. Gut war eine Untertreibung. Sie ging die Stufen zu ihrer Wohnung im zweiten Stock hinauf. Sie wollte versuchen, sich irgendetwas einfallen zu lassen. Offensichtlich wollten sie dasselbe. In ihrem Leben gab es zur Zeit zu viele Abschiede. Der Abschied von Zach. Der Abschied von ihrer Arbeitsfamilie, die sie in den letzten Jahren mehr als liebgewonnen hatte. Morgen, am Samstag, war ihre letzte Schicht. Am Montag fing das Studium an.

Sie blieb wie angewurzelt stehen und holte scharf Luft, als sie Zach vor ihrer Wohnungstür warten sah. Er musterte sie, als wäre sie der faszinierendste Mensch, dem er je begegnet war. Ihr Herz machte einen Sprung. In diesem Moment wusste sie, dass sie nicht leugnen konnte, was sie für ihn empfand, ganz gleich, wie furchteinflößend es war, das Risiko einzugehen. Ganz gleich, wie schwierig eine Fernbeziehung sein würde. Sie würden es schaffen. Das hoffte sie zumindest.

„Hi", sagte sie.

Er blickte ihr in die Augen. „Ich bin nüchtern."

„Ich weiß."

Er hob eine Hand. „Ich will dir etwas in meiner Wohnung zeigen."

Sie glaubte zu wissen, was es war, und wollte duschen, bevor sie im Bett landeten. Sie versuchte nicht einmal, ihrem natürlichen Impuls zu widerstehen, wieder mit ihm zusammen zu sein. „Gib mir zwanzig Minuten."

„Nein."

„Nein?", echote sie.

„Es ist wichtig."

„Ich rieche nach Krankenhaus." Wenigstens hatte sie sich umgezogen und trug ein schwarzes Tanktop mit passenden Shorts.

Er wartete, die Hand nach ihr ausgestreckt. Eine offene Geste der Einladung. Zuneigung. Freundschaft. Trotz allem, was sie zusammen getan hatten, hatten sie nie Händchen gehalten. Es fühlte sich auf süße Weise romantisch an, wie der Anfang einer Beziehung. Es war diese ursprüngliche Ebene, auf der sie kommunizierten, die sie beide instinktiv verstanden.

Sie legte ihre Hand in seine.

Er schloss einen Moment lang die Augen. „Danke."

Er verflocht seine Finger mit ihren und ging die Treppe hinunter. Zach schwieg auf dem Weg zu seiner Wohnung, hielt sie jedoch fest an der Hand.

„Willst du mir wenigstens einen Tipp geben?"

„Nein."

Wieder schwiegen sie.

Als sie fast da waren, platzte sie heraus. „Ich glaube, wir müssen uns ernsthaft unterhalten."

„Das werden wir. Nachdem ich dir … etwas gezeigt habe."

Ihre Gedanken rasten. Was konnte es sein? Sie hatte bereits sein *etwas* gesehen. „Willst du mir deine Professoren-klamotten zeigen? Tweed Blazer mit Ellbogenflicken?"

Er blieb stehen und sah sie ernst an. Dabei sah er heiß aus, ganz Alpha, offensichtlich bereit, sich zu beweisen. „Ich bin kein nerdiger Akademiker. Wir sind nicht alle gleich. Es gibt verschiedene Stufen, und ich bin ganz oben auf der Leiter der Coolness."

Sie unterdrückte ein Lächeln. „Das weiß ich." Sie holte tief Luft. „Ich kann verstehen, warum du mich im Glauben gelassen hast, dass du ein reisender Bad Boy bist. Ich wollte, dass du diese Fantasie bist, und du hast sie für mich perfektioniert."

Er hob ihre verflochtenen Hände und küsste ihre Finger. „Ich war die ganze Zeit unter der Fassade. Um ehrlich zu sein, war ich im Bett mehr ich selbst, als ich es je mit jemandem gewesen bin. Ich habe mich immer zurückgehalten, um nicht als zu aggressiv rüberzukommen."

Sie neigte den Kopf. „Dann sagst du, dass alles genauso wäre, wie es war, wenn wir jetzt miteinander schlafen würden? Du bist ein Alpha-Bad-Boy-Professor?" Sie unterdrückte ein Lachen, da es ihr immer noch schwer fiel, beides unter einen Hut zu bringen.

Er kniff die Augen zusammen. „Ich meine es ernst."

„Ich weiß." Sie kämpfte gegen ein hysterisches Kichern an, denn all die Anspannung von den Hochs und Tiefs der vergangenen Woche brachten sie an den Rand ihrer Belastbarkeit. Doch dann erinnerte sie sich an seine andere Lüge, die sie viel mehr verletzt hatte. „Was war das, von wegen du gehst grundsätzlich nichts Langfristiges ein? Und dann kreuzt Muriel auf. Wolltest du mich behutsam abservieren? Hast du noch über andere Dinge gelogen?"

Er sah sie eindringlich an. „Nein, sonst habe ich nicht gelogen. Ich schwöre es. Du kannst mich alles fragen, was du willst, und ich verspreche dir, dass ich dir ehrlich antworten werde, *nachdem* ich dir etwas gezeigt habe."

Sie stemmte eine Hand in ihre Hüfte. „Was ist mit der Keine-langfristigen-Beziehungen-Sache?"

Seine Augen glänzten entschlossen, was sie plötzlich argwöhnisch machte.

„Nein, Zach – Ah!" Er warf sie über seine Schulter.

„Zach!"

Er brummte und versetzte ihr einen Klaps auf den Po. „Ich habe dir gesagt, dass wir uns ernsthaft unterhalten werden, *nachdem* ich dir etwas gezeigt habe."

Er trug sie bis zu seiner Tür und stellte sie ab. Dann blickte er in ihre Augen und küsste sie schnell und hart, bevor er sie losließ. „Nach dir."

Er öffnete die Tür und ließ sie eintreten.

Alles sah genauso aus wie zuvor. Dasselbe schwarze Sofa, derselbe Fernseher, derselbe Stapel Umzugskisten.

Er ergriff ihre Hand und ging mit ihr den Flur entlang zu seinem Schlafzimmer.

„Ich dachte, wir wollten uns ernsthaft unterhalten."

„Nach deinem Geschenk", sagte er geduldig.

Scheinbar war er nicht so angetörnt wie sie es war, nachdem er wieder den Neandertaler gespielt und sie über die Schulter geworfen hatte. Es war, als hatte sich während ihrer Zeit mit Zach ein Schalter umgelegt, und ein unkontrollierbares Verlangen, ihn zu spüren, ohne das etwas zwischen ihnen war hatte sich in ihr breitgemacht. Ganz nah, Haut an Haut. Warum laberte sie dann immer noch von der ernsten Unterhaltung? Es war, als wollte sie sich selbst davon überzeugen zu reden, während sie nichts mehr wollte, als sich auszuziehen und ihn anzuspringen.

Er führte sie zu seinem Bett und zeigte darauf. „Nummer eins."

Sie holte scharf Luft. „Das ist meine Bettdecke!" Ihre lindgrüne Bettdecke war auf „ihrer" Seite seines Betts. Sie war für ihr kleineres Bett gemacht, darum war sie nicht groß genug für seine Kingsize Matratze. Auf seiner Seite lag seine dunkelblaue Decke. „Wie hast du–"

„Ally hat mir geholfen. Komm, Nummer zwei." Er nahm sie bei der Hand, führte sie ins Bad und öffnete den Medizinschrank.

Ihr Mund blieb offen stehen. Da waren ihre Sachen. Ihre Kontaktlinsenflüssigkeit, diverse Lotionen und

Mittelchen für ihr Pflegeritual. Sie presste eine Hand auf ihre Brust, wo ihr Herz donnerte.

„In der Dusche auch", sagte er.

Sie ging zur Duschkabine, und als sie durch die Glastür blickte, fand sie ihr Shampoo, ihren Conditioner und ihr Duschgel. Langsam drehte sie sich zu ihm um. Ihre Beine waren zittrig, und ihr Herz pochte in ihren Ohren.

Er ging zu ihr. „Verstehst du?", fragte er sanft.

Sie ergriff seine Hand. „Ziehen wir zusammen? Das kommt mir langfristig vor. Ist das die Stelle, an der du mir das mit dem Ich-will-nichts-Langfristiges erklären willst?"

Er sah sie ruhig an. „Ich habe es gesagt, weil ich dich nicht hinhalten wollte, da ich wusste, dass ich bald wieder weggehen würde." Er deutete auf den Medizinschrank und die Duschkabine. „Das hier ist symbolischer Natur."

Sir runzelte die Stirn und wartete auf eine Erklärung, denn Symbolismus löste das Problem nicht, dass sie bald für lange Zeit an entgegengesetzten Enden der Erde leben würden.

Er führte sie zurück ins Schlafzimmer, wo er ihr einen Platz auf der Seite des Betts anbot. Er setzte sich neben sie und ergriff ihre Hand mit beiden Händen. „Carrie", sagte er mit heiserer Stimme. „Wir sind zwei gute Menschen, die sexuell kompatibel sind, und jetzt, von heute an, würde ich gerne auf einer Ebene von Liebeswerben aufbauen."

„Einer Ebene von … Liebeswerben?"

„Ja."

„Und das bedeutet?"

„Du bist etwas ganz Besonderes für mich, Carrie." Er hielt inne und sah sie mit tiefer Zuneigung – oder war das etwa Liebe? – an. Ihr Herz pochte. „Ich setze dich an die erste Stelle in meinem Leben. Deine Träume, deine Karriere, dein Glück kommen zuerst. Du gehst an die Uni, und ich werde hier bei dir sein."

Ihr stockte der Atem. „Aber was ist mit dem Forschungsstipendium in Singapur?"

„Ich habe es abgelehnt.”

Sie keuchte. „Zach! Ich will nicht, dass du für mich deine Träume aufgibst. Das ist nicht richtig.”

„Ich brauche kein Stipendium, um glücklich zu sein.” Er ließ ihre Hand los und strich ihr die Haare aus dem Gesicht. „Ich brauche dich.”

Sie presste ihre Hände auf ihre geröteten Wangen. Ihr Herz raste. Sie hätte nie von ihm erwartet, dass er dieses Opfer für sie brachte. „Ich bin mir nicht sicher–”

„Ich *bin* mir sicher.”

Tränen stiegen ihr in die Augen. Sie war überwältigt von dieser schockierend wunderbaren Neuigkeit. „Aber damit brichst du hoffentlich keine Brücken ab, wenn du es ablehnst, oder?”

„Ich habe ihnen erklärt, dass das Timing nicht passt. Es gibt sowieso eine Warteliste, darum war es okay für sie. Davon abgesehen, gibt es mir mehr Zeit für das Buch, an dem ich arbeite. Danach kann ich mir vielleicht ein Studienobjekt suchen, das nicht so weit von zu Hause weg ist.” Er lächelte. „Besonders interessieren mich Werbungsrituale in der modernen Gesellschaft.”

Sie starrte ihn an – schwindelig, erstaunt, schockiert. So schockiert. Ihr Bad Boy Professor war so viel besser als jede Fantasie. Sie lachte und konnte es kaum fassen.

Er ergriff ihre beiden Hände. „Ich bleibe mein ganzes forschungsfreies Jahr hier, um an meinem Buch zu arbeiten. Ich hoffe, dass du bei mir sein wirst. Während dieser Zeit werde ich mich in der Nähe um einen Job bewerben. Columbia, Yale und NYU haben alle ausgezeichnete anthropologische Abteilungen.”

Sie konnte es immer noch nicht fassen. „Das würdest du für mich tun?”

Er nahm ihr Gesicht in seine großen Hände. „Ich würde alles für dich tun. Ich liebe dich, Carrie.”

Sie schlang ihre Arme um ihn und schmiegte ihren Kopf an seinen Hals, plötzlich zittrig angesichts des Risikos, das sie im Begriff war, einzugehen. Er streichelte ihren Rücken, um sie zu beruhigen, denn irgendwie las er ihre Gefühle auf dieser ursprünglichen Ebene, die er so gut verstand. Tränen liefen ihr über die Wangen. Ein paar Sekunden später richtete sie sich auf, wischte sich die Tränen ab und holte zittrig Luft. „Ich … ich habe Angst … Aber ich will uns eine Chance geben."

Er drückte sie an sich. „Ich werde dir nicht wehtun. Versprochen." Er sah sie eindringlich an. „Vollkommene Ehrlichkeit. Voller Einsatz." Er hielt inne. „Natürlich nur, wenn du nicht weiter Erfahrungen mit anderen sammeln willst. Ich weiß ja, dass du nicht viel gedatet hast."

Sie starrte ihn an. „Du würdest mich wirklich andere Männer daten lassen, um mich Erfahrungen sammeln zu lassen?"

Seine Miene war verbissen. „Da würden dann meine körperlichen Kräfte und mein Talent als Ringer zum Tragen kommen. Du würdest letzten Endes sehen, dass ich der geeignetere Partner bin."

„Ich denke, ich sehe das schon."

Er löste sich von ihr und stand auf. „Du *denkst* das nur?" Er sah eingeschnappt aus.

Sie schmunzelte und stand ebenfalls auf. „Wenn du mir deine körperlichen Kräfte zeigen würdest, würde ich mich vielleicht besser daran erinnern."

Er lächelte geradezu diabolisch und hob sie an der Taille hoch. Automatisch schlang sie ihre Arme und Beine um ihn.

„Gleich wirst du Harvey kennenlernen", knurrte er.

Ihr Rücken stieß gegen die Wand. *Hallo, Harvey Wallbanger, alter Freund.*

Sie kicherte. „Ich habe den passenden Partner gefunden."

Doch Zach tat nichts. Er presste sich nur an sie und sah sie mit so viel Liebe im Blick an, dass ihr die Freudentränen in die Augen stiegen.

Sie nahm sein Gesicht in ihre Hände. „Ich liebe dich auch. Im Herzen wusste ich die ganze Zeit, dass ich nicht für Affären geschaffen bin."

Ein Lächeln breitete sich über sein Gesicht aus. „Der nächste Schritt ist dann wohl, dass ich Zeit mit deiner Familie verbringe."

„Es gibt Schritte?"

„Werbungsrituale sind in der Geschichte des Menschen fest etabliert. Eines davon diktiert, dass man nicht nur seinen Partner heiratet, sondern auch dessen Familie. Du kennst die Campbells ja schon. Das ist meine Familie. Als nächstes muss ich also deine kennenlernen."

Sie musste lächeln. Das war eine neue Seite an ihm – der Akademiker, auch wenn sie zuvor schon flüchtige Blicke auf ihn erhascht hatte. Manche der Dinge, die sich zuvor seltsam angehört hatten, ergaben jetzt einen Sinn. Wie als er gefragt hatte, ob sie Recherchen für ihre Liste angestellt hatte, oder als er ihr erklärt hatte, dass alles eine Sache der Biologie war. Und er sprach von Heirat, was sie mit einer Freude erfüllte, die sie kaum im Zaum halten konnte. Sie wollte tanzen, doch sie klemmte zwischen einer Wand und einem köstlich harten Mann. Sie streichelte seinen struppigen Bart, der seit der Feier ihrer Eltern nicht viel gewachsen war und weniger wild aussah als zuvor, ihr aber trotzdem noch so gut gefiel wie am ersten Tag. „Was sind die anderen Schritte?"

Er stellte sie ab und fuhr selbstbewusst fort. „Der Mann muss durch Beweise seiner Kraft und Ausdauer belegen, dass er ein guter Beschützer ist." Er hielt inne und sah sie nachdenklich an. „Es wäre einfacher, wenn ich Konkurrenz hätte, die ich niederringen könnte."

„Das könntest du mit Edward machen."

Er kniff die Augen zusammen. „Stehst du immer noch auf ihn?"

„Nein, aber es wäre sicher witzig anzusehen. Du würdest ihm ordentlich in den Arsch treten."

Er nickte. „Meine Größe und meine tiefe Stimme geben mir auch einen Vorteil. Sie deuten auf Dominanz hin, was Schutz impliziert."

Sie schob ihre Hände unter sein Shirt und ließ sie über seinen Bauch zu seiner Brust gleiten. „Mm-hm. Sprich weiter, Professor."

Er gehorchte. „Geschenke sind sehr wichtig. Das Geschenk von Essen, aber Geschenke *jeder* Art weisen darauf hin, dass der Mann ein guter Versorger ist. Die einzigen Ausnahmen sind matriarchale Gesellschaften, doch davon gibt es nicht viele. In diesem Fall wird der Mann beschenkt."

Sie hielt ihre Hände still. Das war cool. „Womit zum Beispiel?"

„Blumen, Schmuck, Süßigkeiten oder große Geschenke wie Vieh, Land, ein Haus. Ich würde dir gerne ein Haus kaufen."

Ihr blieb der Mund offen stehen. „Zach!"

Er hob ihr Kinn mit dem Finger an und schloss damit ihren Mund. „Sieh mich nicht so überrascht an. Ich bin ein guter Versorger, der bisher sehr anspruchslos gelebt hat. Meine Ersparnisse sind recht ordentlich."

Sie küsste ihn. „Dein Professorengerede macht mich ganz heiß."

Er lächelte, legte die Hände auf ihren Po und zog sie an sich. „Zur Arbeit trage ich langärmelige Hemden, Stoffhosen und einen Gürtel."

Sie lachte. „Natürlich. Was sonst?"

Er biss in ihre Unterlippe. „Ich werde dir wahrscheinlich Liebesbriefe und Gedichte schreiben. Wenn du sie akzeptabel findest und dir meine Herkunft nichts ausmacht–"

„Die ist mir egal."

„Dann solltest du wissen, dass ich auch ein zeugungsfähiger Partner bin, ein gesunder, potenter Mann." Er runzelte nachdenklich die Stirn. „Das sollte so ziemlich alles sein", schloss er und streichelte ihre Wange. „Du bist meine Sonne, Carrie. Meine Gefährtin."

Meine Gefährtin. Ihr Herz zog sich zusammen angesichts der seltsamen, doch für Zach so passenden Beschreibung, und sie schmolz dahin. Ihre Beine zitterten, und ihre Knie wurden weich. Sie hielt sich an ihm fest. Liebe. Es war *Liebe.* Sie hätte nie gedacht, sie noch einmal finden zu können. „Das war das mit Abstand Süßeste, was jemals jemand in der Geschichte des Universums gesagt hat! Du bringst mich noch zum Weinen." Eine Träne floss über ihre Wange, und er wischte sie mit dem Daumen weg. „Du bist auch mein *Gefährte."*

Er hielt sie lange fest, den Kopf an seine Brust gedrückt. Sie atmete zittrig aus und entspannte sich. Sie fühlte sich sicher in seinen Armen.

Dann zog er sie so weit zurück, dass er ihr in die Augen blicken konnte. „Wenn du noch nicht so weit bist, zu mir zu ziehen, dann bringe ich deine Sachen zurück. Sie war symbolischer Natur, diese Geste, auch wenn ich dich unglaublich gerne hier bei mir hätte." Er küsste sie und sagte gegen ihre Lippen: „Wo du hingehörst."

Er ließ sie so plötzlich los, dass sie einen Moment lang benommen war. Er musterte sie und schien darauf zu warten, dass sie etwas sagte.

„Sind meine Klamotten schon in deiner Kommode?", fragte sie.

Er ging zur Kommode und öffnete drei Schubladen. Sie waren leer. „Ich habe Platz für dich gemacht, aber ich wollte nicht zu anmaßend sein. Ich habe nur genug hergebracht, um dir zu zeigen, dass ich dich will. Ich will dich in meinem Leben haben."

Sie schlug sich eine Hand vor den Mund. Ihre Augen brannten. Er musterte sie aufmerksam und mit einer Intensität, die ihr genau sagte, wie wichtig sie ihm war. Sie drehte sich um, ging ein paar Schritte von ihm weg, dann rannte sie los und sprang ihm in die Arme. Er fing sie auf, und sie verteilte Küsse auf seinem Gesicht. Zahllose Sonnen explodierten in ihr.

„Heißt das, dass du zu mir ziehst?", lachte er.

„Ja! Ich liebe dich! Ja!" Sie schmiegte ihre Wange an seinen Bart und schnurrte zufrieden. Dann hob sie den Kopf und sah sein seltenes Lächeln, das ihr Herz singen ließ. „Du bist so süß. Ich wusste gar nicht, wie süß du sein kannst. Ich würde zu einem Haufen Wackelpudding zerlaufen, wenn du mich nicht halten würdest."

Er schnappte nach ihr. „Ich bin ein Wolf. Pass auf."

Ein heißer Schauer lief ihr den Rücken hinunter. „Du bist so viel besser als jede Fantasie. Du bist ein wahr gewordener Traum."

Sie blickten einander in die Augen – die unausgesprochene Verbindung, mächtiger als alle Worte der Welt.

Sie küsste ihn. „Und jetzt, Professor, erzähl mir alles über deine Forschung." Sie wollte auch diese Seite von ihm verstehen.

Er stellte sie ab und hob einen Finger. „Das würde mir sehr helfen. Ich will meine Arbeit einem Laienpublikum nahebringen. Wenn ich sie einer Nicht-Anthropologin wie dir erklären kann und du sie verstehst, weiß ich, dass ich auf dem richtigen Weg bin. Ich muss nur meine Kisten auspacken und alles organisieren. Gib mir eine Woche dafür."

Sie strahlte. Es schien, als wäre ihm das Thema wichtig und als hätte er eine Menge zu sagen. „Okay. Jetzt, da wir vollkommen ehrlich zueinander sind, was hast du gedacht, als ich dir meine Wunschliste gegeben und dich für einen Bad Boy gehalten habe? Hast du mich für eine naive Idiotin gehalten?"

„Nein." Er strich ihr die Haare aus dem Gesicht und sah sie zärtlich an. „Ich habe zwischen den Zeilen gelesen."

„Und?", flüsterte sie.

„Ich wusste, was du wirklich wolltest."

„Und was war das?"

Er strich ihr mit dem Daumen über die Unterlippe. „Es war nicht Leidenschaft, auch wenn du das Erlebnis dringend gebraucht hast."

„Was war es dann?"

„Alles auf deiner Wunschliste war auf dich ausgerichtet, weil du dich als etwas Besonderes fühlen wolltest."

„Wollte ich?"

„Ja, dein Ex hat dir das Gefühl gegeben, dass du nichts Besonderes seist, darum war deine geheime Sehnsucht, dich als etwas Besonderes zu fühlen." Er holte sein Handy aus seiner Hosentasche und rief die Liste auf. „Okay, schau dir Nummer eins an. Zuerst Dessert." Er sah ihr in die Augen. „Abgesehen von dem offensichtlichen sexuellen Euphemismus sagt es: *Ich will bei dir an erster Stelle stehen. Ich will mich als etwas Besonderes fühlen.* Siehst du?" Er blickte wieder auf sein Handy. „Obergeschoss: *Ich möchte dir wichtig sein. Ganz oben stehen. Ich will mich als etwas Besonderes fühlen.*" Er hob den Kopf. „Siehst du, dass sich alles um das eine Thema dreht?" Er fuhr schneller fort. „Sonntagsfahrten: *Ich kann meine Hände nicht einmal im Auto von dir lassen, weil du so verdammt besonders bist.* Quietschsauber: *Ich kann nicht einmal bei der Körperhygiene die Finger von dir lassen—*"

Sie unterbrach ihn. „Du bist brillant!" Ihre Wangen glühten, denn sie schämte sich, dass er sie so durchschaut hatte und erkannt hatte, wovon nicht einmal *sie* gewusst hatte, was sie wollte. Kein anderer Mann hätte so viel aus dieser Liste herausgelesen. Er war unglaublich. Einfach unglaublich.

„Hier ist noch einer", sagte er. „Tiere sind animalisch. *Ich will mich lebendig fühlen. Ich will mich—*"

„Besonders fühlen", beendete sie den Satz für ihn. Es schien ihm Spaß zu machen, Carrie zu enträtseln. Sie mochte es auch, da er so gut darin war.

Er fuhr mit Begeisterung fort. „Ja! Alles dreht sich

darum, dir das Gefühl zu geben, dass du etwas Besonderes bist. Und was repräsentiert dein Lieblingscocktail – *Harvey Wallbanger?*" Er zog die Brauen hoch. „Du willst einen Partner, der stark genug ist, dich hochzuheben und lange genug zu halten, doch auch einen Partner, der sich von Leidenschaft hingerissen auf dich konzentriert. Und Jane Bond muss im Zentrum der Aufmerksamkeit stehen, weil sie ja gefesselt ist." Er steckte das Handy zurück in seine Hosentasche. „Der letzte Punkt gefällt mir besonders."

Sie fiel ihm um den Hals und küsste ihn. Jetzt war sie wieder im Zentrum seiner Aufmerksamkeit, und er übernahm die Kontrolle, grub eine Hand in ihre Haare und küsste sie hart und fordernd. Sie maunzte, bereits heiß und feucht und bereit für ihn. Die andere Hand schob er zwischen ihre Beine und setzte sie in Brand. Sie zerrte an seinem Shirt, begierig, ihn Haut an Haut zu spüren, doch er hielt sie fest im Griff. Als sie ihm schon die Kleider vom Leib reißen wollte, hob er den Kopf und blickte ihr in die Augen.

„Stimmst du meiner Interpretation zu?", fragte er mit rauer Stimme.

„Ja, du bist so aufmerksam", hauchte sie atemlos.

Er küsste sie zärtlich. „Das bin ich, dir und allen anderen gegenüber, aber nicht bei mir selbst. Die ganze Zeit habe ich geglaubt, dass ich nicht gut in Sachen Beziehungen sei, dabei habe ich nur auf dich gewartet." Er hob eine Hand an ihre Wange. „Du bist etwas ganz Besonderes für mich." Seine Stimme war rau vor Emotionen. „Mehr als ich je für möglich gehalten habe. Du bist die Eine für mich, Carrie."

Ihre Augen brannten, so überwältigt war sie von seiner Liebe zu ihr. „Ich kann nicht fassen, dass du zwischen den Zeilen gelesen hast, was ich wirklich gebraucht habe. Ich wusste nicht einmal, dass ich das damit gemeint habe, bis du es ausgesprochen hast."

Er lächelte. „Um das zu sehen, ist schon jemand

Besonderes nötig. Ein Anthropologe zum Beispiel."

Sie nahm sein Gesicht in ihre Hände. „Ein guter Mann."

Er drehte den Kopf und biss ihr in die Hand. „Im Schlafzimmer bin und bleibe ich dein Bad Boy. So bin ich einfach."

„Bei mir musst du dich nicht zurückhalten."

Er küsste sie. „Das könnte ich auch nicht. Nicht einmal, wenn ich es wollte." Er hob sie hoch, trug sie zum Bett und legte sie darauf, doch er gesellte sich nicht sofort zu ihr. Stattdessen richtete er sich auf und betrachtete sie, bevor er sie strahlend anlächelte. „Du bist *die* Frau, Carrie Young. Ich habe nach dir gesucht." Sie erkannte ihre eigene Anmache von vor ein paar Wochen.

Sie streckte ihm die Arme entgegen. „Ja? Wo hast du gesucht?"

Er kletterte auf sie, stützte sich auf seine Unterarme und antwortete heiser: „Überall."

Sie wand sich unter ihm. „Reiß mir die Kleider vom Leib, Bad Boy, und nimm mich, wie immer du willst."

Er gehorchte, denn er war ein sehr *guter* Bad Boy. Sobald beide nackt waren, ließ er sich zwischen ihren Beinen nieder, nahm sie jedoch nicht so hart wie sonst. Stattdessen drang er langsam in sie ein und hielt dann inne. Er legte eine Hand an ihre Wange und blickte ihr in die Augen.

„Carrie", sagte er mit belegter Stimme.

„Ja", flüsterte sie.

„Ich habe auch eine Wunschliste. Auf der steht nur ein Punkt."

Sie strich ihm mit den Fingern durchs Haar und dann über die Schultern. „Und der wäre?"

Er antwortete nicht, sondern verlagerte sein Gewicht und küsste ihren Hals, während er Liebe mit ihr machte und langsam und tief in sie eindrang. Sie ließ den Kopf sinken und ihn ihren Hals liebkosen.

Dann kehrte er zu ihren Lippen zurück und sagte: „Ich will dich ganz."

„Ja", flüsterte sie und schlang Arme und Beine fest um ihn. „Du hast mich. Ganz."

Dann wurde er aggressiver, stieß hart und schnell in sie hinein, und es fühlte sich so an, als ergriffe er von ihr Besitz. Ihre Fingernägel gruben sich in seine Schultern, während er eine Hand unter ihre Hüfte schob und sie anhob, um tiefer eindringen zu können. Sie stöhnte, als der Druck in ihr wuchs. Dann sah er ihr in die Augen. Ihr Atem stockte, und ihr Herz begann zu rasen, als sie in seinen Augen las, was er wirklich von ihr wollte.

„Zach, ich liebe dich bedingungslos mit allem, was ich bin."

Seine Augen wurden feucht, dann explodierte er in ihr und presste seine Lippen auf ihre. Die Intensität verstärkt von der mächtigsten Emotion von allen – Liebe.

Und dann flog sie, verlor sich in seinen Armen und klammerte sich an ihn. So ineinander verschlungen, blieben sie liegen. Verschmolzen in Körper und Seele.

EPILOG

Der Monat, seit sie bei Zach eingezogen war, war einfach wunderbar gewesen. Sie war bis über beide Ohren verliebt. Ihre Familie liebte ihn. Ihre Freundinnen fanden ihn großartig. Wahrscheinlich, weil er sie alle zu einem Gourmetdinner eingeladen hatte, das er auch noch höchstpersönlich für sie zubereitet hatte. Er hielt sich an sein Versprechen vollkommener Ehrlichkeit, selbst wenn das bedeutete, dass er ihr sagen musste, dass ihr Hühnchen zerkocht war oder dass sie ein echtes Deckendieb-Syndrom hatte, weil sie nicht nur ihre eigene Decke brauchte, sondern nachts auch noch seine Decke stahl. Auf sein Wort konnte sie sich immer verlassen. Ihr Herz war so voll.

Zach stellte den Wagen auf dem Parkplatz hinter dem Garner's ab und ging mit ihr Hand in Hand zu Haileys besonderem Abend. Es war die Krönung der Karriere einer Hochzeitsplanerin, in *Bride Special*, einem nationalen Magazin für gehobene Hochzeiten, vorgestellt zu werden. Hailey hatte gerade eben ein Interview und ein Fotoshooting im Ludbury House, dem Herrenhaus im Ort, in dem die meisten Hochzeiten gefeiert wurden, und hatte alle ihre Freunde gebeten, danach im Garner's mit ihr zu feiern, wo sie im Anschluss an das Interview die Redakteurin und die Fotografin zu Dinner und Cocktails in einem sorgfältig kontrollierten Umfeld einladen wollte. Hailey wollte sicher gehen, dass *Bride Special* Leserinnen wussten, wie schnell man sich im warmen und freundlichen Clover Park zu

Hause fühlte. Hailey hatte sogar dafür gesorgt, dass Logan Campbell ihren „Freund" spielte. Natürlich war sie nicht mit ihm zusammen, doch was sollte eine ledige, ungebundene Hochzeitsplanerin tun? Hailey hatte sich für Logan entschieden, da sie ihn als den letzten Single unter den Campbells betrachtete und sie einen Campbell wollte, da die Familie so groß war und alle einander so nahe standen. Josh Campbell betrachtete sich nicht als Single. Er war ein Halunke und damit sowieso aus dem Rennen. Ha!

Zach legte seine Hand auf Carries unteren Rücken und führte sie zu einem der Stehtische im Barbereich zur Happy Hour vor dem Abendessen. Er beugte sich zu ihrem Ohr hinunter. „Ich liebe dich in diesem Kleid." Sie trug ein ärmelloses rosa Kleid, das ihr Dekolleté betonte. Zach war ein großer Fan ihres Dekolletés. Hailey hatte vorgeschlagen, dass sich alle schick machten, für den Fall, dass die Fotografin spontan ein paar Aufnahmen machen wollte.

Sie blickte zu ihm auf und lächelte. „Danke." Sie betrachtete seinen Bart, der immer noch nicht wieder lang genug war, dann fiel ihr Blick auf seine dunkelblaue Krawatte. „Und du siehst überaus attraktiv aus."

Er lächelte und legte einen Finger unter ihr Kinn. „Er wird bald wieder so lang sein, wie du ihn magst."

„Ich weiß", sagte sie wehmütig. Sie vermisste seinen Vollbart – wie köstlich er sie kitzelte und wie wild er damit aussah.

„An der Bar gibt's Champagner", sagte Zach. „Willst du welchen?"

Das war seltsam. Sie hatte gedacht, dass es wie immer eine offene Bar geben würde. Vielleicht wollte Hailey dem Ganzen den Glanz eines Hochzeitsempfangs geben. „Sicher, warum nicht?"

„Die Einstellung gefällt mir", sagte er und blickte ihr auf diese liebevolle Art und Weise in die Augen, die ihr wohlige Schauer über den Rücken bis hinunter zu den Zehen jagte. „*Warum nicht* ist eine großartige Art zu leben."

„Sie ist neu für mich, aber sie gefällt mir auch."

Sie lächelten einander verliebt an, dann sagte er: „Bin gleich zurück", und ging, um den Champagner zu holen.

Sie sah sich um und sah Ally und ihre Freundinnen. Fast alle Campbells und ihre Ehrenbrüder waren hier, abgesehen von ihrem Dad, der seine Enkelin babysittete, damit Alex und Lauren hier sein konnten. Sie warf einen Blick in den Speisenbereich, wo ein paar Familien aßen und ein Tisch mit „Reserviert"-Schildern auf Hailey und die Leute von der Zeitung wartete. Eine ältere Dame mit weißblonden Haaren lächelte und winkte ihr zu.

Sie blinzelte. Moment. War das ihre Mom? Was machte ihre Mom hier? Sie glaubte nicht, dass Hailey ihre Eltern kannte. Sie kniff die Augen zusammen. Ja. Das war definitiv der Hinterkopf ihres Vaters. Dann drehte er sich um und winkte.

Sie hob die Hand und winkte kurz, ging jedoch nicht zu ihnen, da Zach bereits wieder mit zwei Gläsern Champagner auf sie zukam.

Er reichte ihr ein Glas und stieß mit ihr an. „Auf den Wert von Traditionen."

Sie neigte den Kopf und musterte ihn. „Dr. Harrison, warum trinken wir auf Traditionen?" Immer wenn er sich zu akademisch anhörte, sprach sie ihn förmlich mit *Doktor* an.

Er zwinkerte. „Nichts ist traditioneller, als eine Hochzeit zu planen."

Das war wohl wahr, und sie waren hier, um Hailey, die ultimative Hochzeitsplanerin, zu feiern. Sie trank einen Schluck und blickte hinüber zu ihren Eltern, wo ihr … Bruder? Ja, es war definitiv ihr Bruder, der zwei Gläser Champagner vor ihren Eltern abstellte. Dann drehte er sich um und ging zu einem anderen Tisch, an dem er mit seiner Frau und seinen zwei Töchtern saß.

Langsam drehte sie sich zu Zach um. „Hast du meine ganze Familie zu Haileys Feier eingeladen?"

„Du erinnerst dich, dass ich dir gesagt habe, dass es wichtig ist, die Familie und das Umfeld der Frau kennenzulernen, mit der man es ernst meint?"

„Ja?"

Er hob sein Glas. „Da ist deine Antwort." Seine Augen funkelten, und sie fragte sich, ob das ein Scherz sein sollte, doch er war nicht jemand, der aufwendige Streiche spielte. Sein Humor war spontan.

„Okay." Sie wollte erneut ihr Glas ansetzen, doch Zach legte seine Hand auf ihre. „Was?"

„Jetzt werd bitte nicht böse–"

„Warum sollte ich böse werden?"

„Weil du nichts verträgst und ich dich bitten wollte, mit dem Rest zu warten, bis Hailey kommt und wir mit allen anstoßen können."

Sie starrte ihn an. „Es ist ein Glas. Kann ich mir für den Toast nicht einfach ein zweites Glas holen?"

Er sah sie lediglich verträumt an – was überaus sexy und effektiv war.

„Fein", murmelte sie. „Du meine Güte, da schleppt man einen Typen in der Bar ab, gibt ihm seine Sexliste und darf sich plötzlich nicht mehr betrinken."

Er schmunzelte und küsste sie. „Ich war zur richtigen Zeit am richtigen Ort."

Sie strahlte. „Definitiv."

Dann flog die Tür auf und Hailey segelte herein. Sie lachte über irgendetwas, das die Fotografin gerade gesagt hatte. Sie sah hübsch aus in einem violetten Cocktailkleid mit passenden Schuhen. Die Redakteurin, eine Frau Anfang fünfzig mit dunklen Haaren und einem Killerbody in einem engen weißen Kleid, lauschte gebannt ihrer Konversation.

Hailey blieb stehen und sah sich nach Logan an, der jedoch keine Anstalten machte, den Tresen zu verlassen. „Ich kann es nicht erwarten, Ihnen meinen Freund vorzustellen. Er ist ein Traum."

„Da bin ich, Prinzessin", sagte Josh und legte einen Arm um ihre Schultern. Ein ganz hinterlistiger Zug. Carrie hatte nicht einmal gesehen, dass er sich ihr genähert hatte.

Hailey auch nicht. Sie erstarrte und setzte ihr Schönheitsköniginnen-Lächeln auf.

„Oh-oh", flüsterte Carrie Zach zu. Alle waren verstummt, da der private Kleinkrieg der beiden kein Geheimnis war.

Josh flüsterte Hailey etwas ins Ohr, dann gingen sie mit der Redakteurin und der Fotografin zum reservierten Tisch.

Dieser Abend wurde immer seltsamer. Zuerst war Zach ganz Professor, dann brachte er ihr Champagner, ließ sie jedoch nicht trinken, und dann spielte Josh den aufmerksamen Freund. Ganz zu schweigen davon, dass ihre Familie hier war. Sie wollte Hallo sagen gehen, doch Zach zog sie an sich und küsste sie atemlos.

Als er sie losließ, schwankte sie und blinzelte ihn überrascht an. Er drehte sich zu ihr um, und ihr Blick fiel auf das nächste seltsame Detail. Kellner in Smokings kamen aus der Küche mit Tabletts voller Vorspeisen. Sie mischten sich unter die Gäste und servierten. Das war so viel aufwendiger, als es hätte sein müssen, um den Leuten vom Magazin zu zeigen, dass sie eine gastfreundliche Gemeinde waren.

Zach hielt ihr Glas, und sie nahm sich ein Stück Bruschetta mit Tomaten. Dann verschwand er und kam einen Moment später mit einem Glas Wasser für sie zurück. Er aß nichts. Er stand nur da und hielt beide Champagnergläser.

Als sie schließlich genug gegessen und ihr Wasser ausgetrunken hatte, war sie es leid, dass Zach ihren Champagner in Geiselhaft hielt, und verlangte ihn zurück. Er drehte sich um und winkte Hailey herbei, die jedoch eine Geste machte, die so viel wie „essen" darzustellen schien.

Zach hielt Carrie die Champagnerflöte an die Lippen.

„Einen Schluck."

Sie trank. „Du bist komisch heute. Lass uns zu meiner Familie gehen. Hallo sagen."

„Ich habe ihnen gesagt, dass wir mit ihnen reden, wenn sie mit dem Essen fertig sind."

„Oh." Sie starrte ihn an und hatte das Gefühl, dass irgendetwas nicht stimmte. Zach beobachtete sie gedankenverloren und hielt immer noch zwei fast volle Champagnergläser in der Hand. Warum holte er ihr Champagner, wenn er sie nicht trinken lassen wollte?

Die Kellner machten eine weitere Runde unter den Gästen, diesmal mit Champagner.

„Schau", sagte sie zu Zach. „Alle haben schon ihr zweites Glas, und ich habe kaum zwei Schlucke von meinem ersten getrunken. Ich bin stocknüchtern."

„Gut", brummte er.

Plötzlich tauchte Hailey neben ihr auf und nahm zwei Champagnergläser vom Tablett eines Kellners, der gerade vorbei ging. „Hi Carrie!", sagte sie besonders enthusiastisch.

„Hi. Wie war dein Interview?"

Hailey sah Zach an und lächelte. „Gut. Es läuft noch."

„Wie macht sich Josh als falscher Freund?"

Hailey stöhnte, warf Josh einen Blick zu und winkte ihn zu sich. „Er trägt ganz dick auf."

Josh kam herüber, und die Redakteurin und die Fotografin folgten mit etwas Abstand.

„Was hat er geflüstert, dass du ihn an Logans Stelle deinen Freund spielen lässt?", fragte Carrie.

Josh trat zu Hailey und lauschte.

Hailey reichte ihm ein Glas Champagner. „Er sagte, dass das Interview eine Notfallsituation sei. Du weißt schon – wir reden nur im Notfall miteinander. Wirklich, Josh, ich glaube nicht, dass sie dir auch nur ein Wort geglaubt haben."

Josh lächelte. Wahrscheinlich, weil die Fotografin ihre gigantische Kamera im Anschlag hatte. „Warum nicht? Ich bin der Meinung, dass du beim Aufbau deiner Firma Großartiges geleistet hast.”

Hailey riss die Augen auf. „Du hast das wirklich so gemeint? Es hat sich angehört, als machst du dich lustig über mich.”

„Warum? Weil ich dabei gelächelt habe?”

„Ich habe es für ein sarkastisches Grinsen gehalten.”

Josh schüttelte den Kopf und sagte leise: „Du denkst immer das Schlimmste.”

Hailey lächelte und zischte durch die Zähne. „Es ist ja nicht so, dass du mir keinen guten Grund dafür gibst.”

Josh verneigte sich galant. „Gern geschehen, Prinzessin. Ich bin immer da, um die Single-Bedürfnisse ihrer Hoheit zu erfüllen.” Er grinste. „Das wären dann fünfhundert Riesen.”

Hailey knurrte.

Josh lachte laut.

„Halunke”, murmelte sie. Doch sie fing sich schnell wieder und fuhr laut genug fort, um sich Gehör zu verschaffen. „Alle mal herhören! Kommt bitte her, ich möchte einen Toast aussprechen.”

Kurz darauf hatten sich alle um sie versammelt. Auch Carries Familie.

Hailey hob ihr Glas. „Einen Toast.”

Zach reichte Carrie ihren Champagner, dann trat er an Haileys Seite. Sofort trat diese in den Hintergrund. Carrie war geschockt, als er an ihrer Stelle den Toast sprach. „Dieser Toast geht auf Carrie Young, eine Frau von reinem Herzen. Schön innerlich wie äußerlich.”

„Zach”, flüsterte sie mit einem Kloß im Hals. „Was tust du?”

„Einen Toast auf dich aussprechen”, sagte er, trank einen Schluck Champagner und beobachtete sie über den Rand des Glases.

Auch sie trank einen Schluck. Dann nahm ihr jemand das Glas ab.

Zach lächelte sie zärtlich an. „Ich habe Carries Eltern, ihren Bruder und ihre schöne Familie kennengelernt. Und auch alle Freunde. Wir beide können uns glücklich schätzen, sie in unserem Leben zu haben. Ihre Eltern haben uns ihren Segen gegeben. Jetzt ist nur noch ein Schritt übrig, um dem Werbungsritual einen krönenden Abschluss zu geben."

Carries Knie wurden weich, und ihr Herz pochte in ihren Ohren, als sie sich plötzlich bewusst wurde, was Zach tat. Der Grund, warum alle hier waren, und warum Zach nicht zugelassen hatte, dass sie trank. Tradition.

Er reichte Hailey sein Champagnerglas, ging auf ein Knie und hielt einen Diamantsolitärring hoch. „Carrie, willst du mir die Ehre erweisen, meine Frau zu werden?"

„Ja!", keuchte sie und eilte zu ihm.

Er steckte ihr den Ring an den Finger, stand auf und zog sie in seine Arme. Ihre Freunde und Familie gratulierten ihnen und es war genau, wie Zach es beschrieben hatte. Der krönende Abschluss des Werbungsrituals. Eine lange Tradition, die mit ihnen fortgesetzt wurde. Ungewöhnlich, weil keiner von ihnen nach einem „für immer" gesucht hatte. Keiner von beiden hatte es für möglich gehalten, doch es war möglich, weil es ihnen bestimmt war.

Kurz darauf kamen die Fotografin und die Redakteurin des Magazins zu ihnen. „Wir würden gerne in unserem Magazin über ihre Hochzeit berichten", sagte die Frau. „Von der Verlobung, über die Hochzeitsvorbereitungen bis hin zur Hochzeit."

Carrie drehte sich zu Hailey um. „Hast du das alles geplant?"

Hailey hob die Hände. „Ich habe den Antrag mit Zach geplant, doch mit dem Interesse des Magazins an eurer Hochzeit habe ich nichts zu tun."

Die Redakteurin fuhr fort. „Natürlich übernimmt das Magazin die Kosten für eine erstklassige Hochzeit."

Carrie und Zach tauschten Blicke aus. „Gerne!"

„Und jetzt feiern wir", sagte Zach. „Jetzt kannst du so viel Champagner trinken, wie du möchtest." Er reichte ihr ein frisches Glas, und sie trank es in einem Zug aus.

„Wirklich? So viel ich will?"

„Nein", sagten Zach und ihre Freundinnen wie aus einem Munde.

„Carrie, nach zwei Gläsern bist du nicht mehr zurechnungsfähig", bemerkte Hailey. „Das letzte Mal hast du einen Fremden abgeschleppt, und jetzt bist du mit ihm verlobt." Sie blickte nachdenklich drein. „Hm. Vielleicht gar nicht so schlecht. Vielleicht würde das auch für ein anderes Paar funktionieren."

Dann begann Musik zu spielen, ein romantischer, langsamer Song. Hailey nahm Carrie das Glas ab.

Zach zog Carrie in seine Arme. „Tanzen ist ein wichtiger Teil des Werbungsrituals."

„Dr. Harrison, da wird mir ganz heiß." Sie schlang ihre Arme um seinen Hals und küsste ihn. Dann tanzten sie, und bald tanzten auch ihre Freunde und ihre Familie.

Zach beugte sich zu ihr hinunter und flüsterte ihr ins Ohr: „Wie viele Kinder möchtest du, Carrie?"

Sie lächelte, froh, dass er sie gut genug kannte, um zu wissen, dass sie welche wollte. Und so unglaublich froh, dass er auch Kinder wollte. „Zwei wären schön."

Er blieb stehen und nahm ihr Gesicht in seine Hände. „Okay." Dann fuhr er mit tiefer Stimme fort: „Hast du eine Ahnung, wie sehr ich dich liebe?"

„Ja", flüsterte sie. „Denn ich liebe dich genauso viel."

Er strich mit den Lippen über ihre. „Du brauchst eine Erinnerung."

„Ja", hauchte sie. „Nimm mich und tu mit mir, was du willst."

Er küsste sie. „Bald. Darauf kannst du zählen."

Sie strahlten einander an.

Nach dem Tanz, von dem alle Fotos geschossen hatten, einschließlich der Fotografin von *Bride Special,* bestand

Zach darauf, jedem Anwesenden persönlich für seinen Beitrag zu danken.

Schließlich fuhren sie nach Hause und besiegelten ihren Bund.

Das Gelöbnis musste zwar noch warten, doch in ihren Herzen waren sie bereits Eins.

Liebe LeserInnen,

Was denken Sie? Haben Josh und Hailey die Kurve gekriegt und ihren privaten Kleinkrieg beendet? Schließlich hat er ihr bei ihrem *Bride Special* Interview geholfen. Doch da ist immer noch die Sache mit den fünfhundert Riesen, die zwischen ihnen steht.

Ethan mag vielleicht von Haileys unerwarteter Flirterei abgelenkt worden sein, doch jetzt hat er die Herausforderung einer Frau im Visier, die fest daran glaubt, dass ein Vibrator besser ist als ein Mann. Haben Sie Lust auf eine kurze Vorschau auf mein nächstes Buch? Dann melden Sie sich für meinen Newsletter an und erhalten Sie Vorschauen, Auszüge und exklusive Geschenkaktionen für Abonnenten. Als nächstes folgt die Geschichte von Ethan und Ally. *Ein Störenfried zum Verlieben,* Buch 6 der Happy End Buchclub Serie. Schließen Sie sich dem Buch an und finden Sie Ihr Happy End!

Ein Störenfried zum Verlieben (Happy End Buchclub #6)
Ally Bloom geht mit einer Mission zu ihrem Jahrgangstreffen – eine zweite Chance mit ihrer ersten Liebe. Er ist Single und … nicht interessiert. Ihre Liebe ist zum Scheitern verurteilt! Doch als Ethan Case, der sexy Cop und Freund einer Freundin, sie in ihren Punsch weinend findet, lädt er sie auf einen Kaffee mit seinem Date ein. Da sie weiß, dass er vergeben ist, muss sie ihn nicht beeindrucken und kotzt die ganze Saga ihres Liebeslebens mit beschissenen Männern aus.

Aber was ist das? Da ist er bei ihrem Happy End Buch-club-Meeting.

Und verpasst ihr ein Knöllchen für überhöhte Geschwindigkeit.

Und taucht in ihrem Klassenzimmer auf, um mit ihrer Klasse über Sicherheit zu reden.

Spielt er nur mit ihr, oder ist das der Anfang von etwas Echtem?

Abonniere meinen Newsletter & verpasse keine meiner Neuerscheinungen: *Kyliegilmore.com/DEnewsletter*

Weitere Bücher von Kylie Gilmore

Die Clover Park Reihe
The Opposite of Wild (Buch 1)
Daisy Does It All (Buch 2)
Bad Taste in Men (Buch 3)
Kissing Santa (Buch 4)
Restless Harmony (Buch 5)
Not My Romeo (Buch 6)
Rev Me Up (Buch 7)
An Ambitious Engagement (Buch 8)
Clutch Player (Buch 9)
A Tempting Friendship (Buch 10)

Die Clover Park STUDS Reihe
Almost in Love (Buch 1)
Almost Married (Buch 2)
Almost Over It (Buch 3)
Almost Romance (Buch 4)
Almost Hitched (Buch 5)

Happy End Buchclub Reihe
Hollywood Inkognito (Buch 1)
Gefahr im Anzug (Buch 2)
Gefährliches Spiel (Buch 3)
Förmliche Vereinbarung (Buch 4)
Wenn der Bad Boy keiner ist (Buch 5)
Ein Störenfried zum Verlieben (Buch 6)
Schicksalsbegegnungen (Buch 7)

Über die Autorin

Kylie Gilmore ist die USA Today Bestsellerautorin der Happy End Buchclub Reihe, der Clover Park Reihe und der Clover Park STUDS Reihe. Sie schreibt unterhaltsame zärtliche Romanzen mit einer gesunden Prise Humor.

Kylie lebt mit ihrer Familie, zwei Katzen und einem verrückten Hund in New York. Wenn sie nicht gerade schreibt, Kinder bändigt oder bei Autorenkonferenzen pflichtbewusst Notizen macht, findet man sie beim Stretching – bis ganz nach oben ins oberste Regal, um dort ihren geheimen Schokoladenvorrat zu erreichen.